高層の死角

森村誠一

角川文庫
19033

高層の死角　目次

パレスサイドホテル34階平面図

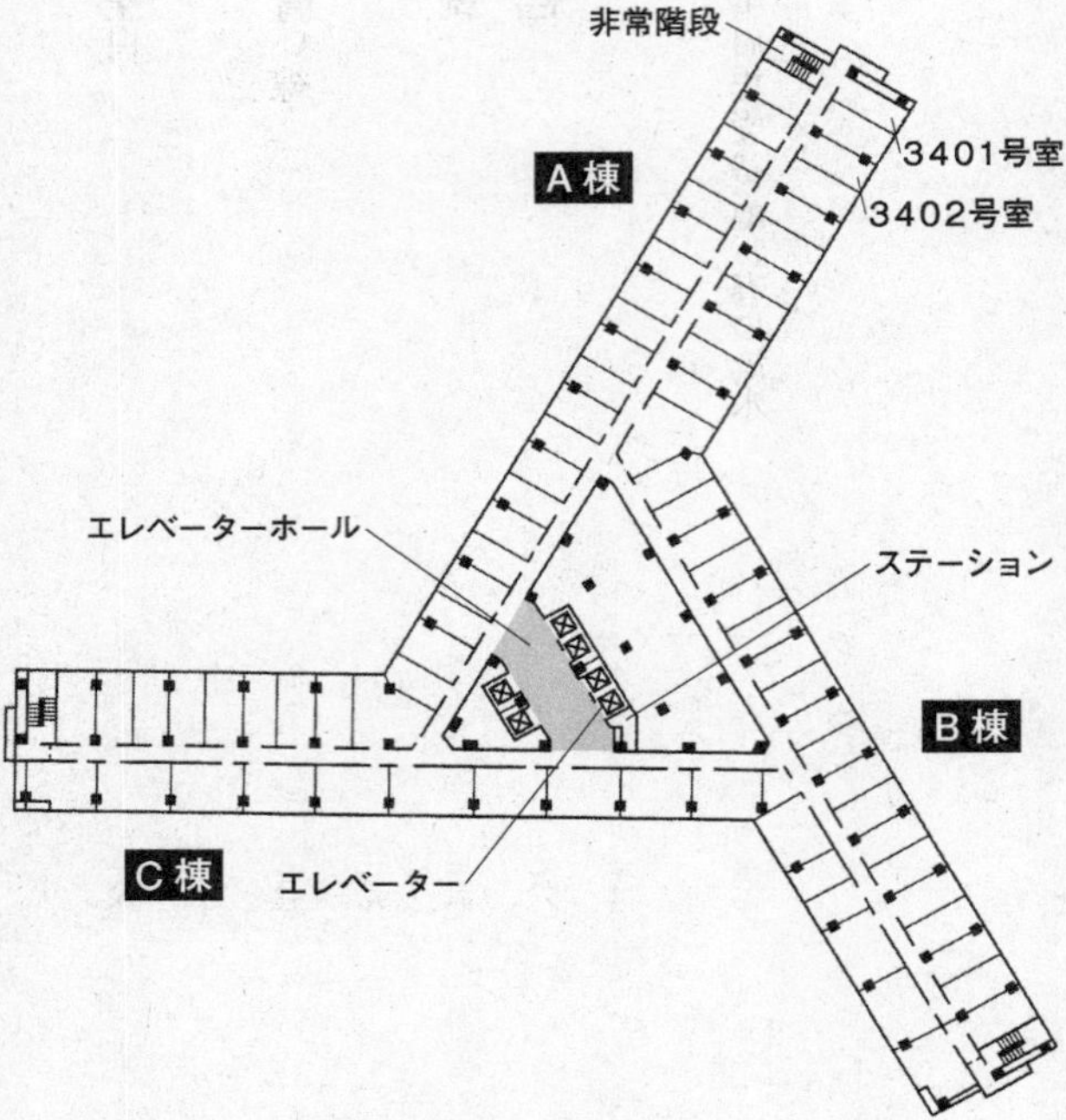

ホテル戦争

「前川《まえかわ》め、この話を知ったら、きっと卒倒するだろう」

久住政之助《くじゅうまさのすけ》は、秘書の有坂冬子《ありさかふゆこ》がさし出した業務提携に関する会談の、速記反訳を読みながら目を細めた。

「いや、それどころか、奴の大株主の全日航《ぜんにっこう》が腰を抜かす、全日航ににらまれたら奴の首も危なくなるかもしれんぞ」

久住は本当に上機嫌だった。それもそのはず、彼のかねてよりの懸案であった米国最大のホテル業者、クレイトン・インターナショナル・コーポレイション、即ちCICとの業務提携がようやく実現しようとしているのである。

久住政之助は、日本ホテル業界でも老舗《しにせ》の一つに数えられるパレスサイドホテルの社長である。それも単なる雇われ社長ではない。千代田区竹橋《たけばし》に客室数五十室位の小粒のレジデンシャルホテルとして細々と営業していたパレスサイドホテルの前身を、戦後駐留軍の接収解除と同時に社長に就任するや、東京の復興と来訪外客《インバウンドツアー》の激増を見越して積極的な設備増強策を打ち出し、今日、地上三十五階、客室数二千、大小宴会場七十を有する東京、いや東洋屈指のホテルに仕立て上げた功労者であった。

彼の積極的な経営姿勢と先見の明がなかったなら、昭和三十年代後半に始まったホテル建設増強ブームにも乗り遅れ、わずか五十室ばかりをお濠の畔《パレスサイド》に後生大事にかかえこみながら、ホテル業界未曾有《みぞう》と言われる同業者の稼ぎを、指をくわえて見送らなければならなかったであろう。オリンピックにかけて、オークラ、ヒルトン、東京プリンス、銀座東急《ぎんざとうきゆう》、オータニ等、巨大ホテルが乱立したが、それも精々、五百――千室止まりである。都市ホテルの売上げの中で料理飲食収入の占める幅が大きくなって来た現在、必ずしも保有客室数がホテル規模を計る尺度にはならなくなったが、それにしても二千という室数は、同業者の群を抜いた。しかも客室数ばかりでなく、宴会場、各種食堂、バー、プール等あらゆる付帯設備においても、パレスサイドホテルに肩を並べるものはなかった。

このパレスサイドホテルの有する大設備は、東京へ乗入れる国際航空線の増加と大型化傾向、及び旅行の団体化傾向に正にマッチして、昭和四十年代に入ってから、年間客室稼働率《オキユパンシイ》は常に90％を超えた。

一口に90％と言っても、故障室《アウトオブオーダー》やホテルの社用《ハウスユース》に使う部屋もあるから、この数字は通年毎日満室の状態であることを示す。客室の好成績に比例して宴会収入も伸びた。同業者も観光ブームに乗って一様に好成績を上げていたが、分宿を嫌う団体旅行に関しては、パレスサイドホテルの独走の感があった。

久住の得意さや思いみるべしというところであった。

だがここに久住の独走に立ちふさがる者が現われた。それが前川の経営する東京ロイヤルホテルである。

平河町《ひらかわ》の高台に旧華族から買収した約二万坪の土地を所有する前川礼次郎《れいじろう》は、オリンピック以降の激増する来訪外客のホテル対策に頭を悩ましていた、時の政府や都庁、航空関係者に口説かれて、彼らの支援の下に同敷地に地上四十二階、地下四階、軒高百五十米、客室総数二千五百、収容客数《キャパシティ》四千二百名の超高層巨大ホテルを、総工費百六十億をかけて建設したのである。

その規模においてパレスサイドホテルを上廻《うわまわ》ることはもちろん、スタンダードツインやシングルを主体にした客室構成、さらには従来、パレスサイドホテルが主要集客源としていた全日本航空や、日本旅行公社が経営参加している点などから、パレスサイドと東京ロイヤルはホテル市場においてまっこうからぶつかり合った。

パレスサイドホテルは、今までの独走を東京ロイヤルによってはばまれたのみならず、むしろ、業界のリードオフマンの地位を奪われたのである。

もともと久住と前川はいわくつきの間柄であった。久住がパレスサイドで頭角を現わす以前に支配人を務めていた東都《とうと》ホテルの、当時の社長が前川であり、何となくそりの合わぬ久住を、体のいい口実をもうけて、その当時は業界で存在すらも認められていなかったパレスサイドホテルへ〝放逐〟したのも前川である。

久住はその恨みを骨に刻んだ。パレスサイドホテルの無謀にすら見えた拡張政策も、前川のいる東都ホテルを見返してやりたいという気概が多分にからんでいた。そして遂《つい》にパレスサイドホテルを業界一の規模に仕立て上げたのであったが、久住のお山の大将も束の間、またまたイニシャティヴを憎い前川に奪い返されてしまったのである。

久住は文字通りじだんだ踏んで口惜《くや》しがった。しかしどんなに口惜しがったところで、パレスサイドホテルは容積法の限度一杯に伸び切っていた。仮に設備拡張の余地があったとしても、それに伴う厖大《ぼうだい》な資金計画は一朝一夕にできるものではなかった。

久住は前川に詰めることのできぬ差をあけられてしまったのである。

東京ロイヤルホテル――竣工《しゅんこう》した新巨大ホテルは、立地点もちょうど皇居を挟んで、竹橋のパレスサイドホテルとは真向かいの位置に、あたかも久住の歯ぎしりを嘲笑《あざわら》うかのようにそそり立った。

団体客を大きく奪われたことはもちろん、今までパレスサイドホテルのドル箱であった屋上の回転展望台、ブルースカイサロンは、東京ロイヤルが同種企画で屋上に構築したグランドスカイサロンに圧倒され、土曜や休日の夜すら閑古鳥が鳴くようになってしまった。

東京の絶対的ホテル不足に救われて、客室のオキュパンシイには大して影響がなかったが、客種の低下と宴会部門の劣勢は被《おお》い難い。久住の敗北感はますます深く抉《えぐ》られた。

だが屈辱と憤怒《ふんぬ》に打ち震えている間に、久住はこの劣勢を挽回《ばんかい》すべき天来の妙手を思いついた。それがＣＩＣとの業務提携であったのである。

ＣＩＣは、世界最大の航空会社ＷＷＡ（ワールドワイドエアラインズ）の傘下にあり、米国内はもとより、世界各国にチェーンホテル網を有する世界的なホテル業者である。

国際航空旅客の増加と旅客機の大型化は、必然的に航空業者とホテル業者を結びつけた。お客を運ぶことはできても、ホテルの斡旋《あっせん》をしてやれぬ航空業者は、客から敬遠される運命にある。ましてやジャンボジェットや、ＳＳＴなどの超音速巨大機が定期的に就航するようになれば、航空会社にとって自社路線の乗客のためのホテルを確保することは、熾烈《しれつ》な航空会社の競争に伍《ご》し、打ち勝っていくための絶対の条件であった。要するにホテルの宿泊と結びつけなければ、航空券が売れなくなるのだ。各航空会社が機上のサービス競争そこのけに、ホテル確保競争に目の色を変えて来たのはそのためである。

一方、ホテル業者にとっても国際航空業者と結びつくことは、その巨大で広汎《こうはん》な路線網によって定期的な送客を確保できるので、メリットが大きい。

ＷＷＡとＣＩＣが結びついたのも、また東京ロイヤルの経営に全日本航空がからんだのも、そういった経緯《いきさつ》があったからである。

ともあれ、そのＣＩＣに久住は業務提携を持ちかけた。このプロポーズは、オリンピック以降の訪日外客の飛躍的増加と、大阪万博をひかえての魅力的な市場性に、かねてより対日進出を目論《もくろ》んでいたＣＩＣ側にとって渡りに船であった。

「業務提携」というのは、パレスサイド側がＣＩＣ側に経営を委託する形で、ＣＩＣの名前を借りる、いわゆるフランチャイズ方式と言われる、「のれん借り」契約であり、ＣＩＣが海外進出作戦《オーバーシーオペレーション》において有力な武器としたものである。

総売上げのかなりのパーセンテージが、「のれん料」として持って行かれることになり、現在独自の名前で十分に儲《もう》けているパレスサイドホテルにとって大してうま味のある話ではなかったが、東京ロイヤルや各地路線でＷＷＡと激しくせり合っている全日航に対してかなりの打撃を与えることは確かだった。

もちろん、久住を除くすべてのパレスサイドホテルの幹部は、ＣＩＣとの提携に内心反対であった。企業はそのような私情、というよりは私怨《しえん》によって経営されるものではないというのが彼らの反対理由であったが、ワンマン久住に面と向かって諫言《かんげん》できる者はいなかった。

それに、事実、ＣＩＣとの提携によるメリットもある。彼らにそれを粉砕する具体的理由が何もない上に、反対の動機が実は、ＣＩＣの介入により自分らの椅子が奪われるのではないかという小さな自己保身に根ざしていることが、幹部を沈黙させた。

両社の間に話はとんとん拍子に進み、あとは基本業務の分掌に関する打ち合わせと、のれん料の決定を残すのみとなっていた。

今日の折衝の様子では、最大の懸念であったのれん料率も、さほど法外なものを吹っかけられずにすみそうである。

久住が上機嫌なのは、順調に進んだ会談を反芻《はんすう》したのと、その結果、前川に与えることになるべき痛烈な反撃《カウンターブロウ》を想ったからであった。

「それでは社長、私はこれで失礼します」

議事録をしまった有坂冬子は立ち上がった。

「うん、今日は久しぶりにお母さんの許《もと》へ帰るといい。嫁入り前のあんたを、ここ数日泊まりこませてしまってすまんな、明日は休暇をあげるから、充分に甘えて来なさい」

久住は孫娘を見るように目を細めた。そんな彼の表情は、楽隠居のように穏やかに緩み、到底、巨大ホテルを背負って、日々激化する業界の競争に権謀術数の限りを尽くしている非情の経営者には見えない。

久住は居室としてパレスサイドホテル3401号室を取っている。最初の二桁《ふたけた》が階層を示すから、それは客室部門の最高階三十四階の一号室であることを示していた。寝室と応接室《パーラー》がコンビになっているセミスイートである。

社長付きの秘書である有坂冬子は、その隣りの、ソファーつきのシングル3402号室をもらっていた。職務柄、久住の社長激務を扶《たす》けて泊まり込むことが多かったからだ。冬子の家人には、久住からの懇切なリクエストによって了解されている。

以前、有坂冬子はフロントのインホメーションで働いていたのだが、久住の目に止まって社長秘書に抜擢《ばってき》されたのである。持ち前のシャープな頭脳にものを言わせての適切な補佐は、この頃では社員たちから「影の社長」と囁《ささや》かれるほどに久住の全幅の信頼をかち得ている。役員も皆、彼女には一目置いていた。

それでいて、エリート秘書に多い「虎の威の狐」的なところが少しもない。明るい瞳《ひとみ》を持った穏やかで柔らかい美貌《びぼう》と、誰に対しても暖かいものごしは、社員の圧倒的な人気を集めていた。

パレスサイドホテルの未婚男性社員の大半は、有坂冬子に対して熱い憧《あこが》れを燃やしていたと言っても言い過ぎではなかったろう。いや、パレスサイドホテルだけに止《とど》まらず、元来、横の人的交流の多いホテル業界で、同業者の中にもかなり多くの「冬子ファン」がいる。

久住は、そんな有坂冬子が自慢であったらしい。およそ公的な会合のすべてに(時には私的なものにも)彼女を伴った。そして一層、冬子の存在は、業界で有名なものになって行った。

冬子が練馬《ねりま》の外れにある自宅へなかなか帰れないのは、秘書という職務と同時に、久住が、彼女を片時も離したがらなかったからである。

冬子がいないと、覿面《てきめん》に仕事に響くことも確かだが、とにかく身辺に冬子がいるだけで久住は楽しかった。すでに喜寿に迫った年齢では性的な野心はない。しかし男の本性は、常に若い美しい女を自分の身辺に置きたがるものである。

彼が冬子に目をつけたのも、そのシャープな頭脳に惹《ひ》かれたからではなく、暖かく柔らかそうな面立ちと肢体のせいかもしれなかった。

「鍵《キイ》はこちらへ置きます。いつもの睡眠薬はナイトデスクの上にございますから」

有坂冬子は、応接室の隅に配された黒檀《こくたん》のティーテーブルの中央にキイを置いた。ホテル名と３４０１と部屋番号のはいった白い鍵札《キイタッグ》がテーブルの黒に鮮やかに映える。

扉口に向かって歩み出そうとした冬子は、ふとためらうように動きを止め、

「社長」

と久住の顔を愛らしく覗《のぞ》きこんだ。

「何だね？」久住は、昼間、社員どもを叱咤《しった》激励している声とは全くの異質の声で訊《き》いた。

「私、何だか……空気が乾いているせいか、とてものどが渇いてしまいましたの。本当に厚かましいのですけれど、ここから冷たい飲物をルームサービスに注文《オーダー》してよろしいでしょうか？」

有坂冬子は、そのささやかなリクエストすら、いかにもためらいがちに言った。

「何だ、そんなことか、君の欲しい物があったら一々儂《わし》に断らずにどんどん持って来させたまえ。前から言ってあるじゃないか」

彼女のその遠慮深さが、何とも好ましいのだが、久住はむしろ怒ったように答えた。

「でも、私もこのホテルの従業員の一人ですもの、そんなわがままは許されませんわ」

冬子は慎み深く言うと、内線電話からルームサービスをダイヤルした。

待つほどもなく、控え目なノックがドアにあり、メードがジュースを運んで来た。有

坂冬子はメードのためにドアを開けてやりながら、

「どうもご面倒をかけてすみません。あ、そのテーブルの上に置いていただけませんか？」

「このテーブルですね」

メードは冬子が指さした延長を追って言った。

メードが一礼して部屋から出ようとすると、

「またグラスを下げに来られるのもご面倒でしょうから、今すぐいただきますわ。ちょっと待って下さいね」

冬子はメードを止めると、テーブルのそばのチェアに腰を下していかにも美味《おい》しそうにグラスを傾けた。

三分の二ほど内容物を空けると、それで、渇きがいえたとみえて、

「どうもごちそうさまでした」

久住とメードのいずれにともなく礼を言って、冬子はふたたび立ち上がった。

そして何気ないしぐさで、腕時計を覗いた。

「あら、止まっているわ、すみません、吉野《よしの》さん、今何時かしら？」

「七時五十分です」

吉野と呼ばれたメードは、自分の腕時計を覗いて答えた。

「どうも有難う」

有坂冬子はメードに礼を言うと、

「社長、それではお休みなさいませ」

幾分寂しそうにして見送っている久住に軽く頭を下げた。

妻には大分前に死に別れ、数人の子供たちもそれぞれ独立して、何かの援助を求める時以外は寄りつかない久住にとっては、冬子は唯一のみよりのような気がするのだろう。

これから地上最高の豪華にくるまれて眠る大経営者も、冬子に去られた後は、老残の孤独をかみしめる老人の一人となってしまうのである。

メードとともに部屋を出る時、久住が背負った大きな窓には、残光のほとんど薄れた、蒼《あお》い水のような夏のたそがれの底に都会の電飾が光の玉を砕いたように沈んでいた。冬子は老人の許から離れて、光玉の群の中へ入って行くために扉を閉めた。その花やかな蒼茫《そうぼう》のどこかに、一人の男が彼女を待っているはずであった。冬子は老人が未練がましそうな目をして見送っていると悟ると、意識して扉を強く閉めた。自動施錠のかかる音が老人と冬子の間を非情に断った。

四つの鍵《かぎ》

ルームキイ

七月二十二日午前七時過ぎ、パレスサイドホテル三十四階付きのルームメード主任《キャプテン》、吉野文子《あやこ》は、夜勤明けの朝の最初の仕事として３４０１号室へ朝刊とコーヒーを運んで行った。

これは三十四階の当直メード主任に課せられた朝の最も重要な務めだった。何しろこの〝朝の行事《モーニングサービス》〟が少しでも狂うと、久住は一日中機嫌が悪い。主任にとって簡単なサービスでありながら、最も緊張を強いられる務めだった。この仕事を無事に果たして初めて、長い苦しい夜勤から解放される。

金泥をまぶした３４０１号室の荘重なスチール扉の前へ立った吉野文子は、二、三度深呼吸をして緊張をなだめてから、コールボタンを軽く押した。室内にチロンホロンと優雅なコールサインが響いたが、動く者の気配はなかった。貴賓室ばかりが集中している最高層階の早朝は、まるで深海の底のように静まりかえっている。

文子はちょっと小首をかしげた。常ならば、コールサインを待構えていたように扉は、眠り足りた爽《さわ》やかな表情の久住によって中から開かれるからである。

文子はもう一度、今度はやや力をこめてボタンを押した。しばらく耳を澄ましていたが、室内に依然として気配は起こらなかった。

――どうしたものだろうか？――

一時、文子は途方に暮れた表情をした。

おそらくは、前日の会議か宴会の疲れが残って寝過ごしたのであろうが、こんなことは未《いま》だかつてなかっただけに、これにどのように処すべきか判断に迷った。上司にはかりたくも、まだ誰も出て来ていない。今の時間帯では文子が三十四階の最高責任者であった。

このまま久住が目覚めるまで待つか？　それともメード専用の合鍵《パスキイ》を使って室内にモーニングサービスを届けるか？

そんな思案をしているうちに早くも十分ほど経ってしまった。文子は三度、四度コールボタンを押した。依然として気配はない。もうこれ以上ぐずぐずしてはいられなかった。コーヒーを容《い》れた保温ポットの効果もそろそろ切れる頃である。文子はモーニングサービスが遅れた時の久住の不機嫌な顔を思った。朝のわずかな不手際から、全社員が一日中ひりひりして過ごさなければならなくなる。

文子は自分の責任で判断を下した。要するに、たかがコーヒーと新聞を届けるだけのことだ。相手がぐっすり眠りこんでいる間に部屋へ入れておいたところで咎《とが》められることもあるまい。こちらはきちんと定められた時間通りに届けたのに、相手が勝手に眠っていたのである。

文子はルームメード専用のパスキイを使って恐る恐る室内へ入った。入った所はパーラー（フロアロビー）で寝室は左手に隔壁によって区分されている。二室の間は、内扉《コネクティング・ドア》によって連絡されている。いわゆる続き部屋《コネクティング・ルーム》である。内扉《コネクティング・ドア》は閉じられていた。フロアロビーの入口から入って左隅にある黒檀のティーテーブルの上に、コーヒーと新聞を置いて部屋を立ち去ろうとした文子は、ふと、ある一事に気がついて立ち止まった。久住はコールサインの音を嫌って、この部屋だけ特別にコール装置を寝室部分《スペース》から取り外してあったのだ。ということは、内扉がしまっているから、文子のコールが寝室に眠っている久住の耳に届かなかったことも考えられる。

もしそうだとすればパーラーに届けただけでは文子の責任は果たされない。コールしても起きなかったのと、コールが全く届かなかったのとでは大きな違いがある。まして文子はベテランのメードキャプテンとしてコール装置が久住の寝室に達していないことを知っていた。少なくとも当然、知っているものとみなされている。

文子は境いの扉《コネクティング・ドア》に近づくと、忍びやかにノックをした。気配はなかった。

今度はたった一枚の扉の隔てだけに、人の動く気配がないことがさらによく分った。どの程度のノックを送れば正常な状態の客が起きるものか、文子は商売柄よく知っている。忍びやかであったが、彼女のノックはすでにその程度を越えていた。そのことが別の異常な気配となって迫って来た。

文子の表情に怯《おび》えに似たものが浮かんだ。

考えてみれば、あれだけ送ったコールサインが全く届かなかったということもおかしい。いくら前日の疲れが残ったにしても、耳ざとい老人が、すでに起きていなければならない朝の定時を過ぎても、これだけのコールに全く反応を示さないということは異常である。それほどに老人の眠りが深いとすれば、その眠りは異常と考えてよいだろう。

文子は「社長」に対する緊張を別の緊張に変えて、内扉のキイホールにパスキイをさし込んだ。静かに押し開いた内扉の奥に、よく閉められなかったとみえる窓際のカーテンの間隙《かんげき》から射し入る夏の朝の潤沢な光の縞《しま》が、シャープな明暗のコントラストをつくっていた。そしてその明るい部分に、ベッドに仰向けに横たわっている久住の胸の部分が入っていた。

表情は暗い部分に入ってよく見えないが、掛布《キルト》から頭だけ出してひっそりと横たわっている姿は、いかにも老人の寝姿らしい静かなものであった。だがその平穏を根本から覆すものが文子の目に飛びこんで来た。

光の中に入った久住の胸部が不気味な色彩に染められていた。久住の身体《からだ》を覆っている白いはずのキルトが、トマトケチャップのような赤黒い粘液で彩られ、それが朝の光の強烈な光度を浴びて、何の緩衝もおかずに文子の網膜に叩《たた》きつけられてきたのだ。

「わ、わわ」意味をなさぬ叫び声をあげたまま文子はその場に硬直した。動きたくとも、身体が麻痺《まひ》したようになっていた。目を外《そ》らそうとしても、視線は無惨な光景に膠着《こうちゃく》されていた。

警視庁捜査一課村川《むらかわ》班の若手刑事、平賀《ひらが》高明《たかあき》は、出勤すると同時に、課全体を包むものものしい雰囲気に、頭の芯《しん》に残っていた眠気を吹き飛ばされた。

「事件だな」

シャープな猟犬のように身構えた平賀に、

「平賀君、ついさっき君の連絡先を呼んだところだ。パレスサイドホテルで殺人《こ ろ し》事件だ。事件番にもそれぞれ自宅から急行してもらっている。君もすぐ行ってくれ」

宿直の神山《かみやま》警部のだみ声が機関銃のように浴びせられて来た。

〝事件番〟とは捜査一課の中の、殺人傷害、その他生命身体に関する犯罪の捜査にあたる、第一、第二強行犯捜査係の中の九つほどの班が交代して務めるもので、事件番期間中に発生した犯罪は、その班が主体となって捜査にあたる。

事件番の班員はいつ発生するか分らぬ犯罪に備えて、勤務時間外でも自分の所在を明らかにしておかなければならない。今週は村川班が事件番だった。

「パレスサイドホテル!?」

平賀はぎくっとして目を上げた。神山警部はそれを単なる〝刑事的反応〟と釈《と》ったらしく、

「とにかくすぐ行ってくれ、鑑識の現場班にも臨動を要請した」

有無を言わせぬ口調で押した。警察官にとっては現場がいかなる説明よりも優《まさ》る。平賀もそれ以上訊《き》く必要はなかった。

パレスサイドホテル３４０１号室には警察関係の人間があふれていた。初動捜査班や現場鑑識班が各々定められた職分に従って現場観察や証拠保全にあたっている。

現場は捜査資料の宝庫であると言われるが、その資料価値は時間的に事件発生に近ければ近いほどよい。現場に一分一秒でも早く到着することが、犯人への最短路なのだ。同時に現場の〝原形《オリジナル》〟が観察の進行と共に変形、あるいは失われていくことも防げない。現場捜査員に機敏さと同時に慎重さが要求されるゆえんであった。

平賀が現場に駈《か》けつけた時はすでに班の同僚の顔がいくつか見えた。皆自宅から急行して来たらしい。新聞記者にはまだ嗅《か》ぎつけられた様子はなかった。

「やあ、ご苦労さん」

すでに先着していた、平賀の直近上司である内田《うちだ》部長刑事が、いのししのような精悍《せいかん》な首を振り立ててやって来た。万年でか長と若手から陰口を囁《ささや》かれている古参刑事だが、平賀とは不思議にウマが合い、平賀が捜査一課に配属されてから何かと目をかけてくれている。凶悪犯人を追い回しているうちに齢《とし》をとってしまったという典型的なクラシック刑事である。それだけにカンが鋭い。

「君、大変な大物がやられたよ、被害者《ガイシャ》はこのホテルの社長だ」

平賀も久住の名前は知っている。週刊誌で写真を見たこともあった。部屋の規模や調度などから、かなりの大物がガイシャらしいことは推測できたが、よもや、これほどの大物とは思わなかった。

「まず、死体を見てくれ」

内田は平賀をロビーのような部屋から更に一段と奥まった寝室へと導いた。このようなタイプの部屋をスイートと呼ぶことは、平賀もある知人から聞いていた。

寝室そのものは標準の二人部屋《ツイン》と同じであったが、備え付けの調度類がすべて超デラックスである。

内扉から入って左側のベッドの上に、久住政之助は虫のように刺し殺されていた。よく寝入っているところを、薄い掛布《キルト》越しに極めて鋭利な刃物でまるで止どめでも刺すように上から下へぶつりと突き下したらしく、内側から滲《にじ》み出た血が掛布を染めていた。

「心臓をもろに突き刺している。創口《きずぐち》は二センチ以上あるな、おそらく即死だったろう。心壁を直角に突いているから出血が多い。ベッドにおおかた吸いこまれてしまったので、少量に見えるが、相当に出ているね、即死をしなくとも出血で死んだろう。ひでえことをしやがる」

この時初めて内田刑事の無表情が動いた。もし意識して掛布の上から刺したのであれば、犯人は相当に巧妙な計算をしている。心臓をまともに突き刺した場合、犯人は被害者の返り血を浴びることを殆《ほとん》ど避けられない。

だがこのような状態で刺せば、創口から飛散する血しぶきは、すべて掛布が遮断してくれる。まして掛布をかけたままにしておけば、被害者の目を覚ますおそれもない。鋭利な刃物を上から下に突き下す強大な攻撃力の前には、薄い掛布の一、二枚など、何ほどの緩衝にもなるまい。

内田の表情が動いたのは、犯人の計算に対してかもしれなかった。

被害者はベッドの中央に、両足を自然体に伸ばして仰向けに横たわっていた。苦悶《くもん》するひまもなく絶命したのか、凄惨《せいさん》な死体に似合わず、表情は割合い穏やかである。素肌にホテル名入り浴衣地の寝巻を着けていたが、あまり乱れていない。右手は尻《しり》の下へ軽く曲げ、左手は末広がりに身体からやや離して伸ばしていた。両手に握っている物はなかった。

胸部からの出血さえなければ、穏やかな寝相と言える。創口は身体《からだ》の正中線よりもやや左側、第四肋間腔《ろっかんくう》のあたりに、身体の軸にほぼ直角に抉《えぐ》られている。これは凶器を肋《ろっ》骨《こつ》にはばまれることなく、確実に心臓の内奥部へ送りこむためであろう。創口はそこ一ヵ所だけだった。ここにも一撃にして相手を倒すべき、犯人の正確な狙いと、自信のほどがうかがわれた。

鮮血はベッドに殆ど吸収されていて、床のカーペットに流れ落ちた形跡はない。その色調と凝固の状態から、犯行後まだあまり時間は経過していないものと思われる。

ベッドは頭部を壁につけ、左側のベッド（被害者が仰臥《ぎょうが》した形で）との間には人間一人が辛《かろ》うじて入れるほどの隙間がある。室内は全然乱れていない。ベッドの左側（応接室《パーラー》から入れば右側）には、サイドテーブルとソファー二脚の三点セット、応接室との境い壁に接してライテングデスクとチェア、その傍にバッゲージラック（荷物台）などが整然と配置されてある。屑入《トラッシュ》れや灰皿《アッシュトレー》に至るまで、それぞれ定位置と思われる場所から動かされた様子はない。トラッシュは空、アッシュトレーもメードが掃除した時のままにきれいだった。

枕元に備えつけられたナイトデスクには、室内電話《ハウスホーン》とともに、３４０１号室の鍵《かぎ》や、被害者のものと思われる腕時計、メガネ、それに常用薬らしいくすりの小びんがあり、その内容物は約四分の一ほど失われている。それら小物類からやや離れて同じデスクの右よりにジャーとグラスがあり、グラスの底には飲み残しの水が一センチほど残っていた。

「被害者は右利きだったのかな？」

内田刑事が言った。

「どうしてですか？」平賀が聞くと、

「仰向けに寝た時にナイトデスクが右側に来るベッドに寝てるからな」

確かに俯《うつぶ》せに寝るくせが無ければ、右利きの人間にとってはナイトデスクが右側（仰向いた時）の枕元へ来る、被害者の横たわったベッドの方が便利かもしれない。しかしこれだけで右利きと断じるのは早すぎるような気がした。いずれにせよ、すぐ分かること

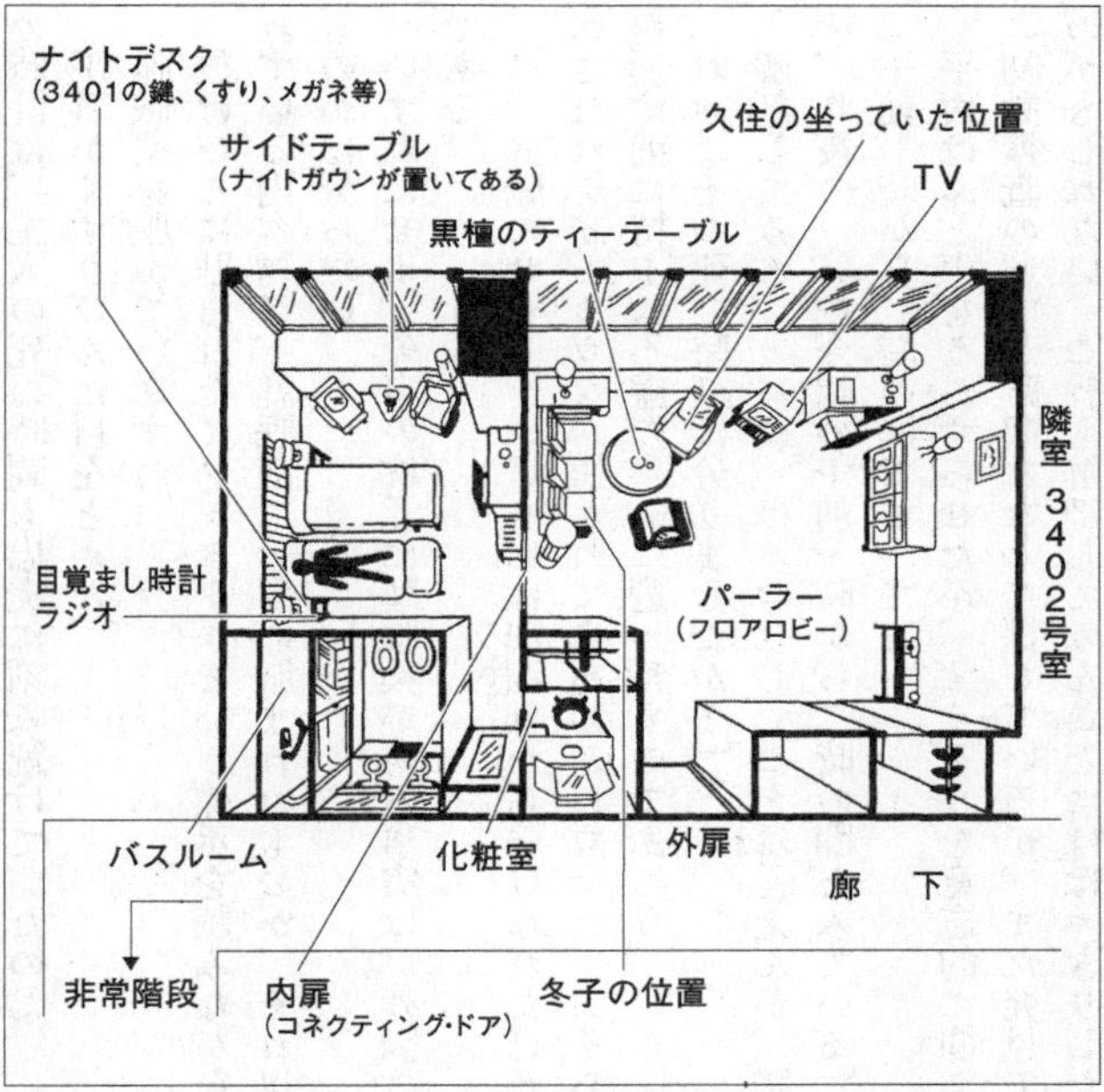

3401号室平面図

である。

　ナイトデスクの下にはラジオと目覚まし時計が組み込まれてあって、針は午前八時四十五分を指している。目覚まし針が午前七時を指しているところを見ると、その時間にもはやふたたび目覚めることのない部屋の主人のために徒《いたずら》にアラームを鳴らし続けたことであろう。

　目覚まし時計と腕時計の時間は完全に一致している。二つの時計は、主人の死の時間も忠実に刻み続けていたのだ。

平賀がくすりびんに目をとめた。

「睡眠薬を服《の》んでいますね」

彼はびんに貼られたイソミタールという標示を読みながら呟《つぶや》いた。四分の一ほど失われている内容物が、就眠前に一度に服まれたものか、それ以前何回かに分けて服まれたものかは分らない。

いずれにせよ、死者の枕元に睡眠薬がある事実は、死因に別の可能性を提起するものである。

ベッド脇のサイドテーブルには洗濯部《ランドリー》から届けられたばかりとみえる、きちっとプレスされたナイトガウンが置かれてあるのが目立った。おそらく昨夜届けられたまま、手を通す前に持主は不慮の事故に遭ったものであろう。

「おおよその死亡時刻は分りましたか？」

「解剖してみんことには、はっきりしたことは言えんが、鑑識は死体の死後硬直からまず、昨夜の、いや今朝の午前一時から二時の間とみている」

「午前一時から二時の間ですって⁉」

平賀はふと声をうわずらせたが、すぐそれを意志的に抑えて「凶器は？」と訊《き》いた。

「初動捜査の連中が躍起になって探しているが、まだ発見できない、犯人が持ち去ったのかもしれない。これも解剖してみんことにははっきりしたことは分らんが、創口から推定すると、刃幅二センチ程度の先端が刺身包丁のように尖鋭《せんえい》な極めて薄い刃物と思われるな」

内田刑事の言葉は、平賀の胸の中にあった自殺ではあるまいかという疑念を粉砕するものだった。

ナイトデスクの上にある、部屋の鍵と睡眠薬は、死因を自殺へ傾斜させる有力な資料だったが、凶器の所在が不明であれば、その傾斜を一挙に他殺へとはね返してしまう。睡眠薬を服んでから我と我が身を傷つけることは、小心な自殺者が死の恐怖や苦痛を柔らげるためによくある例だが、死体の近くに凶器が発見されないとなれば、今のところ犯人の手によって持ち去られたとしか考えようがない。

「犯人はどうやって侵入したんでしょうね」

平賀はナイトデスクの上のキイを横目でにらみながら重ねた。

「合鍵《あいかぎ》で入ったんだな、ホテルの部屋は合鍵がうんとあるそうだから」

内田はこともなげに言った。

「そうすると、犯人は内部の者？」

「……とは断定しないがね」

内田は一応否定したが、その表情から多分に犯人内部説に色気のあることがうかがわれた。

それに内部の人間でなければ、鍵がかかった密室に入れるはずがない。

そうこうしている間に、村川班の刑事は全員顔を揃えた。初動捜査班と鑑識の保全をしていた現場を中心に、いよいよ本格的な捜査が始まった。

平賀は班長の村川警部と内田部長刑事と共にまず事件の発見者である吉野文子に会った。初動捜査班から与えられた事件概要をもとに、関係者からの徹底した事情聴取によって事実を明確にして行くわけである。

フロアパスキイ

ホテル側の好意によって——というよりは、刑事にあまりうろうろされたくないために与えられた小部屋の一つに、文子は緊張した面持ちで入って来た。三十近いベテランのメードキャプテンも、つい一、二時間前に自分の目で見た惨劇のショックから立ち直れないらしく、おどおどと落ち着きがなかった。

「ホテルの仕事って面白いでしょうなあ」

老練の内田刑事が、世間話でもするようにさりげない口調で話しはじめた。

「一流のお客に毎日会えるきれいなお仕事で、美味《おい》しい物ばかり食べられる」

「とんでもない」

内田刑事のとぼけたような口調に吉野文子は口を尖《とが》らした。

「一流のお客様に毎日会えるのは本当ですけれど、私たちの接客というお仕事は、決して他人目《はため》のようにきれいな仕事ではございません。お客様に最高の満足を与えるのが、私たちの務めですから、それはもう身と心を磨り減《す》らすことばかりです。美味しい食物はお客様だけのものですよ」

「なるほど、そんなもんですかなあ、私らには華やかで、こんなきれいな商売はないように見えますがな、ま、他人様《ひと》の荷は軽く見えると言いますからな」

内田刑事はもっともらしく頷《うなず》いてみせたが、吉野文子はいつの間にか、彼のペースに巧みに導き入れられていることに気がつかなかった。

「ところで今朝は大変でしたねえ、あなたも驚いたでしょう」

「ええ、そりゃもう、私まだ朝ご飯前なんですけど、全然食べる気になれないんです」

「そのことでちょっとお訊きしたいんですがね、あなたが社長さんの部屋の前へ来られた時、確かに鍵がかかっていましたか？」

内田はさりげなく核心に触れて行った。

「それはもう絶対に確かです。ドアは完全にしまっておりましたから。それに万一開いたままになっておりましても、ルームパトロールの時、発見されて必ず報告がまいります」

「ルームパトロールって何ですか？」

内田刑事は聞き馴《な》れぬ英語が飛び出して面喰《めんくら》ったようである。どうもこの種のホテルは英語が多くて、古手刑事は苦労させられる。

「お客様の中には酔ってお帰りになって、扉をよく閉めないままお寝《やす》みになってしまう方がいらっしゃるのです。ホテルは何と申しましてもお客様の安全が第一ですから、警備の者が三時間に一度ずつホテル全館にわたってパトロールをして、扉の開いたお部屋がありますと、完全に閉めた上に各階《フロア》の責任者《キャプテン》へ報告することになっております。昨夜から今朝にかけて三十四階にはそのような報告は一件もございませんでした」

「なるほどね、ずい分神経を使ってくれるのですね、だてに料金が高いわけじゃないんだな、それでそのパトロール時間は決まっているのですか？」

「はい十時、一時、四時の三回に分けて行ないます」

三人の捜査官は鑑識が応急に推定した午前一時〜二時という被害者の死亡時間を考えた。

もしこれが偶然でなければ、パトロール時間の間を巧みに縫った犯人は、かなり内部事情に詳しい者とみられる。

刑事のちょっとした沈黙の与える圧力に耐えられなくなったように、吉野文子は進んで口を開いた。

「ご存知とは思いますが、私どものホテルのキイは、完全自動式《フルオート》で、ドアを閉めさえすればキイがロックされてしまうのです。それでよく、馴れないお客様がキイを持たずにお部屋の外へ出て、閉め出されて大騒ぎすることがございます」

「完全自動式《フルオート》ねえ、便利すぎて不便のようだな」

「いったんロックされたドアは、外側からは開きませんが、内側からはドアノッブをひねりさえすれば開きますから、馴れればとても便利なのです」

「なるほど、ところで3401号室には寝室と応接室との境にも扉がありますが、あれもフルオートですか？」

「いえ、スイートの連絡扉《コネクティング・ドア》はフルオートにしますとかえって不便なので、半自動《セミオート》になっております」

「セミオート？」

内田は英語が次々に飛び出すので閉口した。

「ドアの握り《グリップ》にポッチがありまして、それを押してから閉めると、自動式扉《フルオート・ドア》と同じ状態になるのです」

「ほほう、つまりポッチを押して閉めれば、寝室側からは開けられるが、応接室側からは鍵がなければ開けられないということですね」

「さようでございます」

「そのコネクトドアとかいうのは確かにしまっていましたか？」

「はい、私ども専用のフロアパスキイで開けて入りましたから」

「外側の扉、つまり応接室へ入る扉も、コネクトドアも、同じ鍵で開けられるのですか？」

「はい、一応」割合い歯切れよく答えていた文子が、この時になってやや言葉を淀《よど》ませた。

「一応と言うと？」

内田が目を光らせた。

「といいますのは、内《コネクティング・ドア》扉も同じ鍵で開くのですけど、ちょっと特殊な鍵の回し方をしなければならないのです。普通のキイはキイホールに差し込んで右回しですが、内《コネクティング・ドア》扉にかぎって左へ回し、回し切った所で、ちょっと押して右へ戻さなければ開かないのです」

「ほほう、そんな鍵の使い方があったのですか。内《コネクティング・ドア》扉の鍵は皆そんな風になっておるのですか？」

「スイートは大切なお客様……もちろん、すべてのお客様が大切ですけれど……特に重要なお客様ばかりがお見えになりますので、スイートの連絡扉《コネクティング・ドア》は皆、そのようになっております。もっとも、実際にそれをロックされるお客様は少ないのですけれど、外扉だけで十分ですから」

「社長は用心深い方だったのですね」

「はい、とても用心深くて、お寝《やす》みになる前にはいつもコネクティング・ドアまでロックされておりました」

「そうですか、ところでその鍵《かぎ》の回転法はお客に教えるのですか？」

「いいえ、お教えいたしません。用心深いお客様がお寝みになる時、ロックなさるだけで、別に不都合はございませんので。ごく稀《まれ》にキイを寝室に残されたまま、誤ってパーラー側からドアをお閉めになり、寝室へお入りになれぬお客様がございますが、そのような節は私どもが一々パスキイでお開けしてあげますので、別に大してご不便をおかけすることはございません」

内扉の鍵の特殊な回転法を客が知らぬとなると、犯人が内部事情に詳しい者との推定は更に強まる。三人の捜査官はそれとなく視線を交し合った。

「分りました、すると吉野さん、あなたは社長があんなことになっているのを発見なさるまでに、外扉と内扉と二つの扉を開けたわけですね」

文子は唇の端を震わせて頷いた。恐怖の瞬間を甦《よみがえ》らせたのであろう。

「それでその部屋の合鍵《あいかぎ》はあなた以外に誰が持っているのですか?」

「スペアキイですか」

ホテルの人間らしく言葉に英語の多いのには辟易《へきえき》させられたが、接客業者特有の如才なさか、それとも初動捜査班に訊《き》かれたことの上塗りであったせいか、文子の説明はなかなか要領を得ていた。

「各部屋それぞれのスペアキイは、一個ずつあってフロントに保管されていますが、その他に、ホテル全室を開けられるグランドマスターキイがございまして、これは支配人が保管しております。そしてもう一つが私どもメードキャプテンが持っている特定の階層の部屋だけを開けられるフロアパスキイです」

「そうすると、各部屋の住人に渡される専用の鍵（ルームキイ）の他に、フロントに一つ、支配人が一つ、各階のメードの主任さんが一つと、各室を開けられる鍵は合計四つあるわけですね」

吉野文子は大きく頷いた。

「その他には絶対ありませんか？」

「私の知っている限りではないはずです」

文子の口調は断定的だった。

「それでは今あなたが持っているフロアパスキイですが、昨夜はどなたが保管しましたか？」

「昨夜午後六時に夜勤《ナイトシフト》に入った時、遅番のキャプテンから引き継いでより、ずうっとこうやって首にかけております」

文子は首から太い銀ぐさりでペンダントのようにブラ下げているパスキイを示した。

「部下のメードさんに貸してやったことはありませんか？」

「パスキイが必要な時は、必ずキャプテンが立ち会うことになっております。ルーズなキャプテンの中にはキイだけ部下に貸す人もあるようですが、私は絶対にそのようなまねはいたしません」

文子はこころもち胸をそらした。

「あなたのような心がけの方がおればこそホテルへ安心して泊まれるわけですね。ところで夜勤は全然寝《やす》まないのですか？」

「仕事が終れば二、三時間の仮眠は許されております」

「どこで寝まれるのです？」

「各階《フロア》ステーションの中に当直用のベッドがございます」

「あなたも昨夜、少し仮眠を取られましたか？」

「はい、午前三時頃から二時間ほど、昨夜は早く仕事が片づきましたので」

と答えかけた文子は、言葉半ばで内田の質問の真意を悟ったらしく、やや語調を改めて、

「でも寝んでいる間もキイは肌身離さず持っておりました。寝むと言いましてもあくまでも勤務時間中の仮眠ですから、神経は常に緊張しております。そんな気配があればすぐに分ります。それにパスキイを盗もうとするような不心得者は、このホテルの従業員の中にはおりません。少なくとも三十四階には」

文子は次第に抗議調になって来た。内田は苦笑しながら、

「いや別にそんな意味からお訊きしたんじゃありません」

と宥《なだ》めるように言った。文子にはもっと話してもらわなければならなかった。ここで腹を立てられては困るのである。

「おつかれのところをすまないが、ついでにもう一つ教えて下さい。あなたは三時に寝まれるまでの間、社長室へ出入した人間を見ましたか？」

村川警部が代わった。平賀は専らメモ役である。

「いいえ、多分、誰も出入しなかったと思います」

「多分というと？」

「各階のフロアステーションはエレベーターホールの脇にあるのですが、その位置から3401号室のあるA棟の廊下は見通せないのです」

パレスサイドホテルの構造はエレベーターホールを中心にしてABCの三つの棟を三矢のように三方に派出させている。すべての部屋を外側に面するようにした設計の工夫であった。

すでに見取図によってホテルの構造を頭に入れておいた村川警部は頷《うなず》いた。それによるとステーションのカウンターから見通せるのはC棟だけであり、AB両棟はいずれもステーションの死角に入っていた。

「しかし、エレベーターから降りて来る客の姿はよく見えるでしょう？」

「それは見えますけど、C棟以外のお客様は何号室へ通るのか分りません。何しろ三十四階だけで七十室以上もお部屋があるのですから、それにキイはフロントで受け渡しております」

文子は村川の方に眩《まぶ》しそうな視線を向けた。目がやや充血している。夜勤と事件の緊張でかなり疲れている様子である。あまり長く引き留めておくわけにはいかない。

「それに……」メードはふと思い出したように言った。

「社長さんはお寝《やす》みになる前に、必ず睡眠薬をお服《の》みになっていましたから、夜間のご面会客を避けております」

　当然、訊かねばならぬことを先に言い出されて、村川は喜んだ。

「よく眠れないたちだったのですか？」

「いったんお寝みになればめったにお目を覚まされないのですが、お寝つきが悪いとかで」

「昨夜は何時頃くすりを服まれたかご存知ですか？」

「いいえ、お服みになるところは見ませんでした。でもいつもきまって九時頃お寝みになりますから、八時半頃ではないでしょうか」

　イソミタールはアモバルビタール系の就眠熟眠薬である。どの程度の量を服んだか分らないが、八時半頃服薬したとすれば、おそらく午前一時から二時にかけては、最も睡眠深度の深い時間であったろう。

「最後に社長の部屋へ通ったのは誰だか覚えていますか？　つまり社長が生きておられる間にです」

「それは……多分私だと思います」

　文子はややためらいがちに言った。

「あなたが？」

「七時四十分頃だったでしょうか、３４０１号室からルームサービスのオーダーがありまして、私がお持ちしたのです。社長室の用事は粗相があるといけませんので、すべてキャプテンが承るようにしております」

「ルームサービス？　久住社長からですか？」

「いいえ、秘書の有坂冬子さんからです。グレープジュースのオーダーでした」

その時平賀の眉《まゆ》がぴくっと動いたが、一座の者は誰も気がつかなかった。

「社長が飲んだのですか？」

「いいえ、有坂さんが召し上がりました」

「それじゃあ、あなたの後に、有坂という秘書が残っていたのではありませんか」

「ちがいます、有坂さんはグラスを下げに来てもらうのが悪いからと仰有《おつしや》って、その場でグレープジュースを召し上がると、私と一緒に部屋を出られたのです」

「ほう、あなたも一緒に、そうすると、正確には、生前の社長に最後に接した方はあなたと有坂秘書のお二人ということになりますね」

「はい、もし私たちの後に通った人がいなければ」

その後に通った人間が犯人なのだと言いたいところをぐっと怺《こら》えて、村川は続けた。

「有坂秘書と一緒に部屋を出た時間を覚えておられますか？」

「七時五十分です」文子はきっぱりと言った。

「どうして、そんなにはっきりと覚えているのですか？」

「有坂さんの時計が止まってしまって、私に時間を尋ねたからです」

「時間をね……」

村川はちょっと宙を追うような目をして、

「あなたの時計は合っておりましたか？」

「はい、今朝社長室のルームサービスのために七時の時報に合わせたのですが、三十秒進んでいただけでした」

「なるほど」村川は頷いて、

「お疲れのところをお引き留めしてすまないが、もう少し教えて下さい。あなた方が部屋を出た時、有坂秘書は３４０１号室の鍵《かぎ》を持って出ましたか？」

捜査員一同の視線が吉野文子の口元に注がれた。これは非常に重要な質問だった。もし有坂が鍵を持ち出していれば、彼女自身が犯人か、共犯の疑いが出て来るのである。彼女自身が、あるいは犯人が有坂冬子から手渡された３４０１の鍵で部屋へ忍び入り、殺人の実行が終った後、鍵を室内に残して外へ逃れれば、扉はフルオートであるから、完全な密室が構成されることになる。

「いいえ」

だが文子は無惨なほどはっきりと否定した。

「キイは確かに室内にありました。パーラーのティーテーブルの上に乗っていました。有坂さんがちょうど鍵を指さすようにして、ジュースをテーブルの上に置くように言われたのでよく覚えております」

「それは確かに３４０１の鍵でしたか？」

ホテルの鍵は規格化されているから見間違いということも考えられる。

「絶対に３４０１に間違いありませんでした。私、この目で番号を確かめましたもの」

文子の言葉は確信にあふれていた。

「しかし鍵は寝室の枕元にありましたがね」

「社長さんには奇妙なくせがございまして、身の回りのお品が、定まった位置にないとお寝みになれないのです。お部屋備付けの家具や備品はもとより、時計やメガネなどの私物に至るまで場所がきまっております。キイの場所はナイトデスクの上でございましたから、お寝みになられる時、ご自分で移されたのだと思います」

「ほう、そんなくせがあったのですか？　ところであなたが事件の最初の発見者ですが、それらの品はみな定位置にありましたか？」

「はい、最初駈《か》けつけて来た刑事さんに見てくれと言われて確かめたのですが、私の知っているかぎりでは、みな、定められた場所にありました」

「なくなっていた物はありませんでしたか？」

「特に気がつきませんでした」

「有坂秘書はもう出勤しておられますかな？」

村川警部は腕時計を覗《のぞ》いた。午前九時半を少し廻《まわ》っている。

「昨夜一緒に社長室を出た時、今日は久しぶりに公休をもらったと喜んでいましたから」

「公休か、まずいな、住所はご存知ですか？」

「たしか練馬の方だと言ってたのを覚えてますが、よく知りません。人事課に聞けば分ると思います」

「内田君、君は有坂秘書の自宅を調べて、すぐ急行してくれ、山田《やまだ》君も連れて行きたまえ！」

村川警部の語気にただならぬものが感じられた。山田も村川班の一員である。平賀刑事が何か言いたそうに唇を震わせたが、それを意志的に抑えた。内田部長刑事が出て行くと、村川はふたたび吉野の方を向いた。

「あなたが有坂さんと一緒に3401号室を出た時、扉は二人のどちらが閉めましたか？」

「有坂さんです」

「完全に閉めたでしょうな？」

この質問も重要だった。完全に閉めたふりをしながら、わずかに〝半ドア〟にしておけば、犯人は鍵なしで易々と進入できるからである。

「ええもちろん。完全に閉めたか閉めないか、音で分ります。フルオートが効いた音を私確かに聞きましたから、間違いございません」

メードの否定はまた一つ、冬子にまつわる疑惑を消した。かりに冬子がクロとしても、第三者の目の前ですぐに見破られるような作為の危険は冒すまい。

警部は質問の鉾先《ほこさき》を変えた。

「へんな質問ですが、社長さんはどちら利きだったですか？」

「は？」

「つまり利き腕ですね、右利きか、左利きかということです」

「特に注意をして見てませんでしたが、右利きだったと思います、あ、確かに右利きでした、いつか、右手のお指にお怪我をなさった時、利き腕が使えなくて困ると仰有ってましたから」

これで内田刑事の推理が正しかったことが確かめられたわけである。

「昨夜、あなたと一緒に夜勤を務められた方は？」

「ルームボーイが三人です」

「メードさんはおられなかったのですか？」

「管理職以外はメードは夜勤をできないことになっております」

「そのボーイさんたちはまだ残っているでしょうな」

「はい、こんな事件が起こりましたので、支配人から、許可が下りるまで会社に留《とど》まっているようにと言われております」

「それでは今度はその人たちを呼んで下さい。あなたはもうけっこうです。お疲れのところをお引き留めして申し訳ありませんでした。また何かあったらご協力をお願いします」

文子が一礼して出て行くと、気配が消えたのを確かめてから村川が口を開いた。

「あのメードの言葉は信じてよさそうだな」

平賀は頷《うなず》いた。かくてルームキイとフロアパスキイを犯人が使用した可能性は打ち消された。

「とすると、犯人は支配人のマスターキイか、フロントの合鍵《あいかぎ》を使ったことになりますね」

平賀が言った。

「もし他に合鍵がなければのことだがね」

村川警部はなかなかに慎重だった。

「犯人が合鍵のどれかをゴムかロウの型台に押して、型を取り、別の合鍵を作るということはないでしょうか？」

平賀はふと頭に湧いた考えを言ってみた。

「その可能性はあるな、今、クワちゃんらが支配人にあたっているから、いずれそのことも明らかになるだろう」

村川が言った時、扉のコールサインが鳴った。ボーイ達がやって来たらしい。

グランドマスターキイ

支配人室はフロントの裏手にあった。「社員用《プライベート》」と英語で書かれたスチールドアを押すと、そこは事務所になっていて、大勢の男女社員が忙しそうに立ち働いている。間断ない電話のベル、タイプや電子計算機の鋭角的金属音、統一のない話し声などが、一気に舞い立った埃《ほこり》のように訪問者に迫る。

四方を囲む剝《む》き出しの白壁には窓一つない。整然と並べられたスチール製のデスクやロッカーが、いかにも人間の情緒よりも合理的機能性を優先していることを物語る。フロントやロビー周辺の優雅で上品なムードに比べると、これが同一のホテルの中とは到底信じられぬ殺風景であるが、それでいて新聞社や、週刊誌の編集部や、そして刑事たちが最も馴《な》れ親しんでいるデカ部屋の殺風景とは全く異質の雰囲気があった。

村川班の桑畑《くわはた》と小林《こばやし》両刑事が、それを窒息《ちっそく》しそうな息苦しさと気づいたのは、手近にいた社員に支配人への取次ぎを頼んだ時である。息苦しさは窓一つない密室という物理的な環境によるばかりではなく、常に他人の目を意識して動いているような社員たちの態度のせいでもあった。

やはりそこは「客の満足」を主たる商品にしているホテル以外の何処でもなかった。待つほどもなく秘書らしい若い女が現われ、二人の刑事を事務所の更に奥まった方へと導いた。

「支配人室《マネジャールーム》」とこれまた英語のサインボードが掲《かか》ったスチール扉の中に導き入れられると、ふたたび、優雅な客用部分《ゲストスペース》と同じ雰囲気が甦《よみがえ》った。

「ご苦労様です」

支配人は「井口道太郎《いぐちみちたろう》」と金粉で刷った社章入りの名刺をさし出しながら、ベテラン接客業者特有の訓練された笑顔で二人の刑事に椅子を勧めた。

五十がらみの恰幅《かっぷく》のよい男である。そのゆったりと落着いた態度には、接客業者らしい作為以外の、人生を積極的に生きる者の自信が感じられた。だが同時にどこからでも来いといった身構えが多分に見える。桑畑刑事は簡単に久住社長の不慮の事故に対して哀悼《あいとう》の意を表すると、単刀直入に核心に入った。

「早速ですが、支配人さんはホテル全室共通の合鍵をお持ちですね」

侵入者の割出しが犯人逮捕に直結する問題であると同時に、相手が話しやすそうな点から導入して行くのが事情聴取の常道であった。

「昼間は私が、夜間はナイトマネジャーが保管しております」

「その正確な時間分けはどのようになっておりますか？」

「ナイトマネジャーの勤務時間は夜六時から翌朝午前九時までですので、朝は大体その時間に業務報告とともに私が引き継ぎ、夜間は私が退社する時に渡し送っております」

「昨夜は何時頃渡されましたか？」

「昨夜は比較的早く退社しました、そうですな、六時半頃だったと思います」

「これは形式的な質問ですが、昨夜はいかが過ごされましたか？」

「はは、アリバイですか、ま、マスターキイの保管者の一人として止むを得ないでしょうな、まっすぐ家に帰り、風呂《ふろ》に入り、めしを食って十一時頃まで読書をしてから寝ましたよ、そうだ、カーの密室物でした」

井口支配人は揶揄《やゆ》的な笑いを浮かべた。

「そのナイトマネジャーの名前は？」

「二人おりまして、昨夜は大倉《おおくら》というものが勤務でした」

「後で呼んでいただけますね」

事件関係者はすべて初動捜査班によって足留めされているはずである。

「ところで、客室の鍵は第三者が型を取り、合鍵を作ることができますか？」

「このホテルに関する限り、それは絶対に不可能です。私どものは、アメリカ製のコルビンの錠前《シリンダー》で、一個七万円もする精巧なシロモノです。予備《スペア》キイもメーカーだけにしか作れず、それも錠前の正当な所有者の依頼でなければ応じません。第三者が型取りをして作れるようなちゃちな鍵ではないのです」

「するとメーカーに鍵を購入した者のリストでもあるのですか？」

「そうです、キイにはそれぞれナンバーが付せられ、購入先とともに登録されております」

「３４０１号室の前のお客が、鍵を持ち去ったということはございませんか？」

「お客様の中には物好きな方がおられましてね、ホテルの鍵を蒐集欲《しゅうしゅうよく》の対象にしている方がおります。しかし３４０１号室に限ってその心配はありません。何故ならあの部屋は開館《オープン》の時から社長専用室として一般客に提供していないからです」

桑畑刑事が口を閉じると、今までかたわらで支配人の言葉の要点をメモしていた小林刑事が目を上げた。

「話は変わりますが、支配人さんには久住社長に対して怨《うら》みを含んでいるような人間のお心当りはございませんか？」

「さあ、何分これだけの大屋台を背負っておられた方ですから、我々には到底測り知れない複雑な人間関係の中にあったことと思います。しかしそれはあくまでもビジネスの上で、このような凶悪犯罪に巻きこまれる性質のものではないと思いますが」

井口はさすがに言質を取られるような答はしなかった。しかしビジネスのもつれは殺人の充分な動機になる。まして実業界の大立物として、莫大《ばくだい》な利権のからみ合いの中を生きていた久住の存在は、多数の人間の利益と不利益につながっていたと考えられる。久住を殺しても不思議のない人間は、決して少なくはあるまい。現に井口自身もその一人かもしれなかった。彼の発言は、自分の立場も十分計算に入れている。

「社長の事故はクレイトンとの業務提携に影響を与えるでしょうか？」

小林刑事は久住が携わっていた当面の最も大きなビジネス問題に触れた。

「すぐにどうということはありますまいが、役員の中にはかなり反対の向きも多うございましたからね」

「予断を許さないということですか」

「は、ええ」

井口の返事が急に歯切れ悪くなって来た。

「支配人さん自身は、今度の提携に対してどうお考えですか？」

小林刑事は今もらったばかりの井口の名刺の肩書に「取締役」とあるのを横目でにらみながら言った。

「社長のご生前のお考えには賛成ですが、何分私などは形だけ平取の末席に名を連ねているだけでして」

相変わらず井口の答は煮え切らない。

「もしこの提携話がご破産になったら、利益を得る者がありますか？」

「そりゃあもう、京浜《けいひん》の同業者は皆、胸を撫《な》でおろすでしょうな」

「業界は反対だったわけですね」

「経営政策上のプライバシイですから、表立っての反対はありませんでしたが、内心穏やかではなかったでしょうな」

井口からはそれ以上引き出せなかった。二人はその後ナイトマネジャーの大倉に会ったが、マスターキイは彼によって日銀《にちぎん》の金庫に預けられたように確実に保管されていたことを確かめただけだった。かくてグランドマスターキイも否定されたのである。

フロントスペアキイ

村川班の荒井《あらい》、内藤《ないとう》両刑事はフロントキイボックスの裏で、昨夜のフロント夜勤の責任者である梅村《うめむら》というチーフクラークに会った。折りから朝の出発時間《チエックアウトタイム》であり、会計のホテルマシーンの金属音や、ルームから出発を知らせるインターホーンブザーなどでフロント一帯は騒然となっていた。おそらくはホテルで最も忙しい時間帯なのであろう。

社長の死は必要関係者以外には伏せてあったが、この「サービスの量産工場」とも言うべき巨大ホテルの、ダイナミックな朝の活動を見ていると、たとえどんな大物であろうと、たかが一個の人間の死など、組織の存続にとっては全く無関係のように見えた。組織は人間が創ったものでありながら人間を超越する。

今この巨大ホテルは、その主《ぬし》ともいうべき人間を喪《うしな》いながら、その主が生きていた時と全く同じ、いやそれ以上の脈動を打ち続けているのである。

二人の刑事は、組織の非情性に触れたように思った。だが今はそんな感傷を追っている時ではない。彼らはこの組織よりももっと非情で冷酷な殺人犯人を追わなければならないのだ。荒井刑事が口火を切った。

「事件の概要はご存知でしょうから、率直にうかがいます。各客室の合鍵《あいかぎ》はフロントに保管してあるそうですが、３４０１号室の鍵はございますか？」

「はい、ここに確かに」

梅村はあらかじめこのことを訊《き》かれることを予期していたらしく、ダイヤル式の錠前つきロッカーを指した。

「キイボックスの中にあるのが、お泊まりのお客様に手渡される客室備付鍵《ルームキイ》で、スペアキイは一括してこの金庫《ロッカー》の中に保管してあります」

梅村は説明しながら、ダイヤルを回して金庫を開いた。中には二千室の合鍵が各階毎に整然と区分けされて吊《つ》ってある。梅村が指したその中の一個は、確かに3401号室の鍵であった。

「この金庫のダイヤルナンバーは誰が知っているのですか？」

「主任以上の管理職で、昨夜は会計主任《キャッシャーチーフ》と私だけでした」

「金庫の中身は鍵だけですか？」

「会計の準備金《ファンド》が常時二十万ほど入っておりますが」

梅村は鍵束の上の棚にある手下げ金庫を指した。

「昨夜から今朝にかけてこの金庫を開けましたか？」

「いえ、大抵の夜は二、三度開けるのですが、昨夜はキイの紛失もなく、会計も準備金が不足しなかったので一度も開けませんでした」

「しかし、あなたが席を外された時に誰かが開けるというようなことはありませんか？」

「仮に誰かが開けたとしても、必ず私に報告が来るはずです。当ホテルではお客様の生命財産を預かるキイの保管には最大の注意を払っておりますから」

「何かの機会にダイヤルナンバーを知った者が、皆が寝た後でひそかに開けるというようなことは考えられませんか？」

「昨夜のナイトは全員残しておりますから一々お尋ねになると分ると思いますが、これだけ大きなホテルになりますと、一晩中、絶えず誰かの目がフロントにあります。フロントもキャッシャーも、ボーイも不寝番がおりますので、誰にも知られずスペアキイを持ち出し、そしてまた元の場所へ戻しておくということは絶対に不可能です、それに昨夜は私が不寝番に当たりまして、殆《ほとん》どこの金庫の傍を離れませんでした」

梅村は充血した目をしばたたかせた。職務に忠実そうな男である。おそらく彼は文字通り一睡もせずに自分の職場を守ったのであろう。

「特に今朝方の午前一時から二時頃までの状態はいかがでしたか？」

「その時間帯はフロントの夜勤者《ナイト》にとっては、まだ宵の口ですよ、部屋数四、五百未満の中小ホテルならば別ですが、二千室もかかえていますと、まず午前四時前に仕事が片づくということはありません。全員起きていました。それに最近は有難いことにオフシーズンでも一向にお客様が減りませんので、フロントは毎日しごかれます」

梅村は一流ホテルマンのプライドと、その激務への辟易《へきえき》を半々に見せた。なるほど二千室もかかえたマンモスホテルとなると、既存の中小ホテルの観念は通用しないだろう。特に最近の観光ブームで、従来二八《にっぱち》の枯月と言われた都市ホテルの夏冬のオフシーズンがなくなり、京浜地区のホテルは通年90％を越える世界最高の客室稼働率《オキュパンシィ》を記録した。90％といえばこのホテルの場合千八百室が塞《ふさ》がった勘定となる。人数にして一体どれほどになるのか？　それを日々収容したり送り出したりするフロントの務めは並大抵ではあるまい。

荒井刑事は、現にそのフロントの出発時のラッシュを目前にしているだけに、梅村の言葉を実感のこもったものとして受け取ることができた。彼らの周囲で、客に受け答え《アテンド》しているフロントスタッフの言動も高度に規格化されているように見える。それがよいか悪いかは別として、このようなマンモスホテルが必然的に取り入れなければならぬ接客技術なのであろう。

荒井刑事は自分の知らぬ世界に寄せた感慨を隠して質問を続けた。内藤刑事がメモの手を動かす。

「ところで、昨夜から今朝にかけて3401号室へ訪問客はありませんでしたか？」

「そのことに関しましては、はっきりお答えできないのです。と申しますのは、訪問者《ビジター》の中にはフロントを通さずに、直接お部屋へお通りになる方がございますので。少なくともフロントでは社長にビジターを取り次いでおりません」

「フロントを通さずに通ってもいいのですか？」

「原則として私どもがお取り次ぎすることになっておりますが、ビジターが勝手にお通りになるのを防ぐてだてはありません。何しろ大勢のお客様が出入りなさいますので、お泊り客《ステイングゲスト》とビジターを区別することができないのです」

「電話はどうですか？」

「受信は特に記録しておりませんので分りかねます。これは後でオペレーターにお確かめになるとよろしいでしょう。覚えている者がいるかもしれません。フロントには社長宛のメッセージは一通も入っておりません。発信の方は各室から直接ダイヤルできるようになっていて、コール回数がメーターに表示されますが、昨夜の社長室はゼロでした」

梅村からの事情聴取が終ると、二刑事は居残っていた昨夜の夜勤の者に順次あたってみたが、すべて梅村が申し立てた内容を裏書きするものばかりで、新事実は現われなかった。交換台に巡《まわ》ってみても、同様の結果だった。念のため昨夜から今朝にかけてルームパトロールを担当した警備係に会ったが、何の異常もなかったということであった。かくてフロントスペアキイへの疑惑も消えた。

二重の密室

1

有坂冬子の自宅は練馬区貫井《ぬくい》町にある。目白《めじろ》街道を西へ進んだ車は、中村橋《なかむらばし》の手前で西武《せいぶ》線の踏切りを渡った。びっしり埋まった家並の間にぽつりぽつりと畠《はたけ》がオアシスのように現われて来たあたりで左へ折れる。

ホテルの人事係がかいてくれた地図が割合い正確で要領を得ていたので、有坂冬子の家はすぐに見つかった。サラリーマン向きの小ぎれいな小住宅である。低い石垣に囲まれた二十坪ほどの庭には、青芝が敷きつめられ、住人の趣味であろう、石や草花や小池が計算した位置に巧みにあしらわれていた。どこにもありふれた小住宅であるが、団地の二DKに古女房と三人の子供とともに押しこめられている内田刑事には、その家がひどく優雅なものに映った。あるいは殺人事件の現場から飛び出して来たばかりだったせいかもしれない。冷房完備の中から出て来たから暑さがひとしお迫る。首筋に流れる汗を拭《ぬぐ》いながら、玄関に立って呼びりんを押すと、シルクタッチのしゃりっとしたスーツを着た若い女が出て来た。外出する矢先のようである。

二人の刑事は咄嗟《とっさ》のカンでこの女が目指す相手であることを悟った。

「有坂冬子さんですね」

内田刑事が念を押すと、案の定、相手は頷《うなず》いた。ふっくりしたみずみずしい女である。

「お出かけの矢先を申し訳ありませんが、お手間は取らせません。ちょっとだけお尋ねしたいことがあります。我々はこういう者です」

内田は警察手帳を示しながら言った。

「あのどういうことでしょうか？」

冬子の表情に不安そうな翳《かげ》が走った。まだ久住社長の事件を知らないらしい。ジャーナリズムには伏せてあったし、ホテル側も関係者以外は知らされていないから、ホテルから特に連絡がなければ、有坂冬子が知らぬのも無理はない。

「早速ですが、有坂さん、あなたは昨日何時頃退社なさいましたか？」

「午後七時五十分頃だったと思いますが、それが何か？」

「退社後すぐご帰宅なさいましたか？　それともどこかへ廻《まわ》られましたか？」

内田刑事は押しかぶせた。吉野文子の時と違ってかなり強引である。これはそういうやり方の方が効果が上がる相手だと判断したからである。

「あのう、ちょっとここでは困るんですけど」冬子は奥の方を気にした。

「冬子、誰方《どなた》かお客様だったら中へお通ししなさい」

奥から母親のものらしい声が湧いた。

「いいえ、いいんです、ちょっと出ますから」有坂冬子は慌てて奥へ言った。

「おや、帰って来たばかりと思ったら、また出るのかい、あまり無理をしないようにね」

今にも奥から出て来そうな母親の声に、冬子は刑事を目顔で急《せ》き立てた。

外出の矢先と見たのは、帰宅したばかりのところだったのである。ということはまだ午前十時ちょっと前であるから、かなり早く家を出たことになる。それも服装から判断して、近所ではなさそうだ。若い女が公休日の午前十時前に盛装して外出し、すでに帰宅している用事とは一体どんな種類のものなのか？

——もしかしたら有坂冬子は昨夜外泊したのでは？——という疑いが内田の胸に萌《きざ》したのはその時である。疑いはまたたく間に確信に育った。

おそらく秘書という職分に藉口《しゃこう》して、家人を欺き、好き勝手なことをしているにちがいない。その好き勝手を楽しんでいた間に、彼女の雇い主は殺されたのだ。

（この女、案外、女狐だぞ）

内田は冬子の穏やかなふくよかさに弛《ゆる》みかけていた心を引き締めた。冬子の導いた、中村橋付近の小さな喫茶店に入った内田は、オーダーしたジュースが来るのも待たずに、

「有坂さん、あなたは昨夜、家に帰らなかったでしょう」と言った。

瞬間、冬子は刃物でも突きつけられたような顔をした。

「やっぱりそうでしたね？　それではうかがいますが、昨夜はどちらへお泊まりになりましたか？」

「あの、お友達の家ですけど」

冬子は面を伏せたままよどみがちに言った。

「その友達の名前は？」内田は畳みかけた。

「でも、どうしてそんなことを言わなければならないのですか？」

冬子はようやく面を上げて切りかえした。若い山田刑事がそれに眩《まぶ》しそうな目を向けた。村川班では最年少である。

「いずれ分ることですが、あなたは今重要事件の関係者になっております。本当のことを言っていただいた方があなたにとっても利益になると思いますがね」

内田は言葉を慎重に選んだ。下手なことを言うと、刑事が脅迫で訴えられる世の中なのだ。

「その重要事件って何ですの？」

「申し上げましょう。久住社長が昨夜何者かに殺害されたのです」

一瞬、有坂冬子の面がひき攣《つ》った。二人の刑事はそれに冷酷な視線を集めた。だが女の表情を襲った驚愕《きょうがく》に作為の色は見えなかった。事件の概要の説明を山田刑事に任せて、内田は冬子の観察を続けながら、これがもし演技だとしたら大したものだと思った。

哭《な》きもしなければ、オーバーなジェスチャーをするでもない。最初の愕《おど》きから醒《さ》めて一定の節度を保った悲しみの中にひっそりと沈んでいる様子は、自分を可愛がってくれた雇い主を失った者にふさわしい悲しみ方であった。

「そういうわけですから、あなたが社長と別れた時間と、その夜どこで過ごされたかが特に重要なのです」

山田刑事の事件概要の説明が終ると、内田はだめ押しをするように言った。冬子は微《かす》かに頷いた。

「分りましたわ。申し上げます。私、昨夜はある人とホテルで過ごしました」

冬子の頬は羞恥《しゅうち》で紅潮した。未婚の若い女にとって、このようなプライバシィを告白することは自分の裸身を公衆の面前にさらすような気がすることだろう。

「ある人と、あるホテルだけでは何も仰有《おっしゃ》らないのと同じですよ」

内田刑事は女の羞恥など斟酌《しんしゃく》せずに追及した。事実、それは捜査官にとって何の価値もない言葉である。

「言って下さい。ホテルの名は？　同行された方の名前は？」

「私」冬子はきらっと瞳《ひとみ》を上げた。

「どうしても申し上げられないのです、そちらでお捜しになられるのはご自由ですが」

刑事は柔肉の中の硬い骨に突き当たったような気がした。この女は外見に似合わず芯《しん》がかたい。その芯を解《ほぐ》すには、もっと時間と忍耐をかけなければならない。

内田は女の目の光から悟った。それはやはり多年の経験によるものだった。

2

「有坂冬子には目をつけておく必要があります。とりあえず山田君を家の近くに残しておきました」――

パレスサイドホテルへ戻った内田は、村川警部への報告につけ加えた。ホテルから与えられた捜査本部室?へ、支配人やフロント関係を当たって来た刑事が顔を揃えていた。

「それは適切な処置だった。実はその後の探査で、支配人のグランドマスターキイも、フロントのスペアキイも、昨夜は定位置に保管されていたことが分ったんだ」

村川警部をはじめ全員の表情が緊張していた。

「それでは!」――一座の緊張はたちまち内田に移った。村川の言葉の重大な意味を悟ったからである。

「そうなんだ。3401号室備付の鍵《ルームキイ》、メードのフロアパスキイ、支配人のグランドマスターキイ、フロントのスペアキイを順次第一、二、三、四の鍵《かぎ》と呼ぶとすれば、第二以下の鍵を使用される可能性は全くなかった。とすれば現時点までに分った資料から判断すると、第一の鍵だけにわずかな可能性が残っている。その可能性は二つある。一つは犯人のノックに被害者自らが扉を開けてやった場合と、もう一つは共犯者がノックをして、被害者に扉を開けさせ、被害者に気がつかれぬように鍵を盗み出して犯人に手渡した場合だ」

「最初の可能性には無理があると思いますが」――

小林刑事が反論した。内田の次に古手で、捜査一課きっての理論派でもある。

「言ってみたまえ」

「まず死体の状況から推定して、被害者が犯人または共犯者のノックに、いったん応接室の外扉まで往復したものとは思えません。それに来訪者、――その場合、被害者は犯人が殺意を持っていることを知りません。来訪者を目の前にしてベッドへ寝そべるのはおかしいと思います。ホテル社員から私が聞き集めたところによると、久住社長はかなり身だしなみにうるさい人だったそうです。とすると、サイドテーブルにプレスしたてのナイトガウンがあったのにもかかわらず、だらしない寝巻姿で訪問者を招じ入れたのは、おかしいと思うのです。ガウンに手を通した様子はなかったのですから」

「確かにその通りだ。だが、その訪問者が久住社長のよく知っている女だったとしたらどうだろう。それもかなり深い仲の女と見てよい。そういう女を迎える男は、日頃のいかめしい鎧《よろい》を脱ぐものではないかな。女が化粧でもしている間に、男の方が先にベッドに上がってもおかしくあるまい、心やたけにはやらせながらな」村川は冗談を言ったつもりだったが、誰も笑わなかった。

「しかし外扉を開けるまでは訪問者は誰だか分らないはずです。当然ナイトガウンを着たはずですが」小林はナイトガウンに拘泥《こだわ》った。

「あらかじめ二人の間で特殊なブザーの押し方を取り決めておくのさ。我々が自分の家でよくやるようにな」

確かに村川の言う通りだった。だがそうすると、第一の鍵から導き出された二つの可能性はいずれも「女」を示すことになる。そして現時点でその女に最も近い距離にある者は、有坂冬子であった。

　久住と冬子の仲がどの程度のものであったかは、これからの捜査で分ることになるだろうが、少なくとも社長とその気に入りの秘書だったことは確かである。性的関係がなくとも、かなり接近していたものと見てよいだろう。吉野文子の前では、いったん３４０１号室を立ち去ったかのように見せかけ、文子と別れてから非常階段でも伝って、部屋へ引き返せば、たとえ久住と事前の打ち合わせがなかったとしても、お気に入りの美しい秘書の、夜の訪問《コール》に久住が喜んで扉を開けるものと考えられる。

　有坂冬子が犯人でなかったとしても、久住を手練手管で眠らせた後、鍵を盗み出すことはたやすい。久住の枕元には睡眠薬があったところを見ると、大した手練は要らなかっただろう。いずれ解剖所見によって明らかにされることだが、口移しにクスリを服《の》ませるくらいのことはしたかもしれない。性的に衰えた老人は、そのくらいの〝恵み〟でも驚喜するにちがいない。

　３４０１号室を開く四つの鍵の中、三つの鍵が否定された今、残る第一の鍵を最も入手しやすい位置にいるのは有坂冬子以外にないのだ。そして彼女には昨夜「ある人とあるホテルで過ごした」と言うだけで、アリバイがない。

　村川が内田刑事の処置を適切だとほめたのもこのような理由による。

「よし、これから有坂冬子を洗おう。ただ現場から推定される犯人の冷静さは、女のものとは思えない。きっと有坂の背後に男がいる。あるホテルで逢《あ》ったある男、まずそいつを有坂の周辺から洗い出せ！」

一座の者が気負いたって立ち上がった。それはよく調教された猟犬が、主人《マスター》の号令一下えものに向かってスタートするように見えた。一座の者、いやそこには一人だけ例外があった。平賀刑事である。

にわかに人気の薄くなった部屋に平賀だけがうずくまったままいっかな行動を起こそうともしない。常ならばまっさきに動き出す彼がである。

「どうした、身体《からだ》の具合でも悪いのか？」

村川が見咎《みとが》めた。

「は、いいえ」

どっちつかずの答をした平賀は、あいかわらずそこにうずくまっている。

「一体どうしたんだ？　具合が悪いんだったら少し寝《やす》め」

「大丈夫です。何でもありません」

平賀は作り笑いに頬をゆがめて立ち上がった。村川はそれ以上追及しなかった。きっと連日の捜査の疲れ（事件番中は小さな探査も何かと多い）が一時的に身体の変調をもたらしたのであろう。本人が「大丈夫」だと言って立ち上がった以上、多少の変調はあっても、活動している間に若い体力がこなしてくれる。

村川警部はあまり深刻に考えなかった。しかし立ち上がった後の平賀の動きは、いっこうにいつものてきぱきしたものに移らなかった。何事か深く心に思いつめた者のように視線を宙に固定させたままその場に立ちつくしている。

「平賀君、俺に何か言いたいことがあるな」それも何か非常に言い難《にく》いことだ。村川は先刻からの平賀の煮え切らない態度にカマをかけた。

「は……実は」

案の定、平賀に反応があった。だがすぐに内心のためらいと抑制が働いたらしく、そのまま口ごもった。

「言ってみろ、ここには君と俺以外に誰もいない」お前に不利益なことであっても、誰にももれたりはしないのだ。——言外にそんなニュアンスをこめて村川のかけた年季の入った誘導は、平賀のためらいの淀《よど》に水路を開いた。

「係長」

平賀は思いつめた声を出した。それが自白する前の容疑者の口調と酷似していることに今の平賀は気がつかなかった。

「有坂冬子がホテルで逢った男を探す必要はありません」

(何故だ？)村川は目で促した。

「実は」平賀はそこで何かをのみこんだようにのど仏を大きく動かした。

「……その男というのは、この私だったからです」

「君が……ホテルで逢った男？」

村川は未知の外国語でいきなり話しかけられたような顔をした。容疑者としての有坂と、刑事としての平賀が容易に結びつかないのだ。

「有坂冬子はシロです。彼女がホテルで逢っていた男は、私なんです」

「何だと！」

ようやく平賀の言っていることの重大な意味を捉《とら》えた村川が目を剝《む》いた。

「彼女が『ある人』と言ったのは、私だったのです。係長、昨夜、私の連絡先を東都ホテルとしておいたでしょう。実はそこで有坂と逢っていたのです」

いったん言葉の先端をためらいのチューブの奥から押し出した平賀は、言葉を重ねるごとに今まで自分を押しひしいでいた心の負担が軽くなるらしく、舌のまわりが滑らかになった。

「詳しく説明してもらおうか」

とにかく村川は最初の驚愕《きょうがく》を鎮めて言った。同時に彼は昨日、日勤の退《ひ》けぎわに平賀から連絡先を聞きながら、えらい豪華な所へ行くなあとひやかしたことを思い出したのである。

「有坂冬子は私の婚約者です。昨夜は東都ホテルでずうっと一緒でした」

「そりゃあ本当なのか？」

村川は突然途方もないことを言い出した部下の目を覗《のぞ》き込んだ。

「本当です。係長には近々、申し上げるつもりでした」

昭和二十三年以前は「警察訓律」によって警察官の結婚にあたっては、直属上司の許可が必要となっていた。それが同年二月の「警察官心得」から外され、警察官の結婚にも全き自由がもたらされたのであるが、法の擁護者としての警察官の職業柄、前科者や娼婦《しょうふ》と結婚することは好ましくないので、上司に届け出るのがムードとして慣習化されていたのである。

二年前、平賀がある捜査でパレスサイドホテルを訪れた時、最初に応接したのが、当時フロントの案内係《インホメーション》をやっていた有坂冬子だった。

その暖かく柔らかな人柄に一目ボレした平賀のいささか強引な申込《プロポーズ》みで、交際がはじまった。以来二年も経っているのに村川に黙っていたのは、その間冬子から何も具体的な返答が得られなかったからだ。フィアンセというのも平賀が勝手に決めたことである。交際が長くなるほどに男の熱は高まっていった。今は平賀にとって冬子以外の異性は考えられなかった。

有坂冬子は彼にとって至上の存在になったのである。彼女と共に過ごす生涯のことを考えると、あまりに幸福すぎて、現実味がないほどだった。

だが女の態度はいっこうに煮えきらない。かといって平賀を嫌っている様子はなかった。

「あなたが好き、でも女にとって結婚は大きな賭《か》けなのよ、私にはまだあなたに賭けるだけの決心がつかないの」

冬子はそんな思わせぶりを言いながら三度に一度ぐらいは彼のデートの誘いに応じ、そし今にもすべてを許しそうにしながら、唇以上のものを決して与えようとしなかった。彼は何度も力ずくでも彼女を奪うべきではないかと思った。女のためらいは処女の羞《しゆう》恥《ち》による擬態であり、本心は自分を求めている。——

だが平賀は、男である前に、あまりにも自分の職業を意識していた。普通《なみ》の男ならば大した努力もせずに押し破れる一線の抵抗を、彼は排除することができなかった。それがどうした風の吹きまわしか、遂《つい》に昨夜、女の方から男の前へすべてを投げ出して来たのである。それは本当にどうした風の吹きまわしか？　平賀はこの二年の交際の習慣で、昨夜のデートも至極おだやかに女と過ごすつもりでいた。そして事実その通りに、食事とお茶と穏やかな会話と、——というふうに馴《な》れ初《そ》めの恋人たちのようにおきまりのコースを忠実に辿《たど》っていた。少なくともデートの前半は。——

平賀の職業は忙しい。冬子と逢う機会を一ヵ月に一、二度持てればよい方だった。好きな女と二年もつき合いながら、いまだに知り合った初めの頃の状態を一歩も進んでいない自分に、浪費と焦燥の思いを抑えることはできなかったが、同時に冬子とのたまゆらのひととき（たとえ何事もおこらなくとも）が、彼の心身を磨《す》り減らす激務の大きな救いとなっていた。

それだけに彼は、昨夜のデートにおいても、今までのデートと同じように全く何の進展もないだろうことを予測しながらも、女との静かな会話と別れしなの接吻《せっぷん》に心を弾ませて臨んだのである。それ以上の野心は持っていなかった。それが、……平賀は「昨夜」の情景をどんな細部もあまさずにまざまざと思い起こすことができた。

彼の目の下には、行為の余韻にばら色に上気した女の、肩から項《うなじ》にかけての柔らかい曲線があり、黒い髪の豊かな乱れがあった。もう少し目を下へずらせば、彼を迎え入れるために惜しげもなく開いた豊満な肉の、桜色のぬめりがあったはずだ。

カーテンを開け放した総ガラス張りの壁面には、大都会の、花やかなそれでいて哀しみを帯びたような夏の夜が展《ひら》いていた。夜も大分更けて点綴《てんてつ》する光点の密度は大分粗くなっていたが、それでもあの高層ホテルの一室から見る限り、比類ない蕩尽《とうじん》を思わせる無数の宝石の眺めだった。

「ねえ」

余韻にうっとりと浸り切っていたとばかり思っていた冬子が、いつの間にか薄目を開いて見上げていた。その目は心なし充血しているようだった。ピンクのルームライトの反映か、それとも激しい行為の名残りか？

「今夜は私たちにとって記念すべき夜ね」

平賀が冬子の目の中を見届ける前に、彼女はそれを翳《かげ》の濃い微笑の中に隠して言った。

「そうだね」平賀が確認するようにうなずくと、冬子は小動物《ペット》が甘えかかるように頬を

男の分厚い胸に乗せて、

「今、何時頃かしら?」とさりげない口調で尋ねたのだった。

そして平賀がナイトデスクからさぐり取った腕時計を淡い光にすかして答えた時間が……久住の殺された時間帯のほぼ中央であった。

だから冬子が犯人でありえようはずはない。女との経験がなかった平賀には、冬子の捧《さき》げてくれたものが、〝初めて〟であったかどうかは分らない。だが、彼はそれを〝初めて〟だと信じた。

その〝初めて〟の夜が、冬子の雇い主の死と重なり、しかも彼女がそれをもたらした重要な容疑者に擬せられた不幸な符合に、平賀は、途方に暮れていたと言ってよかった。

――冬子が、内田に問い詰められても、遂に平賀の名を明かさなかったのも、警察官という職業の彼に迷惑をかけまいとする考慮からであろう。女の身として恐ろしい殺人容疑者に仕立て上げられようとしているのに、〝恋人〟を庇《かば》おうとしている。

平賀は昨夜冬子の躰《からだ》の中心に触れ、今また彼女の無量の愛の中にひたひたと包み込まれたような気がした。

冬子を救える者は自分をおいていない。そして自分の救いこそ、これはまた、何と強固で磐石《ばんじゃく》の重みがあることか。警視庁捜査一課の刑事が証明するアリバイである。鉄壁のアリバイとはまさにこのことだ。

「有坂冬子と過ごした時間を正確に言ってみてくれ」村川が促した。

「東都ホテルのロビーで七時半頃待ち合わせ、落ち合ったのが、八時です。それから今朝、午前七時半頃、ホテルを出るまでずっと一緒でした」

「君が眠っている間に、そっとホテルを抜け出すことはできなかったか？」

「私たちは三時頃までずっと起きておりました。明け方に少し眠っただけです。それにダブルベッドでしたから、そっと抜け出せばすぐに分ります。何しろ私にとってはほれぬいた婚約者ですので、しっかり抱き続けておりました。到底私に悟られずに抜け出すことは不可能です」

平賀は冬子とともに分かち合った激しい時間を想い起こした。ダイニングで食事をとり、十時頃、部屋へ入ってから、あのめくるめくような時間が始まったのだ。冬子が時間をきいたのは、何度目の行為の後だったか？

「午前一時三十分」、鑑識の死亡推定時刻が正しければ、まさしくあの時間帯に、久住は命を絶たれたのである。

同じ様な二つの巨大ホテルの二つの室で、一方は恋人と愛を確かめ合い、もう一方は凶悪な殺人者によって鋭く冷たい刃物を心臓の奥へさし伸べられている。人生とはこのようなものか。

彼女はあの時間の後にも激しく自分を求め続けた。まるで自分を眠らせまいとするかのように。冬子が自分に示した愛の形が、激しければ激しいほど、彼女の無実が証明されるわけである。

二人は本当は殆《ほとん》ど眠らなかったのだ。彼女は昨夜から今朝にかけて絶対にパレスサイドホテルへ行けなかった。それはもう物理的に不可能である。それを自分は誰よりもよく知っている。ただそれをよく知っているという事実は、そのまま彼女のプライバシイを剝《む》きだすものとなるので、強いて抑制していたのだ。だが平賀は抑えたつもりでも、村川にはかなり強烈に響いたらしい。

「こいつめ、へんなところでのろけやがる」

村川は平賀の緊張を柔らげるためにわざと軽い口調で言ったが、内心は困惑していた。捜査線上に浮かんだただ一人の容疑者のアリバイを証明する者が、刑事であることはよいとしても（容疑者にとってこんな素晴しい証明者はない）、その証明に価値をもたらす二人の状態が問題である。

二人はホテルで寝ていたのだ。しかも証明者としての一方は、捜査一課の刑事なのである。更に悪いことにその刑事はいつどこで発生するか分らぬ犯罪に備えて待機していなければならない〝事件番〟だった。法的な証拠価値はあっても、世間一般の常識には通用しない。

それにもう一つ、村川が困惑した理由があった。冬子がシロとなると、久住殺しは不可能犯罪に近くなるからである。村川はまず最後の困惑に立ち向かうことにした。

「竹橋のパレスサイドホテルから、日比谷《ひびや》の東都ホテルまでどんなに急いでも十分かかるな」

平賀には村川の言葉の意味するところが分った。3401号室を立ち去るところを吉野文子に確認させてから、東都ホテルで平賀と落ち合うまでの間に、ふたたび3401号室へ戻って鍵《かぎ》を持ち出す時間を挿入できるかどうか計算しているのである。

「君、有坂冬子さんと落ち合った八時という時間は確かだろうな」

村川は、冬子が部下の婚約者と知って急にさんづけになった。

「確かです。実は私の方が先着して時計とにらめっこしながら待っていましたから。そうだ、フロントの宿帳《レジスター》を調べれば、更に正確に分ります。あれにはタイムレコーダーで到着時間が打刻してありますから」

「うん」村川は唸《うな》って天井を向いた。

冬子が吉野文子とともに3401号室を出たのが、七時五十分、八時には平賀と落ち合っている。竹橋と日比谷の間を十分で駈《か》けつけたのであるから、これは車を拾う時間もないほどぎりぎりの時間である。

その間にふたたび久住の部屋へ引き返し、鍵を盗み出して、それを犯人へ渡すひまなど到底ない。

それにすぐ引き返したのでは、久住がまだ起きているから、用心深い久住の目の前から鍵を盗み出すことはできない。吉野文子の話によると、久住には〝定位置偏執症〟ともいうべきくせがあって、身の回り品が定位置に置かれていないと寝つかれないそうであった。

そんな彼だから、よしんば鍵を持ち出せても、寝る前にナイトテーブルの上の定位置から鍵がなくなっていれば、とたんに怪しまれてしまう。どうしても眠った後でなければ、鍵には手が出せないのだ。

だがたとえ睡眠薬を口移しに服《の》ませて、首尾よく眠らせたとしても、タイムマシーンにでも乗らなければ、午後八時に東都ホテルで平賀に逢《あ》うことはできない。

（有坂以外に女がいたのか？　今のところ、それ以外に考えられない）

「いずれにせよ、明日になれば解剖所見が出る。そうすればもっとはっきりしたデータが出るかもしれない」

村川は思考の末を声に出して言ったが、声に力はなかった。セックスというものが、当事者でなければ分らないプライバシイの最たるものであることは知っているつもりだが、あの事業への執念だけで生きていたような高齢の老人に、ホテルの客室へ深夜、誰にも気がつかれずに呼び寄せられるような女が何人もいるとは考えられなかった。

だがいずれにせよそれは、今後の捜査で分ることである。

3

村川は突然、狼になったような空腹を覚えた。四つの鍵のすべてが否定され、捜査線上に浮いた唯一の容疑者のアリバイが自分の部下によって確立されたという難しい局面に立たされて、彼の胃袋だけはその忠実な訴えを忘れなかったのである。

翌日の午後、T大法医学教室に鑑定の嘱託をした解剖の結果が出た。それによると、

――

一　死因
心臓刺創による心臓部の損傷と、それに伴う出血。胃内容物より微量のバルビツール酸系の睡眠薬が検出されたが服量を逆算推定しても、死因には影響ないものと認められる。

二　死亡推定時間
昭和四十×年七月二十二日午前一時半頃

三　創傷の部位及び程度
体軸に対して直角に左側第四肋間腔《ろっかんくう》、側胸部、長さ二・六センチ、幅〇・二センチの刺入口、身体中央寄りの創端に刀背、側胸部に刃側、刀背に相当する創縁に若干の表皮剝脱《はくだつ》、刺創管の長さは約十二センチ、心壁に直角に心室を刺通し、刺創末端は後左肺に達する。

四　凶器の種類及びその用法
先端が極めて尖鋭《せんえい》な刺身庖丁《さしみぼうちょう》状の片刃有刃器を上から下へ一直線に振り下したものと認められる。

五　死体の血液型　A型

4

「これは一体どういうことだと思う？」

村川警部が言った。捜査会議に集まった村川班の刑事には疲労と焦燥の色が濃かった。麹町《こうじまち》署に捜査本部が設置されてよりすでに二十日、捜査は厚い壁に押し詰まったまま何の進展もなかった。捜査第一課は各班七、八名の刑事編制による九つの班によって構成されている。輪番制の〝事件番〟が発生事件の主力捜査陣として投入されるが、〝事件運〟というものがあって、捜査らしい捜査もしないうちに速やかな解決をみる場合もあれば、捜査員が昼も夜も休日も返上しての捜査にもかかわらず、迷宮《おみや》入りしてしまうものもある。

捜査が膠着《こうちゃく》すると、風当たりも何かときびしくなり、その上に日々発生する新事件にどんどん人手を取られて行く。ずっと後に設置された別事件の捜査本部が、事件解決の祝杯をあげているのを横目に、肩身の狭い思いをしながら、どこかでせせら笑っているにちがいない犯人をひたすら追い求めなければならない。それでも追い求められる間はまだよい。未解決のまま捜査本部を解散する時の口惜《くや》しさは、捜査官の骨身に徹する。

パレスサイドホテル殺人事件も正にこの事件運の悪い最たるものらしかった。

「今までの捜査から分った点を整理してみよう」誰も進んで発言しようとしないので、村川警部がふたたび口を開いた。

「現場には犯人の遺留品と推定されるものは何も出なかった。検出された指掌紋はすべて、被害者と有坂という秘書、および吉野文子のものだった。その他、着衣の屑《くず》、血痕《けっこん》、毛髪、唾液《だえき》など、犯人を特定または推定させる資料は何も遺《のこ》されていない。鑑定死因によらずとも、死体の情況から見て、他殺であることは明らかだ。分り切ったことだが、他殺と断定した理由を一応挙げてみよう。第一にまず何よりも凶器が発見されなかったことだ。自殺ならば凶器が死体の近くに発見されるのが普通だ。稀《まれ》には、我と我が身を傷つけてから、まどの外へ捨てたり、タンスの中に蔵《しま》いこんだりする例があるが、あの深傷《ふかで》では被害者に瞬間的な死が見舞ったものとみてよい。しかも窓は固定式で開閉できない。室内はもとより、現場周囲から凶器は発見されなかった。

第二に手の位置だ。被害者は右利きだったにもかかわらず、右腕が掌《てのひら》を上にして尻《しり》の下へ置かれていた。刃物で自殺をした人間の利き腕が、身体の下に入っているということは一般経験法則に反する。

第三に被害者の体位だ。自殺をしようとする者が最も力を入れ難い仰向けに寝そべるだろうか？

第四に刺創の深さがある。ベッドに仰臥《ぎょうが》した七十歳を越えた老人が、心臓を抜けて後肺に達するほど深く凶器を自分の体内に刺し込むことができるか？

第五に被害者の刺創口を見ると体軸に直角左側に、身体中央よりの創端に刀背が、側胸部に刃側が来ている、被害者の体位で自殺を図るには、凶器を逆手に握るのが普通だが、その場合は刀背を外側に向けて握る。とすれば被害者は右利きだから刺創口の刃側と刀背に相当する創端は逆にならなければならない。

第六に掛布と着衣だ。自殺者はどんな鋭利な刃物を使っても、着物の上から刺すことはまずない。それが、いずれも薄物ではあるが、ご丁寧にも寝衣と掛布と二枚重ねた上から刺している。

第七に、死の手段だ。自殺手段として最も安易で、多いものは服毒だ、続いてれき死、縊首《いしゅ》、入水《じゅすい》、ガス吸入などだが、高齢の老人が他にいくらでも安易な自殺手段があるのに最も抵抗のある有刃器に頼ったのは頷《うなず》けない。

しかも被害者は、枕元に致死量はたっぷりある睡眠薬を置いているのだ。ちょっと分量を多くすれば簡単に死ねるものを、わざわざ催眠効果の出る分だけに抑えて、痛そうな刃物で傷つけるのは奇怪だ。くすりの併用は小心の自殺者によくある例だが、それも死の苦痛を柔らげるためであって、くすりとガス、あるいは首つりという組合わせが多い。刃物とのコンビというのはまずない。万一そうだとすれば、くすりを服《の》んだ時間と、心臓を突いた時間は接近していなければならないはずだ。

第八は、第七から当然導き出されるもので、胃の中から検出された睡眠薬からでは、被害者が死亡時刻にどの程度の睡眠深度であったか、明らかではないが、くすりの種類がバルビツール酸系の熟就眠剤であった点から、死亡推定時刻には熟睡しておったものと考えられる。熟睡していた者がどうして自殺できよう？　よしまた、くすりの効果が切れて、目を覚ましたとしても、自殺をしようとする人間が寝つきをよくする就眠剤を服《の》むというのはナンセンスだ。分量を誤って少なく飲み、死にきれなかったため刃物で止《とど》めを刺したという考えも可能だが、それにしては検出量が微量で、服用量を逆算推定しても致死量にはほど遠い。最後にこれが最も重要な点だが、被害者に全く自殺をはかる理由がないことだ。ＣＩＣとの業務提携を目前にして、おそらく被害者が最も生きていたい時期だったと思う。以上、皆には分り切ったことのくり返しだが、現場の情況が不可解なので、事実の検討に入る前に他殺ということを確認しておきたいと思う」

村川は厚い上唇をこれまた、牛の舌のように厚ぼったい舌でしめしながら一同の顔をぐるっと見まわした。

「そこでまず現場の模様だが、３４０１号室の第一の鍵《かぎ》は、被害者の枕元、ナイトデスクの上にあった。この鍵を持ち出せると同時に、鍵なしでも被害者の手によって何の疑念も抱かせずに扉を開けさせる可能性のあった只一人《ただ》の部内者、有坂秘書は、平賀刑事と吉野文子の証言によってシロと断定された。

剖検によれば被害者は、犯人の侵襲時刻には熟睡していたと推定される。仮に犯人のノックまたはコールサインによって目覚めたとしても、死体の状況から判断してかなり親しい仲でなければならない訪問者、それも女は、その後の捜査により、部内部外いずれにも有坂秘書を除いては被害者の周囲に存在しなかったことが判明した。業務上の人間関係、家族、親戚《しんせき》関係などからも怪しい者は浮かび上がらなかった。扉は内扉、外扉ともにロックされており、特に内扉は複雑なキイの回転を要する。このことから犯人は、内部事情に詳しい者との推定が生じたが、３４０１号室に共通する、第二、三、四の鍵は、いずれも事件当時、使用できない状態にあったことが確認された。ということは犯人は内部の者でなければならないのに、内部の者ではないという矛盾に逢着《ほうちゃく》するわけだ。

次に３４０１号室は開館より被害者専用室であり、外部の者が鍵をあらかじめ持ち去ることはできない。型を盗み取って合鍵《あいかぎ》を作ることもできないことが分った。メーカーへスペアキイの作製を依頼することも不可能だ。

一方現場には、外扉と内扉以外に出入口はない。窓は固定式で開閉できない。たとえ開けたとしても三十四階の高層壁面には何の手がかりもない。上には回転展望台が、オーバーハングした岩棚《テラス》のように張り出している。天井、壁は高級ホテルのプライバシイとかいうやつでネズミも通れぬ空調《エアコン》の換気孔以外は完全密閉されている」

「完全な密室というわけですね」

桑畑刑事がようやく口を開いた。

「うん、しかも二重の密室だ、犯人が部外者の場合は、たとえ鍵を手に入れたとしても、内扉を開けられない」

一同は推理小説の中だけと思っていた絶対的不可能犯罪に直面して、戸惑《とまど》うというよりは事実を素直に信じられない様子である。

「しかし犯人が生身の体を持った人間であるかぎり、この部屋のどこかに出入りのできる空間を見つけたのに違いない、それが今の我々に見えないだけだ。それで与えられた条件と資料の中で、犯人の侵入方法の可能性を皆で考えてもらいたい」

村川が口を閉じると、重苦しい静寂が室内を支配した。その重苦しさが頂点に達した時、荒井刑事が目を上げた。何かを含んだ目であった。

村川があごをしゃくった。

「平賀君の前ではちょっと言い辛《づら》いのですが、私はどうしても有坂秘書への疑いを捨て切れないのです。彼女のアリバイはあまりにもできすぎています」

平賀を除く一座の者が頷いた。皆も同様のことを考えていたらしい。捜査活動の当然の経過として村川は平賀と冬子の〝情事〟を班員に隠しておけなかったのである。

「有坂嬢は被害者の許《もと》を去る時に吉野文子に時間を訊《き》いています。それから十分後には東都ホテルで平賀君と落ち合い、投宿手続き《レジスター》をしている。レジスターの到着時刻を調べたところ、八時二分でした。パレスサイドホテルと東都ホテルの間がいかに近距離とはいえ、３４０１号室から廊下を歩き、エレベーターに乗り、ロビーを横切り、車をつかまえ、東都ホテルで平賀君と落ち合ってからレジスターするまでの時間が十二分ということは、その日の交通事情がよかったとしても、ぎりぎりの時間です。

私は女にほれたこともほれられたこともないのでよく分りませんが、これはほれた男の許へ駆《か》けつける女性としても最高の速さだと思うのです。何故彼女はそんなに急いだのか？」

「そりゃあ君、愛する男性の許へ駈けつけるんだからあたり前だろう、時間を訊いて遅刻していることに気がつき、慌てて飛び出した。確か平賀君との待ち合わせ時間は七時半ということだったからな」

内田刑事がとりなすように言った。何となく平賀が吊《つる》し上げられたような形になっていたからである。たとえ勤務時間外《オフ》とはいえ、刑事が事件番中に女とホテルで忍び逢《あ》っていたのだ。

平賀は殆《ほとん》ど面も上げられなかった。

「そこなんです、私が作為の匂いを感じるのは、七時半に恋人と待ち合わせていた女性が七時五十分になるまで自分の時計が止まっているのに気がつかないというのはおかしい。3401号室の寝室には目覚まし時計が備えつけてあったのです」

一同の口からあっというような吐息がもれた。確かにナイトデスクには、備えつけの目覚ましがあり、事件の朝、正確な時間を刻んでいたことを思い出したのである。有坂冬子はメードに時間を尋ねる必要はなかったのだ。

「待て待て」村川が身を乗り出した。

「そうとばかりは言えないぞ、何故なら有坂秘書が時間を訊いた時は、応接室にいた。たとえ内扉が開いていて、目覚ましが彼女の視野に入ったとしても、あれだけの距離があっては、正確な時間を読み取るのは難しいだろう。寝室へ行って目覚ましを見るよりも、手近な人間に尋ねる方が自然だよ。それにメードのいる前で、女の方から男の寝室へ入りこむようなはしたないというよりは、疑いを招く行動をとるかな？」

「吉野がジュースを持って来る前に見ることもできます」

「たとえ目覚ましを見ることができても、また有坂秘書の腕時計が実は止まっていなかったとしても、残業した時間を確認させるために雇い主の前で故意に時間を訊くことは、サラリーマンのよく使う手だよ」

「しかしそれなら何故、被害者に尋ねなかったのでしょうか？」荒井は喰《く》い下がった。

「そうだ、被害者も腕時計を持っていたんだな。だが社長に訊くよりも、同じ社員であるメードの方が訊きやすいということがある。雇い主に時間を訊くのは、いかにも早く帰りたがっているようで具合が悪いだろう」

「しかし……」

と荒井刑事は言ったまま理論の構成が続かないらしく沈黙した。

だが荒井の「しかし」は、村川や平賀も含めた一同の「しかし」であった。

有坂冬子はあまりにも完璧《かんぺき》なアリバイの中にいる。その完璧さ故に、刑事たちには冷徹無比な犯人によって精密機械のように仕立て上げられた作為を感じるのである。

アリバイの媒体

1

平賀にとって打ちひしがれた日々が続いた。有坂冬子も自分の身辺に警察の目が光っていることを感じて、家へ閉じこもってしまった。平賀は冬子に逢いたかったが、自分の職掌と、二人の置かれている現在の立場を考えると、冬子の身辺に近づくのは避けなければならなかった。同僚刑事すら、色めがねで平賀を見ているようである。

その後の必死の捜査にもかかわらず、被害者にも、冬子にも何ら新しい事実は現われていない。

パレスサイドホテルとCICとの間の業務提携は、一応白紙に戻されたというニュースが伝えられたのは、東京の町に秋の気配が漂うようになった九月の末頃である。平賀はこの二ヵ月の間にめっきり窶《やつ》れてしまった。

「そんなに気に病むなよ」と村川警部や内田部長刑事は慰めてくれたが、平賀の心は一時も休まらなかった。

冬子を救うためにも、そして何よりも己自身の刑事の面目にかけても、何としても犯人を検挙《あげ》なければならない。

犯人はあの〝二重の密室〟へどのようにして入ったのであろうか？　あの虫一匹入る隙間もなさそうなホテルの密室に悠然と侵入し、冷たい笑みを浮かべながら、哀れな老人の胸に細く鋭い刃《やいば》を送りこんだ。

「俺の傍へ来られるものなら来てみろ」

平賀の耳に犯人の冷笑が聞こえるようであった。だが、犯人に迫るためには、彼が通り抜けた、二重の密室の厚い壁を破らなければならないのである。

「どうせお前らには通れまい」

二重の壁に堅く護《まも》られた奥から犯人の嘲笑《ちょうしょう》が送られて来る。

「待ってろ、今に必ず、貴様の血にまみれた手に、俺の手で手錠をかけてやる」

平賀は歯がみし、そしてその思いによって、打ちひしがれた心身を奮い立たせるのであった。

確かにこの殺人事件は不可解である。現実に発生する殺人は、推理小説と異なり、発作や衝動によるものが圧倒的に多い。かなり複雑な動機や高度の知能によって仕組まれたものであっても、現代警察の科学捜査の前には、幼稚ともいえる手がかりを発見されて逮捕の端緒となってしまう。

ところがこの犯人は、およそ出入不可能と見られる密室へ、音も色も匂いも影もなく入り、そして指紋、毛髪類はもとより、何らの遺留品も残さずに去った。それだけに犯人は、今まで平賀が追い廻《まわ》して来た凶暴なだけの犯罪者とは異質の者である。

しかし——と平賀は唇をかみしめた。

犯人も自分と同様の肉体を持っているかぎり、あの部屋に入るべき空間をどこかに見つけたに違いない。彼の頭脳がどのように精緻《せいち》であろうと、彼に見つけられたものが自分に見つけられぬはずがない。どこかに〝穴〟がある！——だが、平賀には二重の密室への入口を見つけることができなかった。

冬子に逢《あ》いたいという欲望を必死に抑えている間に、冬子を別の角度から眺められるようになった。それは彼女との間に意志的につくった距離のせいである。

確かに荒井刑事が指摘したように、冬子のアリバイはでき過ぎている。それに平賀は、荒井をして冬子を疑わしめるに至った資料よりも、はるかに具体的な資料を持っていた。

冬子はあの夜、時間を尋ねた。「午前一時三十分」、——あれは本当に偶然の符合であろうか。被害者の死亡推定時刻に、最も容疑をかけられやすい女が、捜査一課の刑事とベッドをともにした後、時間を訊いた。確かにでき過ぎている。

冬子があの時言った「記念すべき夜だわ」という言葉は、本当に自分との行為に対して向けられたものであったか？

冬子との距離が開くほどに、平賀の疑念は凝固していった。思い起こせば、不審な点はまだまだ湧く。

冬子は東都ホテルのロビーで落ち合うと同時に、平賀に時間を訊いた。あの時、彼女は自分の時計を腕にはめていた。もっとも、吉野文子の手前それは止まっていたことになっていたが、果して本当なのか？

　第二に彼女は何故すぐに投宿手続き《レジスター》をしたのだろう？　まだ冬子とプラトニッククラブの域にとどまっていた平賀は、彼女のレジスターの意味が分らなかった。レジスターの後食事をゆっくり楽しんでから、部屋へ誘《いざ》なわれ、初めてレジスターの意味を知ったのだが、最初は冬子がメッセージでも残しにフロントへ立ち寄ったぐらいに思ったものである。

　それにしても、あれだけゆっくり食事をする時間があったのに、何故あんなに慌てて部屋を取ったのか？　もしあらかじめ予約がしてあったならばレジスターを急ぐ必要はない。これは調べてみる必要がある。

　第三に、何故冬子は東都ホテルを選んだのか？　それ以前のデートでは顔を知られているからいやだと言って、かまえて一流ホテルには近づかないようにしていた。それが、場所もあろうにパレスサイドホテルに最も近い東都ホテルへ、堂々と男を伴《つ》れこんだだけでなく、これ見よがしに自分でレジスターをした。冬子が男をホテルへくわえこんだ（第三者の目にはそのように映る）というニュースは、またたく間に業界へ流れたであろう。未婚の女性として、そして日頃の冬子を知る自分にとっては、あまりにも思慮にかけた軽率な行動である。

　最後に、これは何よりも大きな疑問であるが、冬子はあの夜、何故ああも唐突に自分に許す気になったのか？　それ以前のデートの様子から類推しても、よもやあの夜、あ

てみると不自然さが目立つ。

い贈物に有頂天となって深く考えても見なかったが、過去の出来事として冷静に観察し

のような〝進展〟があろうとは予想もしていなかった。当夜は突然に与えられた素晴し

2

「もう一度現場へ行ってみよう」

平賀は思考を追うことを止めて立ち上がった。「現場には犯人を推定する資料が必ずある。発見するまで反復して観察せよ」とは警察学校時代から叩《たた》き込まれた捜査の基本であった。あの梅村という、人の善さそうな係長がおれば何とか便宜をはかってもらえるだろう。

ホテルは相変わらず繁盛していた。世界各国の人種が熱帯魚のように遊弋《ゆうよく》するロビーを横切り、フロントで来意を告げると、クラークは露骨にいやな顔をした。生憎《あいにく》、梅村はまだ出勤していなかった。部屋が塞《ふさ》がっていると言われればそれまでだが、いくらホテルがめつくとも、社長が殺された部屋を二ヵ月そこそこのうちに一般客へ提供するようなことはあるまい。――平賀の推測が当たって、フロント責任者らしき男がしぶしぶと三十四階へ案内してくれた。折りよく吉野文子が勤務《シフト》に入っていた。

「3401号室は模様替えしましたか？」

「いいえ、ベッドを搬出しただけで、後はそのままになっています、ああいう曰《いわ》くつきの

部屋を売りますと、ホテルの信用を損ないますので、当分開かずの間にいたします」

文子の口調はフロント課長を意識してか硬い。

「お手数ですが、もう一度部屋を見せて欲しいのですが」

「どうぞ」文子は首にかけたフロアパスキイ、いわゆる第二の鍵《かぎ》を外しながら先に立った。フロント課長は尾《つ》いて来なかった。

部屋へ入ると、無人の部屋の澱《よど》んだ空気のかびのような匂いが鼻腔《びこう》に迫った。空調《エアコン》が通っているのだから、これは気のせいであろう。

吉野文子は窓際に立ってカーテンを開けようとした。

「ちょっと待って下さい。あなたが事件の前夜ジュースを届けた時はカーテンは開いていましたか？」

文子はちょっと考えるようにしたが、すぐ、

「開いていました。外のネオンが窓に映っていたのを覚えていますから」

「ネオン？　そうか、七時五十分といえば夏でも暗くなっていますね、それではカーテンを開けて下さい」

平賀は自分の腕時計を覗《のぞ》いて、その時刻よりも、今が三十分ほど早いのを知った。だが開かれたカーテンの外は、暮れるに早い秋の夜が、充分な闇の濃度の中に大都会の光を砕いていた。

おそらくは夏の微《かす》かな残光をかがよわせた事件前夜の午後七時五十分よりも、完全な

夜景が窓には映っているはずである。

「このテーブルやソファーの配置はあの日の夕方と同じですか？」

「はい、同じです」

「久住社長と有坂秘書はどこに坐《すわ》っていたのですか？」

「久住社長は窓に背を向けてそこのソファーに、有坂秘書は、私のコールに扉を開けてくれました」

「あなたはどこへジュースを置いたのですか？」

「この黒檀《こくたん》のティーテーブルの上です」

「ルームサービスは普通このティーテーブルの上へ置くのですか？」

「はい、お客様がパーラーにいらっしゃる時は、特別の指示がないかぎりティーテーブルの上へ置きます。それにあの日は有坂さんが、キイを指すようにしてテーブルの上へ置くようにと仰有《おつしや》ったものですから」

「え⁉　キイを指すようにしてですか？」

「はい」

平賀は黒檀のテーブルの上に置かれた第一の鍵を瞼《まぶた》に画《えが》いた。パレスサイドホテルの鍵札《キイタッグ》は白いプラスチックである。黒檀の黒地をバックに白の鍵札《キイタッグ》はさぞや目立ったであろう。わざわざキイを指さす形などしなくても、ジュースの置場所は当然ティーテーブルの上であって、そこにジュースを置く吉野文子の目にとまったはずであった。冬子は、文子の視線がキイを確認するようにし向けた。

何故冬子は、キイをそれほどまでに強調しなければならなかったか？　それは第三者に３４０１号室の第一の鍵が確かにそこに置かれていた事実を、確認させなければならない事情があったからである。その事情とはいうまでもなく、事件が発生した場合に、最も疑われやすい立場にいる自分自身の防衛のためである。ということは？――平賀はその時、突然なぐられたような衝撃を覚えた。

（有坂冬子は、明らかに殺人が起きることを予知していた！）

平賀はもう一つの疑問に思い当たった。それは久住の〝定位置偏執症〟である。第一の鍵の定位置は、ナイトデスクの上であった。久住の秘書として、冬子は当然このことを知っていなければならなかった。それなのに敢《あ》えて定位置から大きく外《そ》れる応接室の、黒檀のティーテーブルの上に置いたのは、第三者（この場合、吉野文子）の目に確実に触れさせるための下工作に違いない。平賀の胸に疑惑が積雲のようにふくれ上がって来た。

「吉野さん、あなたは第一の鍵、いやルームキイがティーテーブルの上にあったのをおかしいとは思いませんでしたか？」

「いいえ別に、どうしてですか？」

「社長は身の回りの品を定まった位置に置かないとご機嫌が悪かったそうじゃないですか？」

「ええ、でも、それは特にお寝《やす》みになる前のことで、それ以前は少々位置がずれていても別にどうということはございません」

「なるほど」平賀は一応頷《うなず》いたが、心に納得し切れないものが残った。冬子は部屋を去る時に第一の鍵をティーテーブルの上に置いたのである。秘書としては鍵の最終位置としての定位置へ残すのが当然である。それとも久住がふたたび部屋の外へ出る時に備えて気を利かしたのか？　あるいは、メードの手前、寝室へ立ち入るのを遠慮したか？

（そんなはずはない！）鍵は定位置に残すべきだ。少なくともティーテーブルの上は、鍵の置場所としてふさわしくない。プライバシイのプロテクターとしての鍵は、なるべく人目につかない所へ置くのが、優れた秘書の配慮というものである。

冬子が鍵をティーテーブルの上に残した事実は確かにおかしい。疑惑の雲は平賀の胸の中で発達を続けた。

「社長はいったん部屋へ引きとられてからまた、外へ出るようなことがありましたか？」

「そういうことはございません、非常に規則正しい方でいつも八時頃お部屋へお引きとりになられてから、九時にお寝《やす》みになるまでお部屋からお出になったことは私の知るかぎり一度もございません」

「あなたは何年ぐらいこちらへお勤めですか？」

「こちらが開館してより三十四階についております」

となると、冬子は秘書としての根本的配慮を欠いていたことになる。

「あなたがジュースを持って来られた時、内扉はしまっていましたか？」

平賀は質問を変えた。

「さあ、よく覚えておりません」

文子は小首をかしげた。

「それでは有坂さんがあなたに時間を訊《き》いた時の位置はどの辺でしたか？」

「確かこちらのチェアから立ち上がりかけていました」

文子の指したチェアは、内扉に背を向けた位置にある。これでは内扉が開閉いずれの状態にあっても、ナイトデスクの目覚ましは見えない。

「ちょっとそこの内扉《コネクティング・ドア》を開けてくれませんか？」平賀は文子に頼んで、冬子が坐っていたというチェアの脇に立って寝室の方をにらんだ。チェアから少々身をずらして振り向けば目覚まし時計は見えないこともなかったが、ここからの距離ではどんなに目がよくとも、その針を読むのは無理だった。それに夜間であるから、灯《あかり》がついていなければ、なおのこと不可能になる。これは冬子にとって微かに有利な資料となるものである。

しかしそんな資料を吹き飛ばすような疑問が新たに湧いた。

「ジュースは確かに有坂さんが飲んだのですね？」

「はい、確かに」

「前にもそんなことがありましたか？」

「いえ、一度もございません。有坂さんは自分自身、従業員の一人であるということをよく意識されており、お食事などもいつも従業員食堂でとっておりました。ですからその時はよほどのどが渇いたのでしょうね」

「ジュースは全部飲みましたか？」

「それが三分の一ほど残したのです、ファンタの小びん一本分ですから、私もちょっとおかしいとは思いましたけれど」

そうだったのか！　平賀は唇をかみしめた。有坂冬子はそんなにのどを渇かしていなかった。

未《いま》だかつてしたことのない厚かましいリクエスト（冬子にしては）をしてまで取り寄せた、ジュースのたかが小びん一本分を彼女は飲みほせなかったのである。その目的はジュースにはなく、ジュースを運んで来る第三者《メード》にあった。

その夜彼女の時間の中で唯一の空白となる時間帯（七時五十分―八時）（冬子にとって唯一にして最も危険な）の始点を、そのメードによって確認させ、その終端を自分がピリオドを打って〝危険時間帯〟に第一の鍵を持ち出す不可能性を打ち立てた。そして自らの身を完全な安全圏の中へ運びこんだのだ。

――冬子、お前は――

平賀は吉野文子の前にいるのも忘れて、その場へへたへたと倒れそうになった。それほど彼の受けた衝撃は強かった。

あの夜自分に捧《ささ》げてくれた、彼女の最も美しい部分と信じて疑わなかった贈物は、汚い自己保身以外の何物でもなかった。

あの夜、これ以上の激しさは考えられない激しさでひたすら自分を求めたのは、冬子の愛の証拠ではなく、ひたすら己を護《まも》るためのてだてであった。平賀を眠らせてはならない、平賀が起きている時間が長ければ長いほど、行為の内容が濃厚であればあるほど、冬子の安全につながる。

「俺はアリバイの媒体にされたのだ！」

信じられない。あの夜、少しでも深く相手の中に入りこもうとしてくり返された抱擁と密着が、愛以外の打算によって営まれたとは。

冬子以外の別の女であれば、そういうことも考えられるであろう。だがあの、人の世の汚れを受けつけないような清純派の冬子に、そのような打算を含んで、男に躰《からだ》を開くことができるものであろうか？

あの美しくもみずみずしい肢体を、そんな打算から、ああも惜しげもなく開き、そしてああも寛容に男の貪《むさぼ》るままに任せられるものであろうか？

自分の背肉に犇《ひし》と廻《まわ》された女の腕の力、行為の最中に炎のような息を吐きながら求め続けて震えた女の唇、「好き」と耳膜に囁《ささや》かれ続けた女の切ない声、死ぬほど恥ずかしいはずの破廉恥な密着の姿勢を、一夜を通して強め深めてくれた冬子、それらがすべてアリバイの媒体としての自分を、眠らせぬためのテクニックだったのか？　信じられない、いや信じたくない。

だが捜査一課の刑事として、平賀はそれを信じなければならない資料を得たのである。彼は今、人間である前に刑事であらねばならなかった。

「どうもいろいろと有難う。最後に一つお尋ねしますが、有坂さんがあなたと一緒に部屋を出られた時、急いでいた様子でしたか？」

平賀は危うく立ち直って、刑事の質問を重ねた。

「いえ、とりたてて急いでいた様子は見えませんでした」

平賀は腕時計を覗《のぞ》いた。丁度七時五十分だった。文子に礼を言った平賀は部屋を出た。彼は一つの実験を思い立ったのである。

エレベーターホールで文子と別れるまでは普通の速度で歩き、最初にやって来たエレベーターで一階ロビーへ降り立つや、脱兎《だっと》の如き勢いで正面玄関へ飛び出し、タクシー待ちをしていた客の列を無視して、最初の車へ乗り込んだ。

東都ホテルへ乗りつけると、距離から推測してあらかじめ用意していた料金を投げるように運転手に渡して、あの夜冬子と待ち合わせていたロビーの一角へ駈《か》けつけた。腕時計は八時一分を示していた。

男の自分がこれだけ急いでも十一分かかった。交通事情が当夜と異なっていたとしても、冬子はそこを十分（その二分後にレジスターをした）で来たのである。女の身だから、自分のように割込み乗車はできない、とすると、誰かが車を用意していなければ、あの二点間の距離を十分で移動することは困難である。

誰かが車で有坂冬子を東都ホテルへ運んだ。その「誰か」こそ、犯人なのだ。そうだ、冬子はすべて犯人の指示によって動いたのである。あの夜の言葉も、あの夜のしぐさの一つ一つも、精緻《せいち》を極めた犯人の〝殺人設計図〟に基づいて囁かれ、行なわれたものにちがいない。

平賀は確実に自分のものとしたと信じた有坂冬子の白く輝く裸身が、血にまみれた犯人の躰によって無惨に蝕《むしば》まれて行くさまを瞼《まぶた》にありありと見た。

まだ見たことのない犯人の顔は、冬子の裸身の上に立ちはだかり、白い歯を見せて笑った。犯人が男か女かまだ確定しないのに、平賀は冬子の背後に男の影を見ていた。

未帰館《ノースリープ》の秘書

1

平賀はその夜麹町署の宿直室で薄い毛布にくるまって、ひたすら自分の思考を追った。毛布だけでは夜半には手足が冷える時期になっていたが、頭に血液のすべてを集めたようにして考えこんでいる平賀にはそんな末端の感覚を意識する余裕はなかった。

有坂冬子の主犯は物理的に不可能だが、何らかの形で犯行に関係したことは、もはや否定できない。彼女をめぐるあらゆる状況が、その事実を語っている。だが、冬子が助けた主犯へ至る道は、今のところ彼女の口を割らせる以外にない。強制拷問もしくは脅迫による自白は証拠能力がないばかりか、犯人の自白以外に証拠がない場合は、有罪とすることができない。それにこれだけ完璧《かんぺき》な安全圏にいる冬子が、自己に不利益な告白をすすんでするはずがない。

犯人へ至る道は自分で切り拓《ひら》く以外にない。そのルートは依然として見つからない、だが長い間一つのことに思いを集中していると、自分の求めているものが次第に朧《おぼろ》げながら具体的な形を取って来るように、平賀の頭の中に固まりつつあるものがあった。それがまだ何かはしかとは分らない。だが確かに何かが凝固しつつあった。それは捜査本部が蒐《あつ》めた捜査資料の中にあったもので、自分らが見落としているものである。何を見落としているのか？　平賀は捜査経過を初めからもう一度トレースしてみた。最も問題になったのは３４０１号室を開く四つの鍵《かぎ》の、事件発生時の所在であった。第一の鍵は当の部屋の中に、第二の鍵は吉野文子に、第三の鍵はナイトマネジャーに、第四の鍵はフロントのロッカーにしかと管理されていたことが確認された。これ以外に鍵は絶対にない。第二以下の鍵の保有者にも犯人のいないことが確定した。しかし犯人が二重に鎧《よろ》われた密室の中へ入ったことも事実である。どこかに彼の肉体を通した空間《あな》があったのだ。どこかに。――

平賀は捜査会議で各刑事が提出した捜査記録を反芻《はんすう》した。確か桑畑刑事の捜査記録の中にこんな内容があった。

桑畑刑事――「ところで各室の鍵は第三者が型を取り、合鍵《あいかぎ》を作ることができますか？」

井口支配人――「このホテルに関する限りそれは絶対に不可能です。私どものものは……（中略）……精巧なシロモノです。予備《スペア》キイもメーカーだけにしか作れず、それも錠前の正当な所有者の依頼でなければ応じません」

――あの時は何気なく読み過ごし、聞き過ごしていたが、支配人の言葉は、正当な所有者の依頼があれば、メーカーが予備キイを作るということを暗示している。それではホテルは一体どんな場合に予備キイを作らせるのだろうか？　待て待て、その答も支配人の言葉と、荒井刑事の記録にあったフロント係長の証言（供述）の中にあったようだ。

井口支配人――「お客様の中には物好きな方がおられましてね、ホテルの鍵を蒐集欲の対象にしている方がおります」

荒井刑事――「昨夜から今朝にかけてこの金庫を開けましたか？」

梅村フロント係長――「いいえ、大抵の夜は二、三度開けるのですが、昨夜はキイの紛失もなく、会計も準備金が不足しなかったので、一度も開けませんでした」

つまり、鍵は紛失したり、持ち去られたりすることがあるのだ。ということは、鍵が失《う》せた後の錠前、つまり受け口《シリンダー》の方はどうするのだろう？　鍵はホテルの依頼によってメーカーが予備キイを作るからよいが、その受け口に符合する鍵を、現在の正当な宿泊客以外の第三者が握っているということは、何とも物騒な話ではないか？　現実にそのような不正な方法で鍵を使用されたことがなくとも、プライバシイを最大の売物としているホテルの密室が、現在の宿泊客以外の第三者によってそれを開けられる可能性があるだけでも、その価値を致命的に損なうものである。

ホテルは一度でも鍵が不明になったら、たとえどんな高価な受け口《シリンダー》であろうと廃棄すべきである。そうでなければ彼らの商売はいんちきだ。だがそれならばスペアキイを作らせる必要は全くないはずである。この必要がなければメーカーへのキイナンバーの登録も不要となるわけだ。だが、現実にホテルはスペアキイを作らせることもある。それは何故か？——

ここまで考えを追った平賀ははね起きた。かなり激しい動作で起き上がったのだが、同僚刑事たちは昼の捜査の疲れで丸太のように眠りこけている。

彼は署の直通電話でパレスサイドホテルをダイヤルした。ホテルの勤務制に急の変更がなければ、吉野文子は今夜夜勤のはずである。本部室の掛時計は午前二時近くを指している。まだ寝てはいまい。

平賀の推測は誤またず、オペレーターに接続された電話線の先から間もなく聞き覚えのある文子の声が送られて来た。平賀は早速、自分の疑問を訊《き》いた。

「ああ、そのことでしたらご心配ありませんわ、錠前《シリンダー》の方を他の部屋のものと換えてしまいますから」文子の答は明快だった。

「ですから、お客様はたとえば３４０１号室のキイを持ち去ったつもりでも、シリンダーの方を他の部屋のシリンダーと交換してしまいますから、もうその鍵では３４０１号室を開けることはできなくなってしまいます。キイを取った人が３４０１号のキイだと思い込んでいても、それのあてはまるシリンダーは、どこか別の、大抵別の階の——お部屋へ取りつけられているのです」

平賀は視野を塞《ふさ》いでいた障壁が一挙に取りはらわれた思いであった。確かに３４０１号室の鍵は持ち去られたことはなかった。だが、その受け口《シリンダー》の方は交換されたことがないとは聞いていない。他の部屋、仮にその部屋をXとして、Xの鍵が持ち去られた時に

Xのシリンダーと3401本来のシリンダーが交換されたとすれば、Xの鍵の所有者は3401へ入ることができる。そしてもし、〝彼〟が、Xの鍵に適合するシリンダーが3401号室へ装備されたことを知っていたとすれば、彼こそ犯人である。それを知らすことのできる者は内部者に限られ、その人間こそ他ならぬ冬子だったのだ。従って当然犯人は内扉のシリンダーの複雑な回転法も知っていた。密室は開かれた!!

平賀は自分の着眼を気負い込んで文子へ言った。

「ほほほ、だめですよ、シリンダーの交換は専門の技術部の人がやっても一時間近くかかるのです。それに3401号室のシリンダーは一度も交換されたことはありません。あのお部屋は社長専用室でしたから、そんな大それたことをするはずがないでしょう」

文子の言葉は、平賀の発見をみじんに打ち砕くものだった。送受器を置いた平賀は本部室の闇のたまりの中へ坐《すわ》りこんだまま、暫《しばら》くは動く気力もなかった。

文子の言葉は、平賀が気がつかなかった矛盾をも露《あら》わにした。もし仮に冬子がこのシリンダーの交換を一人でやったとすれば、まずXのシリンダーを取り外し、次に3401号室のそれを取り外し、三番目に3401号室へXのシリンダーを取り付け、最後にXへ3401号室のシリンダーを付けるという、実に四つのそれぞれ独立したメカニックな作業を行なうわけである。

どんな時間帯に行なおうと、ただでさえも注目の的である冬子が、ドライバーやレンチをがちゃつかせながら、扉にへばりついてそんなことをやっていればすぐに見つかってしまう。冬子以外の人間が交換すれば、３４０１号室にXのシリンダーが取りつけられる保証がない。

「だめだ」平賀は思わず口に出して言った。

密室は依然としてびくともしていなかった。あの金泥をまぶした燦然《さんぜん》たる扉の奥から犯人の高笑いが聞こえて来る。

「馬鹿め！　貴様らがいくら躍起になって嗅《か》ぎまわろうと、しょせん貴様らのお粗末な頭で開ける密室ではないのだ。ははは、愚かな刑事《いぬ》め、精々吠《ほ》えろ、わめけ」

平賀はその嗤《わら》いをはっきりと聞いた。彼は歯ぎしりをした。歯ぎしりしながら彼は思考を続けた。

犯人の体が物質としての条件を備えているかぎり扉や壁を通り抜けることは絶対に不可能である。彼の肉体を通した空間《あな》が、密室のどこかにあるはずだ。どこかにあながある。必ずある。そうでなければ、物理の法則が否定される。

だがどこに？　犯人に見えて自分に見えぬあな。それはどこにあるのだ？

平賀の思考は狂おしく空回りしながら、吉野文子が言った言葉にまた戻っていった。

「ほほほ、だめですよ、シリンダーの交換は専門の技術部の人がやっても一時間近くかかるのです」

そして文子の笑いはいつの間にか、犯人の笑いと重なってしまうのだ。

だが待て！　長い思考の空転の末、文子の言葉は彼の脳髄の中に凝固して行った。それは新たな可能性を暗示してくれたのである。

平賀は立ち上がった。連日の捜査で憔悴《しょうすい》していたが、目に熱い光が甦《よみがえ》っていた。

2

十分ほど後、署で呼んでもらったパトカーに乗って、平賀はパレスサイドホテルへ駆けつけた。さすがにホテルだけあって、この深夜の時間帯にもロビーに人影がちらほらしている。午前二時や三時はホテルにとって宵の口だと豪語するだけのことはある。

フロントへまっすぐ進むと、折りよく梅村がいた。

「刑事さん、また、何か？」

彼は平賀が別の事件で来たと思ったらしい。

「お仕事中すまないが、例の3401と有坂秘書が使っていた3402の備付けの鍵《ルームキイ》は、その後どのように保管してありますか？」

「ああそれでしたら、その後売り止め《クローズ》にしてありますので、ここにありますよ」

梅村は言うと、背後のハーモニカを幾層にも重ねたようなキイボックスの中から、二つの鍵を無造作に取り出した。

「この鍵をちょっと貸してもらえませんか」

「どうぞ、どうせ売れない部屋ですから」

平賀は二つの鍵を受け取ると、ロビーの奥のソファーへ腰かけて、二つの鍵を凝視していた。彼が立ち上がったのはそれから約三十分ほど後である。

立ち上がりながら、彼は自嘲《じちょう》するように呟《つぶや》いた。

「俺は馬鹿だった。こんな簡単なからくりを見破れなかったとは」

平賀はフロントへ立ち寄って更に一つの確認を重ねた。

「七月二十一日の夜、有坂さんは退社する時、３４０２の鍵《かぎ》をフロントへ戻しましたか？」

「多分戻してないと思います。有坂さんはいつも自分でキイを持ち歩いておりますから。でも一応確かめてみましょう」

梅村はいったん奥へ引っ込むとリストの束をかかえて来た。

「これはキイチェックリポートといいまして、夜間二時頃を期して、宿泊客でまだ外出から帰られない方がどれくらいおられるか調べたものです」

「キイチェック？」

「お客様が外出なさる時は、キイをフロントへ残していただくたてまえになっております。ですから、ホテル側は売れた部屋、つまりお客様へ提供した部屋のキイボックスの中のキイの有無によって、お客様の在否を判断するわけです」

「ははあ、すると泊まっていながら、キイボックスにキイがあるということは外出中ということですな」

「そうです。そのチェックを毎晩二時頃行なって午前二時現在の未帰館客数《ノースリープ》を確かめるのです。お客様の中には外泊なさる方もありますので」

「外泊？　ホテルへ泊まっていながら外泊するのですか？」

「ええ、まあ、いろいろご事情があるのでしょうね、私どもではこの二時頃の未帰館客をノースリープとして、つまり、部屋を取っていたけれど、ベッドは使わなかったものとして記録しております」

梅村はそう言いながら七月二十一日（正確には七月二十二日午前二時）のリストを繰った。

「ああございました。３４０２号室、キイ無し、有坂さんはいつもキイを持ち歩いていますから、ノースリープとして処理されております。チェックした時間は二時三十分です」

それだけ聞けば充分だった。事件当夜、少なくとも午前二時三十分までは、３４０２のキイはフロントへ戻されていなかったのである。

3

捜査報告書
昭和四十×年九月三十日
警視庁刑事部捜査第一課司法警察員　巡査

警視庁刑事部捜査第一課長

平賀高明

司法警察員　畑中国治《くにはる》殿

罪名罰条、殺人幇助《ほうじょ》　刑法第百九十九条及び
同法第六十二条及び
同法第六十三条

被疑者　本籍　東京都練馬区貫井町二五六
住居　右　同
職業　パレスサイドホテル従業員
氏名　有坂冬子
年齢　二十五歳

昭和四十×年七月二十二日午前一時三十分頃、東京都千代田区竹平《たけひら》町一の一、パレスサイドホテル３４０１号室にて、同ホテル社長、久住政之助氏が殺害された事件に関して捜査の結果、次の事実が判明したので報告する。

一、被疑者は被害者の秘書として、常に被害者の身辺にあり、３４０１号室備付《ルームキ》けの

鍵《イ》を預かり、被害者が同室出入の都度、被害者になりかわって同室の扉を開閉していた。

一、被疑者はその職務上、被害者が同室内にて殺害された場合、自分が最も疑いのかかる位置にいることを熟知していたので、かねてより被疑者に心を寄せていた本職を利用して被害者の死亡推定時刻における自己のアリバイを確立した。

一、本職が被疑者の罪を犯したことを疑うに至った理由は、被疑者が、被害者の死亡推定時刻に本職に時間を確かめたことと、事件前夜、被疑者が本職に会うためにパレスサイドホテルより東都ホテルまで十分間で急行した（本職の調査により、当該ホテル間を十分間で移動することは、あらかじめ車を用意しなければ無理なことが判明した）ことの二点である。

一、被疑者は自動車運転免許を取得しておらず、自動車運転もできないところから、何者かが自動車を運転して被疑者を東都ホテルへ運んだものと推定される。なおその後の捜査により、二十一日夜七時五十分頃、パレスサイドホテルのドアマン田代正男《たしろまさお》が、男が運転する黒塗り中型車へ被疑者の乗り込むところを目撃したことが分った。運転手の特徴は不明、車種、車体ナンバーは未確認なり。

一、被疑者は職務上被害者の隣室にあたる３４０２号室を専用室として与えられていた。

一、密室状態の３４０１号室への犯人による侵襲は次のような方法によって為《な》されたものと推定される。

一、パレスサイドホテル各客室の専用鍵《ルームキイ》は、各ルームナンバーを黒字で打刻した、プラスチック製の白地長方形の鍵札《かぎふだ》と対をなしており、鍵と鍵札は十センチほどの◎形の不連続の丸環つなぎがあって、鍵と鍵札を鎖につないでいる。
一、被疑者は、職務上被害者のルームキイに自由に接触できることを利用して、当該二室のルームキイの前記丸環つなぎの不連続面をペンチ状の工具によって拡大し、鍵と鍵札を分離したる後、３４０１の鍵札へ３４０２の鍵を、３４０２の鍵札へ３４０１の鍵を交互に取り換えてつけ直したものである。拡大された丸環はふたたびペンチ状工具により原形へ還元された

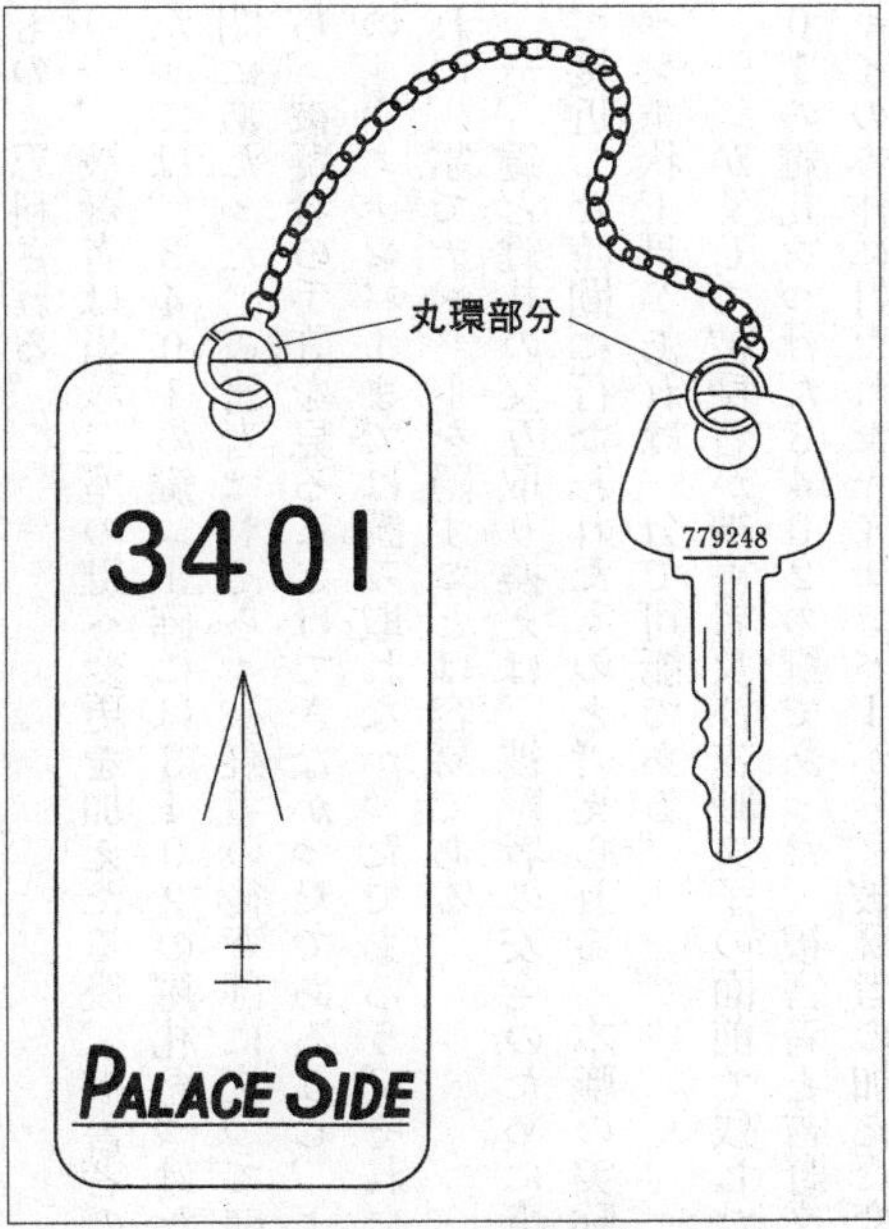

パレスサイドホテル　3401号室ルームキイ

ものと思料される。

一、被疑者は当該二室の鍵へ変更を加えたる後、被害者の3401号室への出入にあたっては、3401の鍵（正確には3402の鍵札をつけた3401の鍵）によって開閉にあたった。被害者はおそらく被疑者の後背部に立って扉の開閉を待ったであろうから、被疑者の手許《てもと》を見ることはできなかったであろうし、よしんば見たとしても、鍵札のルームナンバーまでは読み取れなかったであろう。それに両手をつかって鍵を操作すれば、掌《てのひら》でナンバーを隠すことは容易である。

一、鍵と鍵札の交互取り換えは、被疑者の安全のために事件前日、それも事件に極めて接近した時間に行なわれたものと考えられる。本職の実験によればこの作業は二個のペンチ状工具があれば一分で可能である。

一、かくして被疑者が被害者及び吉野文子の面前で残した3401の鍵は、実は3401の鍵札をつけた3402の鍵であった。被害者と吉野文子が、微細な鍵の歯形と、キイの本体に打たれたキイナンバーから、被疑者の加えた変更を見破ることは全く不可能であった。

一、被疑者が3401号室のティーテーブルの上に変更した鍵を残した後、被害者がふたたび部屋の外へ出れば、再入室にあたって鍵と錠前《シリンダー》の不適合を発見されてしまうが、被疑者は被害者の日常生活が極めて規則正しく、午後八時以降は部屋の外へ出ないことを知っていた。

一、被疑者は３４０１号室を出ると直ちに本職の待つ東都ホテルへ向かった。被疑者の鍵に変更を加える時間が「凶行予定時間」に接近すればするほど被疑者は安全であると同時に、殺人犯人へ３４０１の鍵（３４０２の鍵札をつけた）を手渡すチャンスが少なくなる矛盾から、被疑者が犯人に接触した時間はこの二ホテルを移動の間であったと思われる。即ち、被疑者を乗せた自動車の運転手が、本殺人事件の犯人として最も濃厚な容疑を持つものと思料される。

一、犯人は被疑者より渡された鍵によって同夜午前一時三十分頃、３４０１号室へ侵入して、被害者を殺害したる後、携行したペンチ状工具によって二つの鍵に被疑者がなしたと同様の工作を施して、それぞれ本来の鍵と鍵札に連結しなおしたものである。

一、内扉のシリンダーの複雑なる回転方法は、あらかじめ被疑者より犯人へ伝えられてあったものと考えられる。

一、犯行後犯人は細心の注意をもって、一切の痕跡《こんせき》を消去し、３４０１の鍵（３４０１の鍵札へ再連結された）をナイトデスクの上へ残して逃走した。内扉外扉共に自動式であるから、扉を閉じるとともに密室が構成されたのである。３４０２号室の鍵は犯行後、犯人より被疑者の手へ環《かえ》された。

一、３４０１号室への、犯人のホテル内の侵入、逃走の経路は次のようなものと推定される。

一、３４０１号室はパレスサイドホテルＡ棟の末端にあり、非常扉に近い位置にある上にステーションからの死角に入るので、犯人は三十三階でエレベーターを乗降し、非常口より非常階段を昇降して3401号室を往復した。同ホテルの非常階段は、建物内に組みこまれているため、非常口は外側からも開閉できるようになっている。

証拠関係

一、パレスサイドホテル3401号室及び3402号室の鍵と鍵札（丸環つなぎ部分にペンチ状工具によって加えられたる損傷あり）

一、パレスサイドホテルのキイチェックリスト、本年七月二十一日日付

一、被疑者の記入による同日日付の東都ホテル宿泊カード《レジスター》複写一葉

逮捕の必要性

以上の事実及び推定により、有坂冬子に対する殺人幇助《ほうじょ》被疑事実は濃厚であり、罪証湮滅《いんめつ》のおそれもあるので、その身柄を拘束の上取り調べる必要があると思料する。

翌朝、捜査本部に興奮が漲《みなぎ》った。平賀の報告は難攻不落と見えた二重の密室の鉄壁を見事に打ち破っていた。自分のほれた女をここまで追い詰めなければならなかった、平賀の〝刑事根性《でかこんじょう》〟ともいうべきものに皆は脱帽した。

だが平賀刑事が提出したものは捜査報告書だけではなかった。村川警部が報告書を読

み了《おわ》るのを待って、平賀は一通の封書をさし出した。

「何だね、これは？」

村川は報告書から受けた感動の目をそのまま平賀に向けて言った。

「辞表です。今日をもって警視庁巡査を辞任させていただきたいと思います」

「何だって？」

密室打破という大手柄をなした部下が、最も得意であるべき時に、その辞任を申し出たのである。村川が棒で殴られたような声を出したのも無理はなかった。

しかしよく考えてみれば、平賀が辞表を提出するまでに思いつめた心根も理解できなくはない。

密室の扉が開かれた時に、有坂冬子の犯罪が確認されたのである。同時に、刑事でありながら、彼女のアリバイを証言した平賀の愚かでこっけいな立場も確定した。しかも事件番中に女の色じかけにたぶらかされて。――

平賀の刑事としての犯人を追及する情熱に、女に欺かれた男の怒りと、冬子がそれほどまでにして助けた犯人への、宿敵《ライバル》（まだライバルとは確定しないが、平賀にはそのように思えた）としての憎しみと嫉妬《しっと》が加えられ、どすぐろい煙を出して燃える油火のように燃え盛っていた。

平賀は密室を破った時から、辞表の文言を考えなければならなかった。だからよけいに犯人への憎しみが燃えたぎる。

「平賀君、犯人が憎いか？」

最初の愕《おどろ》きを鎮めた村川が言った。刑事として彼に分り切ったことを尋ねたわけではない。平賀の心情が分っただけに、刑事ではなく一個人として平賀の犯人へ向けた憎悪を確かめたのである。

「はい、八つ裂きにしてやりたいくらいです」だから平賀もその意味で答えた。

「刑事が八つ裂きとは穏やかでないね」

村川はふと口許《くちもと》をゆるめて、

「しかし、刑事を辞めては、犯人を逮捕《あげ》にくくなるぞ」

「は、――」平賀は一瞬言葉につまった。その微妙なタイミングをうまく捉《とら》えて、

「ま、この辞表はしばらく預かっておこう。今はつまらぬことは考えずに犯人の追及に専念しろ、こういうことは犯人を捕えて後のことだ」

村川警部は平賀の個人的感情を、相乗された刑事根性へ転化させることに成功した。これからの平賀は鬼のようになって犯人を追って行くだろう。

かくて、有坂冬子に対する容疑は確定的となった。しかしそれはあくまでも第一線の捜査機関の主観的嫌疑であり、検察官や裁判官に嫌疑を肯定させるに足る客観的根拠があるとはいえなかった。

犯罪の動機にしても全く不明である。被疑者の犯罪事実である殺人幇助行為の被幇助者つまり、正犯は全く霞《かすみ》の中である。

また、証拠関係として提出された鍵にしても、丸環部分の損傷は被疑者以外の人間によっても充分に加えられる。リストやレジスターカードに至っては、事件そのものとの関係すら定かではない。

要するに、〝平賀報告〟は、大部分が彼の推定によって導き出された単なる可能性であって、これだけでは証拠能力すら否定されてしまう。

逮捕状の発付を請求しても、却下されてしまうであろう。

重要参考人として下手に引張れば、折角、開いた〝二重の扉〟の奥の資料を湮滅《いんめつ》されてしまうおそれがある。

村川警部の表情は痛しかゆしであった。

冬子とその背後にひそむ正犯は、操作本部が二重の扉を開いたことをまだ知らないはずである。当分の間密室の件はマスコミに伏せておくことにした。彼ら（冬子と犯人）がまだ知らぬうちに、まず冬子からしめ上げれば、何か吐くにちがいない。

「とにかく参考人として引張ろう」

村川は断を下した。パトカーで有坂冬子の自宅へ急行した村川班の刑事は、彼女が昨夜から姿を消していることを知った。

家人には九州方面に一週間ほど旅行をすると言い置いて出たそうである。捜査当局の監視の目が弛《ゆる》んだ間隙《かんげき》を狙っての家出だった。

時をおかず、有坂冬子に対する逮捕状が発せられ、彼女は全国に指名手配された。

第二の死者

1

福岡市中央区渡辺《わたなべ》通り四丁目にある博多《はかた》グランドホテルの一室で、ホテルのルームメードによって若い女の変死体が発見されたのは十月一日の午後八時頃である。ホテルからの急報によって駆けつけた検視の鑑識課員は、死者の奇妙な体位にとまどった。現場は同ホテル六階にある標準のダブルルームで、設備や調度類は、いわゆるホテル客室としてごくありふれたものである。

室内は荒らされた模様はない。バッゲージラックの上に置かれた女持ちのスーツケースとトレンケース及び化粧机の上に開かれたまま投げ出されてある化粧ケースとルームキイが、辛《かろ》うじてその部屋に宿泊客があることを物語るものであった。ライテングデスクのチェアがやや定位置をずれていると言えば言えぬこともなかった。

死体はバスルームの中に倒れていた。洋式のバスルームはトイレットと共用になっている。死者は右手でその洋式便器の水洗杆《フラッシュコック》を握り、左手は蓋《ふた》と一緒に上げた便座をかかえこみ、便槽《トラップ》の中へ顔を突っ込むようにして絶命していた。死者は入浴するつもりだったのか、客室備付けの浴衣を着ており、その下には何もつけていなかった。

脱ぎ捨てたはずの衣服は多分ワードローブの中に蔵《しま》われているのだろう。

ホテル馴《な》れしていない老人が、洋式の、細長い浴槽《バスタッブ》の中で滑り、後頭部を打ちつけて怪我をしたり、最悪の場合は打ち所が悪くてそのまま死んでしまったというケースはよく聞かれるが、若い女の例はいまだかつてない。それに浴衣をつけたままトラップに顔を突っ込むようにして死んでいる女の姿勢は、何か別の死因が働いたことを予測させる。

まず死体の位置や姿勢があらゆる角度から撮影される。続いて死体について詳細な観察が加えられる。同時に室内の状況が徹底的に調べられる。

死体には外傷は認められなかったが、体表面に発疹《はっしん》が生じていた。頸部《けいぶ》には淡紫色の死《し》斑《はん》、両眼は閉じられ、口角に白い泡が少々たまっている。筋肉硬直と死斑から死亡してまだ間もないものとみられた。

死体の外景から薬毒物による中毒死の症状が顕著だった。

外表観察からだけではいかなる毒物によるものか鑑定するのは難しかったが、ある種の毒物は、下痢症状を呈することがあるから、死体の位置も頷《うなず》けぬことはない。

しかし浴衣や死体に汚物は付着していない。

枕元《ベッドヘッド》にあるナイトデスクに、ルームサービスさせたらしいジュースのびんがホテルの文房具《ステーショナリ》と共に目立たぬように置かれてある。オレンジ色の液体が三分の一ほど飲み残されているが、死因の毒物の媒体としては最も疑わしかった。

係官がさっそく保存したことはいうまでもない。これは後で分ったことだが、ジュースは死者が外から持ちこんだものらしく、ルームサービスに記録はなかった。

それだけでは特に死因が犯罪行為によるものかどうかは明らかではなかったが、ワードローブにあった死者の着衣や携帯品から、その身許《みもと》が、警視庁から依頼があったばかりの被指名手配者、有坂冬子であることが確認されてから、がぜん、他殺の疑いが濃くなって来た。

急報によって駆けつけた福岡県警捜査一課刑事上松徳太郎《あげまつとくたろう》は、一通り検視が済んだ遺体と対面した。上松刑事の死者から受けた第一印象は、それほど悪くなかった。

薬物中毒による苦悶《くもん》はいくらか表情を歪《ゆが》めているが、死者の美貌《びぼう》を決定的に損なうものではない。無残な死体ばかり見馴《みな》れている上松には、むしろ、〝美しい死体〟に映った。

「おおよその推定死後経過時間は三～四時間ですな、まだ死んだばかりです。今のところ犯人のものらしい指紋や遺留品は見当たりません。解剖すれば体の中から何か出て来るかもしれません」

顔見知りの鑑識係が言った。

「乱暴された形跡は？」

「特にありません」

刑事はちょっと心にひっかかるものがあったが、どうせ解剖する死体であるし、外部的な観察だけでは分らないことであるからとそれ以上深く立ち入らなかった。

「ホトケはどうしてトイレなんかへ駆け込んだのでしょうな」

「別に不思議はありません。ある種の中毒症状では猛烈な下痢症状を伴いますからね」

「ははあ」上松は納得したようなしないような返事をした。

検視が終ったので、死体は犯罪に基因する疑いありとして解剖のために九大《きゅうだい》病院へ運ばれた。

「おや？」

死体が運び去られて急に広くなったバスルームを調べていた上松刑事は、念のために覗《のぞ》きこんだ便器のトラップの底の水の中に、トイレットペーパーのような紙片がひらひらと泳いでいるのを認めた。上松はそれを、流水の力が弱くて、いったん流されたトイレットペーパーが、トラップの底へたまる水とともに還流して来たものだと思った。鑑識係が発見できなかったのはそのせいであったかもしれない。

しかし、どうもトイレットペーパーとは紙質が違うようである。上松刑事は無造作に指をトラップの中へ突っ込むと、その紙片をつまみ上げた。

それは確かに紙だったが、トイレットペーパーではなかった。それよりもずっと厚い上質紙である。どうやらホテルの便箋《びんせん》らしい。

「何か字が書いてあるな」

長い間水の中に浸《つ》けられていたと見え大分ふやけてはいるが、よく見るとそれは便箋の書き損じを破り捨てたものらしい。鉛筆の走り書きらしい文字が認められた。

刑事はその紙片をライテングデスクの上へ宝物のように運ぶと、つまみ上げたままの原形を損なわないように、そっと置いた。文字は鉛筆で書かれてあったので、水中に長いこと放置されていたにもかかわらず辛うじて読める字影がいくつかあった。

刑事はそれらの文字を丹念に手帳に書き写した。それは次のようなものである。

——内申、縮、男国男、秋、光、しく、わりたく、情、テル、約——

その他にもいくつか文字はあったが、水にかすれて判読不能だった。

一体これは何を意味するものか？　紙片の大部分は水洗に流されて、これはそのごく一部らしい。せめてもう少し紙片を回収できたら、何とか意味を取れたかもしれない。

——と上松刑事は残念に思った。彼は未練たらしくもう一度トラップを覗いた。

その未練が刑事の考えに別の視角を与えることになった。

——今、俺は大部分は水洗に流されたと考えたが、それを誰が流したのか？——

有坂冬子の死体がトイレにあったところから、有坂が流したものとばかり思っていたが、有坂以外の〝第三者〟が流しても一向にさしつかえないではないか。

第三者は何故そんなことをしたか？　もちろん他人に見られては都合が悪い〝何か〟を処分するためだ。上松刑事が辛うじて拾い集めた文字はその何かの一部分である。ならば何故都合が悪いのか？

上松刑事は愕然《がくぜん》として目を上げた。

「これは殺人《ころし》だ」

死体が発見された後に、人に見られては都合の悪いものとは、死者以外の第三者《だれか》が、その死に関連することを推定あるいは特定させる資料である。

その第三者が死者の近くにいれば、当然その資料の破棄か隠匿をはかるだろう。死者の死に関連する第三者として容易に浮かび上がるのは犯人である。

〝犯行〟後、犯人は何かをトイレで〝処分〟して現場を立ち去った。その後、虫の息が残っていた被害者は、犯人を告発するための資料を残すべくトラップににじり寄り、そこで息絶えた。

トラップに残った文字の断片は、犯人が流そうとした「何か」を、被害者が必死に摑《つか》み止めたものではあるまいか？　そうだ、それにちがいない。もしこれが本人の欲した死であり、何かが本人にとって他人の目にさらされては都合の悪いものであったなら、全部流し《フラッシュ》切ったはずである。それから後で死んでも少しも遅くはない。このわずかな文字には〝犯人〟の手がかりが残されているに違いない。

疑惑から確信へと刑事の推理はかたまって行った。

彼女を襲った瞬間的死は彼女が欲したものではない。あるいは心臓まひや、脳卒中などによる、瞬間的死があるとしても、有坂冬子の死体の状況は薬物中毒であることを告げていた。

自殺という可能性が全くないわけでもないが、それにしても、若い娘が、トイレットの中でしかも他人に見られては都合の悪いものを処置し切れないうちに死ぬような、慌てふためいた、恥ずかしい死に様をするだろうか？

上松刑事は自分の推定を信じた。現代の科学捜査の時代にそのようなカンを信じてはいけないのだそうだが、試験に弱いというよりは、犯人の後を追いかける方に生き甲斐《がい》を感じるところから、いつも昇進試験をすっぽかして、万年平刑事に甘んじている上松は、自分のカンと脚を信じる旧《ふる》き良き刑事の一人であった。その彼のカンが、美しい被害者の死体を踏まえて、獲物を斃《たお》した狼のようにうそぶく犯人の存在を訴えて止まないのである。

被害者――と彼はもう信じていた――の持物は、ワードローブに吊《つる》したグレンチェックのスーツと二つのケース、その中の着換えのスーツと下着少々、化粧品、洗面用具及び装身具類のこまごました物と所持金が十二万二千円ほどあった。

財布の中にはその金額と一緒に東京駅内交通公社発行の九州周遊券が二枚入っていた。

刑事の目はその二枚の切符にとまった。現場及び周辺の観察が終ると、刑事はホテル関係者に会った。彼らの話を総合すると次のようなものである。

――有坂冬子の予約は三日前、東京駅内の交通公社経由で本名で入り、今朝十時頃同社発行のクーポン券を持って到着《チェックイン》した。正規のチェックアウトタイム（前夜宿泊客との部屋の交代時間）より早かったが、幸い、予約条件通りのダブル６２８号室が空いていたので提供した。客の到着時の話によると、午後伴《つ》れの者が着くということであった。アベックがホテルで待ち合わせて別到着《セパレートアライバル》することは、よくある例なので、女一人がダブルルームを取ってもホテル側は別に怪しまなかった。しかし午後になっても伴れらしい者の姿は見えなかった。客は一時頃簡単な昼食をルームサービスで取り寄せたが、メードは伴れの姿を見なかった。もっとも午後二時頃から死体を発見する頃までは、団体客のチェックインが重なってホテルはかなり混雑していたので、この間、フロントやフロアステーションを通さずに客室へ出入りされても分らなかっただろう。死んだ婦人客は、ベルボーイに案内された後は、部屋に閉じこもっていて、ルームサービスのメード以外は、死体となって発見されるまでその姿を見た者はない。「美しく、おだやかな客」というのが接触したホテル従業員の、その女客から受けた統一された印象である。最初に死体を発見したのは六階付きのメードの一人であり、サービスの夕刊を各室に配っている時であった。６２８号室の扉の下端と床《フロア》の隙間から夕刊をさし入れようとした彼女は、ほんのわずかの差で扉がロックされていないことを発見した。この扉もフルオート式であったから完全に閉め切らないと、鍵《かぎ》が作動しない。おそらく客は閉めたつもりで、力が足らなかったのであろう。フルオートは確かに便利だが、あまりに便利過ぎて、扉を閉めてから鍵をかける確認の行為に欠けるので、しばしばこのような不用心な結果をもたらす。

　特に６２８号室の扉はかたく、強く閉めないと鍵が作用しないので、到着時には客に注意をし、客も了解していたはずであった。

「きっと忘れてしまったんだわ」

　そう思ったメードは、客に代わって扉を閉じておこうとした時、ふと室内が暗いのに気がついた。すでに短い秋の日は暮れて、外は完全な闇が落ちている。客が入った部屋は殆《ほとん》ど灯《あかり》がついている。眠っているのかもしれないと思ったメードは、扉の隙を少し広げてベッドの方をうかがいみたが、ベッドの上に人の形はなかった。いや、視野に入る室内には人の気配が全くなかった。外出したのかとも考えたが、その客が、部屋から一度も出た様子がなかったのを思い出したメードは、恐る恐る室内に入った。彼女が有坂冬子の死体を発見して、自分自身が殺されるような悲鳴をあげたのはその直後である。

――

以上から有坂冬子が福岡のホテルで〝誰か〟と待ち合わせていたことは、ほぼ確定的である。予約が三日前になされているから、その誰かとの約束は更にそれ以前になされていたと考えられる。

その〝誰か〟とは誰か？　それを捜すことがこれからの上松の仕事になるはずであった。

冬子が先着して取った部屋に、犯人が後から入って凶行におよんだことはほぼ確かである。死体の状況から流しの犯行とは考えられない。とすると、「冬子が待ち合わせていた〝誰か〟が犯人」との推定が強くなる。しかし犯人は冬子のルームナンバーをどうやって知ったのか？

宿泊客のルームナンバーはフロントに尋ねれば教えてもらえるが、この計画的な犯人がわざわざ人の印象に残るような行動をとるとは思えない。とすると、――

犯人は冬子に〝事前〟に接触をしなければならなかったはずだ。その逆に冬子から犯人へ接触する場合も考えられる。とにかくその時点では彼女は自分が殺されるとは思っていないのだから、この推定に無理はない。その方法は？　電話か電報以外は今のところ考えつけない。が、いずれにしてもその場合は発信の記録がホテル側に残っているはずである。

上松刑事は勇躍した。だが当初の意気込みに反して、冬子が発信した記録は何もなかった。ただ午後三時半頃に電話でフロントの案内係《インホメーション》に冬子のルームナンバーを問い合わせた者があったことが分った。

その種の問い合わせは多いので、係の者は大して気にも留めずに教えてやったそうである。沈んだ低い声だったが、それが作為《つく》ったものかどうかは分らない。事務的な応答だったから、声や話し方の特徴など全く記憶にない――と係は答えた。

翌日の午後、九大病院に鑑定嘱託した解剖の結果が出た。当局としてはもっと早く出してもらいたかったのだが、執刀医の都合がつかなかったのである。

それによると死亡推定時刻は一日の午後五時内外、死因は鑑識の外表所見の通り、砒《ひ》素《そ》系化合物の大量嚥下《えんか》による中毒死であった。胃内容物から約〇・三瓦《グラム》程度の砒素が検出された。

死体には特に乱暴された痕跡《こんせき》はなかった。膣内《ちつない》からも精液は検出されない。ただし、外陰部に男子のものと思われる陰毛三本と、分泌型B型の精液が微量付着していたところから、死の直前に産制具を装着して性交したものと推定された。検体の血液型はAB O式でAB型、NM式でMB型、Q式でq型である。

この事件が久住殺しと関連あるとすれば、犯人は初めてその性別を明らかにしたわけであった。

ジュースの飲み残しからは、案の定、大量の砒素系毒物が検出された。びんに残された指紋は被害者のものだけである。犯人は毒物を混入したジュースを手袋でもはめて外から持ちこみ、言葉巧みに被害者に勧めた後、逃走したものであろう。

2

福岡県警からの通報によって、平賀は捜査本部から急遽《きゅうきょ》、福岡へ出張させられた。村川警部が特に彼を選んでくれたのである。

「平賀君、弔い合戦だ、しっかりやって来い」

出がけに村川警部がかけてくれた言葉は、平賀が警察官としての名誉を挽回《ばんかい》するチャンスだということを暗示していた。

平賀は眥《まなじり》を決して出陣するような悲壮な気持で発《た》って来たのである。

本部から飛行機代を奮発してもらい、板付《いたづけ》飛行場に着いたのは昼を少々回った時であった。空港から車を拾い、県警に着いた時、丁度折りよく、有坂冬子の解剖結果が出たところであった。

上松刑事は初対面の挨拶《あいさつ》がすむと、

「今から病院の方へご案内しまっしょか」

と言った。

そろそろ勇退の近い年ごろであるが、つるりとはげ上がった頭の頂きが、大砲の弾丸のように尖《とが》っており、あるかないかのような薄い眉毛《まゆげ》の下のよく光る目と共に、いかにも犯人に喰《く》いついたら離れない刑事面をつくっていた。内田刑事とどことなく似た感じの男である。

人一倍強い正義感から、薄給で危険な激務にもめげず、ひたすら凶悪犯人を追及することだけに生き甲斐をかけている。昇進試験を受けるひますらない、また強いて受けようともしない。試験の成績では犯人をつかまえられないと信じている。

だがこのような刑事がいればこそ、人は生命と財産を不法に脅かされることなく、生活できるのである。それなのに、彼らが退職した後、社会が、彼らの長く危険な激務の報酬として提供するものは、精々、会社の守衛かデパートの警備員のポストなのだ。

（刑事の待遇と社会的地位をもっともっと高くしなければならない）平賀は上松や内田のような刑事を見る度に、自分自身の身分を忘れて思うのであった。

九大病院の死体冷凍室《モルグ》の一隅に、有坂冬子の解剖後縫合された死体は、白木の棺におさめられて遺族の引取りを待っていた。外観は全く眠っているようである。

上松が昨日、発見直後に認めた表情の歪《ゆが》みは目立たなくなっている。

衣服を着せられている上に、巧みに縫合されているので解剖の痕《あと》は分らない。だが彼女の遺体が病院のモルグの中に置かれているという事実は、かつて夏の一夜、平賀だけのために狂おしく燃えた女が、執刀医の非情なメスによって頭腔《とうくう》、胸腔《きょうくう》、腹腔《ふくくう》と次々に切り開かれ、その深部を医師の感情のない眼によってくまなく観察された事実を物語る。平賀は、上松刑事の前であることも忘れて、刑事にもあるまじき感傷に溺《おぼ》れそうになった。

——俺はここへ何しに来たのだ？——

ここへ来たのは、執刀医の口から直接に、鑑定書には書かれていない細部まで尋ねるためである。旧《ふる》い女、すでにこの世から消滅した女との過去を偲《しの》ぶためではなかった。

「解剖にあたった先生に会いましょうか」

平賀は危ういところで立ち直った。

3

博多グランドホテルは関西系のホテル資本が九州進出の橋頭堡《きょうとうほ》として昨年建設したもので、地上十五階、客室保有数六百、収容客数千名の、九州地区では最大規模のホテルであった。

平賀は上松刑事とともにそのホテルを訪れ、支配人、フロント責任者、ルームメード等、会えるかぎりの事件関係者に会ったが、関係者の半数以上は非番で出勤していなかった。彼が会った人間も、聞き得た内容も、すべて上松刑事が昨日やったことの上塗り（それも上松の半分にも充《み》たない）に過ぎなかったが、上松は少しもいやな顔をせずつき合ってくれた。

これはパレスサイドホテルにおいても経験したことであるが、ホテルというところは二十四時間営業なので、一度機会を外すとなかなか関係者全員に会えない。夜勤、早番、遅番などがあって、それが各部署によって異なる交代制勤務を敷いているから、同じ顔合わせが同じ時間帯に繰りかえされることは殆どなかった。

そのため、捜査官が事件発生直後に関係者一同の足止めをした時以外は、彼は全員に会うためには何度も足を運ばなければならない。平賀が、昨日上松が会った人間の半数にも会えなかったのはそのような事情によるものである。

だが午後六時になると、夜勤《ナイト》の者が出勤して来たので、事件の主たる関係者からは事情を聴くことが出来た。

その夜遅く、上松刑事が探してくれた市内旅館の一室に落ち着いた平賀に、寂寥《せきりょう》がどっと押し寄せた。冬子が死んではじめて彼女が自分の胸の中に占めていた空間《スペース》の大きさが分った。必死になって密室の謎を解いたのも、彼女の上にかけられた嫌疑を晴らすためであった。追及すればするほどに、冬子の背後にいる男の存在が輪郭を濃くしても、いつの日かその正体不明の男から冬子を取り戻してみせるという自信があったればこそ、恋人を窮地に追い詰める捜査に耐えられたのである。

その冬子が死んでしまった。開いた二重の密室の奥には冬子の死体だけが残った。

「膣内ニ精液ハ検出サレズ、但シ、外陰部ニ男子ノモノト思ワレル陰毛三本ト、分泌型B型ノ精液ガ微量付着シテイタトコロカラ死ノ直前ニ産制具ヲ装着シテ性交シタモノト推定サレル」

突然平賀の脳裡《のうり》に、昼間読んだ、九大病院の鑑定書の文言が甦《よみがえ》った。そうだ、冬子の死体だけではなかった、犯人は初めてその存在を示す、具体的な遺留品を残したのだ。

だがその遺留品は、かつて冬子が平賀に贈ってくれた最も美しい部分を決定的に損ない汚すものであった。死体に乱暴された痕跡が認められないのであるから、遺留品は冬子の意志に反して残されたものでないことは明らかである。反するどころか、それは彼女の積極的意志によって迎え入れられたものだ。

ダブルルーム、二枚の九州周遊券、十二万円強の所持金、三日前になされた予約、これらはすべてその男を迎え、当分の間行動をともにするために調えられたものにちがいない。

冬子はその男によって行為直後に殺されたのだ。理由は、その男が久住政之助を殺したことを冬子が知っていたからである。

男の誘い、――実は練りに練られた計画に乗せられて冬子は、新婚旅行へでも旅発つような軽やかな心で〝死の旅〟へ出た。別行動を取った男は、福岡のホテルで冬子と落ち合い、待ち侘《わ》びていた彼女を優しく抱き、行為の後の余韻に陶酔している冬子にジュースに混入した致死量の砒素を嚥《の》ませた。うっとりと放心しているところに、もともと無味無臭の砒素《ひそ》であるから、冬子は何の疑いもなく飲んだ。

間もなく冬子は苦悶《くもん》しはじめる。砒素系毒物の中毒は激烈である。断末魔の中毒症状に身をよじりながら、冬子はその毒を盛った当の本人が、目の前にいる男であるとも知らずに、必死に救いを求めたことであろう。それを、男は踏み躙《にじ》った虫が死んで行くのを観るように、冷たい笑いを浮かべて見送っていた。彼女が男の意志を悟ったのは、急速に薄れて行く視力が男の冷たい笑いを辛《かろ》うじて映し取った時か？

自分の命を奪われるまで冬子が欺かれたことを気がつかなかった事実は、そのまま彼女と男の距離が、自分と彼女との距離よりもはるかに近かったことを示す。その距離の挽回は、冬子が死んだ今不可能と確定した。

平賀は、その見えない殺人者との間につけられた永久的な距離が口惜《くや》しかった。彼を捕えることはできても、もはやその距離を詰めることはできない。

憤慨が胸の深所から衝《つ》き上げて来た。犯人は八つ裂きにして、死体をカラスに喰わせてもあき足らぬ。

警察官としての使命？　――そんなものは犬に喰われろ！　今あるのは自分のほれた女を蝕《むしば》み、欺き、殺した男へ向けた憎しみと怒りだけだ、奴を今この手で殺すことができたら、自分自身が〝凶悪無比な反社会的警官〟として死刑に処せられてもよい。

今は二重の密室を開ける前よりは、はるかに豊富な資料に恵まれている。

――内申、縮、男国男、秋、光、しく、わりたく、情、テル、約――

資料と関連して、平賀の頭に、今日上松刑事から見せてもらった、現場トイレットのトラップから発見された紙片上の文字が連鎖のように浮かんだ。どのように並べかえても意味をなさない文字だ。

（あの文字は一体、何を意味するものだろうか？）

上松刑事は言った。『これは犯人にとって都合の悪いものにちがいない』と。

（犯人は冬子が絶命する前に部屋を立ち去ったのだ。そうでなければ、冬子があのような〝追跡〟のできるはずがない。だが、久住の時といい、今度といい、コンピューターであらかじめ計算されたように正確に行動する犯人が、どうして犠牲者が絶息するのを確かめずに立ち去ったのか？

そのために犯人は、重大な手がかりを残してしまった。虫の息の被害者がよもやあのような執念の〝追跡〟をするはずはないとたかをくってのことであろうが、それにしても薬物中毒の断末魔はダイナミックであり、生死の別は容易に見分けられる。自殺を装わせるためには、冬子の死をはやめる〝加工〟はできない。

犯人には、まだ生きている被害者を残して、現場から立ち去らなければならないよほどさし迫った事情があったのだ。その事情とは何か？）

宿の女中がのべてくれた夜具を横目にみながら、平賀の思考はますます熱っぽくなった。

翌日、迎えに来てくれた上松刑事とともに、もう一度グランドホテルへ赴いた平賀は、昨日の間に会えなかった残りの関係者から事情を聴き、午後の列車で博多駅を発《た》った。プラットフォームまで、上松刑事がわざわざ見送ってくれた。わずか二日間の、それも昨日の午後から今日の午前中だけのつき合いだけだが、二人は不思議にうまが合った。

「大変お世話になりました」

「お互いに頑張りまっしょう」

窓越しにかたい握手をした二人の刑事は、互いの目の中に犯人へ向けた執念の炎を読み取った。列車が静かに滑りはじめた。

六名のホテルマン

1

平賀が本部へ持ちかえった資料は、事件に何の進展ももたらさなかった。方程式を解くには未知数が多すぎるのである。

上松刑事がトラップから拾い集めた文字群も、皆が脳みそを絞って考えたが、結局何のことか分らなかった。

捜査本部では、一応冬子殺しを久住殺しと切り離して考えることにした。捜査対象を次の六つに分け、各専従捜査班を編成してその捜査に全力をあげた。

一、被害者の個人的交際関係、特に異性関係
二、被害者の職場関係
三、被害者と久住との交際関係、特に怨恨《えんこん》関係はないか
四、被害者の自宅付近の前科者、不良、変質者の捜査
五、犯人の毒物入手経路
六、被害者の突然の旅行に関する調査

同時に福岡県警にも現場付近及び市内の前科者や不良、変質者の調査と、現場の再検

証を依頼した。

平賀は内田刑事と組んで、第二の捜査を担当した。

「内申縮男国男秋光しく」と各捜査班の刑事は例の文言を連日お題目のようにくり返しながら捜査に取り組んだ。だが捜査員の努力と苦労にもかかわらず、新事実は現われなかった。福岡県警からも新情報は入って来なかった。

「流しの犯人ではないか？」

疲労と焦燥《しょうそう》のあまりこんな幼稚なことを言い出す者さえいた。

捜査は膠着《こうちゃく》したまま十一月に入った。連日本部へ泊まり込んでいた平賀は、シャツや下着を取りに自分のアパートへ帰った。扉を開けると暫《しばら》く主人を失っていた六畳は、かびや足脂が混ざって饐《す》えたような臭いがこもっていた。それはいつかパレスサイドホテルの久住の部屋で嗅《か》いだ無人の部屋の臭いよりもはるかに侘《わび》しい臭いだった。

「正にチョンガーの臭いだな」平賀は一人苦笑した。

平賀の生家は埼玉県のK市にあり、年老いた両親が健在である。一人だけの兄が代々の家業である小さな和菓子屋を継いでいる。最近の洋菓子攻勢で、兄は退勢を挽回《ばんかい》すべく新しい和菓子の発明に懸命になっているが、あまりうまくいっていないようだ。

時折り老母が兄苦心の「きみしぐれ」や「道明寺」を持って来てくれる。平賀は濃厚な洋菓子よりもこの素朴な甘味が好きだった。下手に洋風の加工などしない方がよいと思う。

老母がこの頃少し血圧が高いとかでやって来ないので、あの甘みにもしばらくごぶさたしている。彼女が来ればこの汚れ切った六畳も見違えるように甦《よみがえ》るのだが。――平賀は侘しさと同時に、肉親を恋うた。

目的の品を探すために室内へ入ろうとした平賀は、入口のメールボックスからはみ出た新聞の束の中に五、六通の郵便物が混っているのを認めた。

殆《ほとん》どすべてが味気ないダイレクトメールだったが、その中の一通の差出人に懐しい名前を見出《みいだ》した。それは学生時代、かなり親しくしていた友人からの結婚披露宴への案内状だった。

「ほほう、奴《やっこ》さんもいよいよ沈没するか」

多分欠席することになるだろうとは思いながらも平賀の頰は弛《ゆる》んだ。

――謹啓、秋冷の候　皆様にはますますご清栄のこととお慶《よろこ》び申し上げます　さてこのたび山岡様ご夫婦のご媒酌により大助二男春男と芳郎長女久子との婚約が整い　東都ホテルにて左記の通り結婚式を挙げることになりました　就きましては幾久しくご懇情を賜わりたく　ご披露かたがた粗餐《そさん》を差し上げたいと存じますのでご多忙のところ恐縮でございますがご光臨の栄を賜わりたくご案内申し上げます　敬具――

何の変哲もない案内状の文言だった。だがそれを読む平賀の心は久しぶりに和んだ。

――人を殺す者もいれば殺される者もいるし、また殺した者を追いかける俺のような人間もいる。いずれにしてもそれは修羅の世界だ。だが一方にはこのように妻を娶《めと》ってその祝宴に人を招こうとしている者もいる。一体どんな奥さんなのかな？　——平賀は饐えた空気の中で楽しい想像を追った。

丸顔か？　面長か？　それとも有坂冬子のように穏やかでふくよかな……そこまで想いを追った平賀の表情がふと硬直した。今まで和やかに漂っていた彼の視線が友人からの案内状を凝視した。彼はそのままそこに凍結したように立ちつくしていた。

ややあって彼は、そのために帰って来たシャツや下着も持たずに表へ飛び出した。通りすがりの空車を止めると、平賀は運転手がびっくりするような大声で「麹町」と言った。

2

平賀の発見は捜査本部に久しぶりに活気を呼び戻した。

「内申、縮、男国男、秋、光、しく、わりたく、情、テル、約。これはすべて結婚披露の案内状の中の文言です。これだけの文言が一字除いてすべて含まれているのですから間違いありません。ここに見本がありますから、見れば分りますが、見本の中に無い文字は〝国〟という字だけです。しかも男国男と連結された三文字の真中に挟まっておりますが、これを見本と対照すると、大助二男春男にあたります。即ち、国男《くにお》とは、犯人の名前です。そしてテルの前にホテルの名称を示す文字があったにちがいありません。つまり被害者は犯人が自分に殺意を持っているとも知らずに、犯人が現われるまでの時間の空白を、犯人との結婚式を思い画《えが》きながら、披露宴の案内状の文案を練っていたのです」

犯人は結婚をえさに冬子を操ったのだ。そうとも知らずに冬子は犯人との結婚を夢見、嬉々《きき》として犯人の共犯になった。しかも犯人の傀儡《かいらい》たる冬子の、さらにまた傀儡となって平賀は冬子のアリバイを証明してやったのである。平賀の胸の中に〝鬼〟が荒れ狂った。

平賀の惨たる表情とは逆に、捜査員の表情は生々として来た。

秋の文字があるからには、被害者は犯人との結婚を十月か十一月に予定していたものにちがいない、まさか来年の秋ではあるまい。秋は結婚シーズンでどこの会場も混雑するから予約をしてあるはずである。テルの文字があったのが何よりの証拠だ。披露宴の会場としては、ホテル以外に会館もあれば、料亭、レストラン、神社仏閣もある。もしまだ予約をしてなければ、テルという具体的な文字は入らなかったはずだ。十月、十一月に申し込まれているか、あるいは取消された有坂冬子、または××国男名義の結婚披露宴の予約を調べればよい。大体披露宴の予約は、両家あるいは両名名義で申し込まれていることが多い。となると、犯人の知らぬ間に被害者が、犯人と連名で予約している公算が大きい。方程式の未知数はホテル名と犯人の姓の二つに狭められたのである。――ホテルを洗え！――全捜査員は勇躍して八方へ飛んだ。

「平賀君」

同僚とともに飛び出して行こうとした平賀を、村川警部が呼び止めた。

「は？」振り向いた平賀に、村川は言いにくそうに、

「トラップに残された文字は犯人の手がかりを残すために被害者《ガイシャ》が摑《つか》み止めたものだという推定だが、ガイシャが流そうとして流し切れなかったと解釈しても一向にさしつかえないと思うのだが」

「はあ……」

平賀は飛び出そうとした出足を止められて、村川警部の言葉の重大な意味をまだ深く考えようとしなかった。

「死体の体位からむしろそう解釈した方が自然になる。いいか、ガイシャの手はトラップの水洗杆《フラッシュコック》にかけられていたのだ。もし犯人が流したものを、摑みとろうとしたのなら、手は当然、トラップの中へ突っこまれていなければならない。それにだ、犯人が流したものとすれば、そんな危険な資料を流し切らぬはずはないのだ。ガイシャが流そうとしてコックに手をかけたところで体力《いき》が尽きた。だから流し切れなかった。――と解釈した方が無理がないんじゃないか」

「しかし、それでは他殺《ころし》の線が薄れます」

突然へんなことを言い出した警部に平賀は反論した。

人間は自分が殺されかかっていると悟った時は、何とかして犯人の手がかりを残したがるものである。警部の出した〝新説〟を取れば、冬子は自分を殺そうとした（その時

彼女はまだ生きていた）犯人の手がかりを自ら消そうとしたことになる。それは人の情に反することだ。となると、――冬子の死はふたたび自殺へ傾かざるを得ない。だがそうとなればあの男の陰毛とB型の精液はどう解釈するか？　男から別れ話を持ち出されて悲しみのあまりということも考えられるが、それにしても、男と交渉を持った直後の自殺とは気が早すぎる。このような場合、自殺者は相当期間迷うものである。

「いや少しも薄れない」

警部の口調は自信にあふれていた。

「もしこれが自殺ならばだ、上松刑事が指摘したようにあの紙片は全部流したはずだからだ」

「………」

「流したのは、他人に見られては不都合なものを処分するためだ。自殺ならばその都合の悪いものを完全に処分した後で死んでも少しも遅くはないし、また必ずそうするはずだ。それが処分し切れないうちに死んだのは、誰かに殺された証拠だよ。心臓まひや脳《のう》溢血《いっけつ》じゃないことは剖検によるまでもなく確かなんだからな、そしてもし犯人が流そうとしたものなら、やはり全部流し切ったはずだ。手がかりになるようなものをそんな不完全に処分するものか。第一、犯人は何も水洗便所などを使わなくとも、手がかりを現場から持ち去ってしまえばよかったのだ。だからあの紙片は、有坂が自殺したのではないことを示すと同時に、犯人の手がかりを残すためでもないことを物語るものだ」

「しかし、それだったら冬子は、いやガイシャは、犯人の手がかりを自分から隠そうとしたんですか？」

村川説は依然として冬子の心理を説明できない。

その時、村川の自信にあふれた目に微妙なためらいの色が揺れた。それが平賀に対する同情と憐憫《れんびん》であったと彼が知ったのはもう少し後のことである。

「女が、自分の愛する男から殺されかかっていると気づいた時、今までの愛情が凄《すさ》まじい憎悪に変るだろうと思うのが、まず一般の解釈だ。可愛さあまって憎さが百倍ともいうからな。だがこれは男が女の心理を勝手に推量したものではないか。特に今度の事件ではな。俺はそう思ったので何人かの知合いの女に聞いてみた。そのほとんどは『殺されかかったことがないからはっきり言えないけれど、たぶん男を憎むだろう』と答えた。しかしその中の一人は……」

村川は言葉を切って、それを言ってもいいかというように平賀の目を覗《のぞ》きこんで、

「死ぬほどほれた男なら、そいつからたとえ殺されかかっても庇《かば》うかもしれないと言ったんだ。分るかな、この意味が」

平賀は愕然《がくぜん》としたあまりよろめきそうになった。村川が彼一人だけを呼び止めた意味がようやく分りかけて来た。だがそれが分るということは、平賀の今までの価値体系が根本から覆されることを意味する。

自分を殺しかけた男を、死の際まで庇おうとする神のように寛大な女の心理が、たと

え一人でもあったということは、冬子の心理にも同じような可能性が考えられることになる。

村川がアンケートした女性は数も少なく、現実に殺されかけたことがないという弱さはあるが、調査対象を広げれば同様のもっと迫真的な女性心理が見つけられたかもしれない。

あの紙片は犯人が処分した残物を冬子が摑み止めたものではなく、冬子が進んで処分したものだった！　彼女の心理にもそのような可能性があったと分った今、〝村川説〟は最もハイファイに現場の状況に符合する。

鼓動が止まる寸前の断末魔の中で、その苦悶《くもん》をもたらした元凶の男を庇おうとしている。一体これはどういうことか？

平賀は感情のバランスを失いかけていた。

村川はそれに止《とど》めを刺すようにつけ加えた。

「それにあれは犯人が流したものではないという決定的な証拠がある。枕元のナイトテーブルに備え付けのボールペンと便箋《びんせん》があったろう。犯人の手がかりを残すためなら、何も瀕死《ひんし》の体をトイレまで引きずっていかずとも、手をのばせば届く所にある紙に犯人の名前を書けばよい」

警部は言ってしまってから平賀の表情にはっとなったように、

「どうやら君にとって残酷なことを指摘したようだな。さ、行きたまえ、今は何も考えずに犯人を見つけるのだ。それが恋人への何よりの供養になる」

村川の何気ない言葉は、完全に平賀を打ちのめした。犯人は何らかの理由で冬子の死を見届けられなかった。一切の手がかりを消去したと信じた犯人があたふたと立ち去った後、冬子は苦痛にのた打ち回りながらも、犯人が消去したと信じた手がかりの中に重大な見落しがあったことに気がついた。それは自分が書いた案内状の下書きである。おそらくは彼女が屑かご《トラッシュ》の中へでも投げ込んでおいたものであろう。

「あれがあるかぎりあの人は捕まってしまう」冬子は虫の息の下でそう思った。彼女は細かに千切り、トラッシュへ躙《にじ》り寄り、下書きを摑むと最後の力をふり絞ってバスルームへ這《は》った。トラップの中へ投げ込み、フラッシュコックを押した時に力が尽きた。

彼女は死の瞬間まで自分の生命《いのち》を奪った男を庇った。それは愛というよりは、悲愴《ひそう》さを感じさせる自己犠牲の姿である。愛にせよ、自己犠牲にせよ、女がそれほどの思いを男に捧《ささ》げるとは一体どういうことなのか？　そしてそれほどの思いを捧げてくれた女を、虫のように殺した男とは一体どのような人間か？

世にこれほど凄まじい片思いもあるまい。平賀は冬子さえ生きていれば、いつかは挽《ばん》回《かい》できると信じた犯人との距離が、遠い天体のように開いていることを認めないわけにはいかなかった。

そして今自分は、冬子が命を賭《か》けて庇おうとした犯人の隠れみのを剝《は》ごうとしている。それは冬子に対して供養となるどころか、彼女の遺志に反するものではないか。

だがそれ故にこそ、平賀の心の中の〝鬼〟は荒れ狂うのだ。

犯人は、冬子の（平賀にとって最も美しく清らかであった）躰《からだ》をさんざんに食い荒らしていたのみならずか、その心までも弄《もてあそ》んでいたのである。

（よし、何年、何十年かかろうと、俺の生命のあるかぎり追ってやる。迷宮《おみや》入りになって捜査本部が解散されようと、俺だけは追跡を止めない。他の事件などどうでもいい。そのためにくびになってもいい。いつどんな時でも、どこにいても俺の足音が犯人の後にあることを忘れるなよ）

平賀は心に誓って本部を出た。

3

元来、結婚披露宴の会場としては、それを専門に請け負う宴会場や、会館を利用する場合が多かった。ホテルがよく利用されるようになったのは、昭和三十年代に入ってからである。

これは都市ホテルのすべてが従来の〝客室中心主義〟から脱皮して、「ホテルは飲食によって勝負する」という新経営理念の下に、料飲（料理飲食）収入の伸長を目ざして、〝宴会〟を主力商品として売るようになったためである。宴会の中でも「一生に一度」の結婚披露宴は客の気前もよく、稼ぎ頭であった。

それに従来の〝会館〟と異なり、近代的ホテルの設備とサービスのスマートさが受けて、シーズン（春秋）の都内ホテルは、新郎新婦のラッシュとなる。

ホテルに勤めていた有坂冬子が、自分の結婚披露宴の会場としてホテルを選んだのも頷《うなず》けるというものである。

もっともホテルといっても様々《ピンキリ》である。披露宴を請け負える豪華な宴会場設備を有するホテルに、モーテルや、名前だけがホテルの日本旅館が含まれないことはもちろんである。

大体、一流と目されるホテルは、「国際観光ホテル整備法」に該当する、外客の宿泊に適する洋式の構造と設備を有し、それらのホテルによって日本ホテル協会が組織されている。

都内にはホテル協会加盟メンバーが約三十数社ある。捜査本部ではまずこの加盟ホテルからあたってみることにした。

単なる宿泊客の問い合わせと異なり、この十、十一月の二ヵ月間にわたる披露宴の、あるいは取り消されているかもしれない予約をあたるのであるから、電話ですむことではなかった。

それにどこのホテルでも最近の客室不足で鼻息が荒く、そのような面倒な問い合わせに対していい顔をしない。

平賀は内田刑事と組んで、港区赤坂《あかさか》地域のホテルをあたった。この地域は巨大ホテルの密集地帯である。オータニ、オークラ、ホテルニュージャパン、ヒルトン、赤坂プリンス、都市センターと、二人はあたかも仇討《あだうち》の旅へ出たように〝ホテル巡礼〟を続けた。

この巡礼の間に、彼はホテルと一口に言っても様々な種類があることを学んだ。分類基準もいくつかあり、たとえば利用客別には大集会用《コンベンショナル》、商用客用《ビジネス》、保養客用《リゾート》、観光客用《ツーリスト》等、宿泊期間別には、短期滞在用《トランジエント》、長期滞在用《パーマネント》、仮住居用《レジデンシャル》等、そして立地条件別には大都市《メトロポリタン》、市中《シティ》、下町《ダウンタウン》、郊外《サバーバン》、駅《ステーション》　ホテル等に分類される。

この中で結婚披露宴会場に最も利用されるものは、設備が豪華なところから、コンベンショナルホテルであり、ついで交通の便のよいビジネスホテルとなる。都市の大ホテルは右の基準によるいくつかの類型を複合させている。例えば平賀が巡ったオータニやオークラホテルはコンベンショナルホテルであると同時に、ビジネス、トランジェント、ツーリストホテルでもある。

最初は迷惑そうであったが、どこのホテルでも有坂冬子の事件に関しての探査であると知ると協力的になった。このことからも、いかに彼女が業界からアイドル視されていたかが分った。

平賀はこの捜査を通して現代のホテルというものが、巨大な〝人間処理工場〟であることも知った。そこではサービスというしごく人間臭の濃い役務の提供までが、量産のメカニズムに支配されていて、お客の方もまるで自動販売機《スロットマシーン》からインスタント食品を買うようにホテルの客となる。

サービスが悪いとか劣質であるというのではない。彼らは払った金に相当するだけのサービスは必ず提供する。要するにサービスの内容が機能本位なのである。本来の商品につけ加えた〝景品〟的サービスや、低劣な商品内容（設備や料理等の）を、もみ手スタイルのご愛敬《あいきょう》でごまかすような曖昧《あいまい》さはみじんもない。

明示された料金を払って、規格的なサービスを買う。現代には、人間的な曖昧さというもののための余地は残されていないのかもしれない。しばしば夜間にわたる捜査の中で、平賀は都市の夜空を画して不夜城のように聳《そび》え立つホテルを巡りながら、自分自身もその曖昧なものを許さぬ巨大な機械の極微部分のような気がして来た。

夜空に聳え立つ、ホテルは美しかった。巨大な一枚岩《スラブ》のような壁面に無類の規格性をもって配置された窓が、光を満たして浮き立っている姿は、その光の下にどのような醜い人生が営まれているかもしれぬにせよ、見る目にダイナミックな美しさを訴えた。

だが平賀が追っているものは、二人の人間の命を、自分の都合の下に、何の感情も混えずに奪い去った男なのである。

彼がこのまま、何の制裁も受けずに生きられるような世の中こそ、断固として拒否しなければならない。それを拒否することが平賀の義務である。それがたとえ冬子の遺志に反するものであっても、個人的な意志を超越して、この凶悪にして冷徹な犯罪者を追いつめなければならない。

だがそれは、彼が警察官としての表向きのことだった。とにかく犯人は平賀自らの手で捕えなければ気がすまない。彼にとって法律や秩序などどうでもよかった。

この犯人を捕えるためにだけ彼は生まれてきたのであり、そのことだけに彼の生き甲斐《がい》はあったのである。

ホテルの協力と捜査班の刑事の努力にもかかわらず、都内ホテルのどこにも、有坂冬子及び、××国男名義の結婚披露宴の予約は発見できなかった。

「もしかしたら、ホテルの名をつけた日本旅館ではないか？」手分けしてあたった三十数社に望みなしと分った時、小林刑事が洩《も》らした。

日本旅館となると、ホテルと同等の設備を有する政府登録旅館、日観連、国観連加盟旅館と併せて厖大《ぼうだい》な数となるが、保養地《リゾート》と異なり、東京地区には「ホテル」の名を冠したものは少ない。

刑事の足は「リョカン」へ伸びた。しかしここでも、彼らの予約を見つけることはできなかった。捜査本部には歩き疲れた刑事が万策つきたという表情を集めた。

「しかしおかしいな？」

重苦しい沈黙を破って一人ごちるように呟《つぶや》いたのは、荒井刑事である。

「おかしい？　何が」内田刑事が聞き咎《とが》めた。

「いやね、私は主に品川方面のホテルを廻《まわ》ったんだが、どこでも有坂冬子を知っていた」

「それが何だね？」

「それほど業界に顔の売れている有坂が、これだけ捜しても分らないというのは、東京以外のホテルかもしれない」

「なるほどそういうことも充分考えられるな」これは確かに捜査官の盲点であった。

犯罪の広域化、スピード化とともに警察も大分広域捜査に馴《な》れて来たとはいうものの、府県独立という警察体制が、捜査官の心に隣接県に対する無意識的な距離感を植えつけている。

しかし利用客にしてみれば、東京も隣県のホテル（特に横浜のような大都市の）も大して違いはないかもしれない。それに大都会のスプロール化に伴い、昼は都心に働いていても、夜は隣接県のマイホームへ帰る者が多い。

「よし、まず横浜のホテルをあたろう」

村川警部が言った。

「しかし、横浜なら有坂の顔の売れていることは同じでしょうから、電話で当たれませんかね」

山田刑事がしごく合理的な案を出した。現代刑事は足ばかりが能ではない、機械で代行できるところは、どんどん利用すべきだと、別に骨惜しみをしたのではない、若手刑事の合理性が覗《のぞ》いたのである。

「その前に京浜間のホテルに横のつながりがあるかどうか確かめてみましょう」

平賀は立ち上がった。顔見知りになったパレスサイドホテルの梅村か、フロントクラークに聞いてみようと思ったのである。幸い、梅村が勤務中であったらしく、すぐに電話へ出た。

「ああそのことでしたら、東京に親ホテルを持つチェーン以外は、あまり横の連絡はありませんね」

ホテル協会が支配人やトップ連の儀礼的な組織になってしまい、同業若手だけの親睦《しんぼく》の集まりとしてYHA（ヤングホテルマン・アソシエーション）というのが結成されたが、これもいつの間にかOHA（オールドホテルマン）になってしまった。

現在は、東京地区のホテルの、主としてフロント関係者でつくっている「むすび会」という非公式の親睦グループがあるだけであり、これには横浜のホテルは参加していない。

「まあ、何かにつけて、京浜地区のホテルと一括されて扱われますが、横浜とは人間的な横のつながりは殆《ほとん》どありません」と梅村は教えてくれた。

この情報によって刑事たちはふたたび自分の足を使わねばならなかった。そして遂《つい》にその苦労が実って、横浜市のニュー横浜ホテルに有坂冬子名義で申し込まれた、十一月の末の結婚披露宴を見つけたのである。

「何？　あった！　それで名義は？　有坂冬子、十一月二十三日、午後一時より八十名、それで××国男の名前は？　ないだと、冗談言うな、どの国に結婚披露をてめえ一人名義で申し込むやつがあるか」

温厚な村川警部が、横浜のホテルからかけて来た部下の電話にどなった。どうやら予約簿に男の名がないらしい。たしかにその種の予約申し込みは両家名か両人名で申し込むのが普通である。

村川のまわりで居合わせた者すべてが固唾《かたず》をのんでいる。電話のやりとりは続く。

「何だって、そういう申込みもたまにはあるんだって、もしもし声が遠いぞ、もっと大きな声、うん、聞こえる。申込者の住所が有坂の自宅になってない？　どこだ？　え、もっとゆっくり、今ひかえる」

部下の一人がさっとメモと鉛筆をさし出した。

「横浜市保土ヶ谷《ほどがや》区仏向《ぶっこう》町三八九星和《せいわ》マンション、よし……すぐそっちへ廻ってくれ、こっちからも人数を送る。神奈川県警へも連絡しておく」

村川の緊張は興奮に変っていた。犯人の姓は、ホテルの予約簿に載っていなかったが、被害者の新しい住所が分ったのだ。そここそ彼女が犯人との新所帯を張ろうと予定した〝新居〟のはずである。結婚披露宴の予約をした者がまさか虚偽の住所は言うまい。

おそらくはマンションの権利金もはらい、引き移るばかりになっているだろう。

「保土ヶ谷区仏向町、相鉄《そうてつ》線の沿線だな」

村川警部は地図をにらんだ。

しかし、〝新居〟へ急行した捜査班は、そこで回復し難い絶望を味わわなければならなかった。確かに有坂冬子はそのマンションの管理人に権利金、敷金、並びに十二月分の家賃を前払いしており、十二月よりの賃貸契約を結んでいた。だが契約はすべて冬子名義でなされ、××国男なる名前はいずこにも残されていなかった。

管理人の話によると、部屋の下見や契約は常に冬子一人で行なわれ、伴《つ》れらしい者の姿は見えなかったそうである。まだ何の家具も搬入されていない、いやに広々と感じられる二DKほどの、犯人と被害者の新居になるはずであったマンションの一区分に佇《たたず》んで、捜査班の刑事たちは、犯人の後をたどる唯《ただ》一本のあえかな細い糸がぷつんと断ち切られたのを悟った。

4

捜査本部を覆った絶望は救い難かった。マスコミは公然と警察の無力、無能呼ばわりをしはじめた。ある新聞は現在の警察機構が最近の犯罪傾向について行けないと主張し、ある紙は犯人の知能に翻弄《ほんろう》される捜査陣と嘲《あざけ》り、更にある紙は大都市の中心部重点主義をとっている警備体制が捜査の障害となっていると論難した。

「畜生！　勝手なねつを吹いてやがる」

村川班の刑事は切歯扼腕《せっしやくわん》というところだったが、それはいたずらに絶望感を上塗りする効果しかなかった。

捜査に行きづまった時に「現場へかえる」のは、捜査官の基本であり、これが難事件捜査の常道ともなっている。

しかし、福岡の現場へは乏しい捜査費用ではそう何度も行けない。パレスサイドホテルの現場は、がめついホテルがいつまでも遊ばせておくはずはなく、とうに模様替えして（ルームナンバーすら変えて）一般客へ売っていた。

だが実際にその場所へ帰らずとも、頭の中で帰ることはできる。

平賀は事件の経緯《いきさつ》を二つの現場を中心にもう一度詳細にふりかえってみることにした。まず捜査本部がこの二つの現場を当然のごとく連続したものとした理由は何だったか？

それは第一に久住殺しの重要参考人と目された有坂冬子が、密室が開かれると同時に不明となり、その直後に殺害されたからである。冬子殺害と密室開放の時期が一致したのは、犯人が捜査本部の動きを知るはずがないから（あの時マスコミには伏せておいた）、偶然の一致とみてよいだろう。犯人は遅かれ早かれ、冬子を殺すつもりだったのだ。

冬子の死体の状況から見て、流しの犯行でないことは確かだった。その後、福岡県警の上松刑事らの捜査にもかかわらず、現場付近、及び市内から怪しい者は浮かび上がらなかった。

地元不良や前科者にはすべて事件当時のアリバイが成り立った。

被害者の交友関係、職場関係からも怨恨《えんこん》のすじは出て来なかった。被害者を悪くいう者は一人もなく、誰からも愛されていた。その意味で、有坂冬子は完璧《かんぺき》な女性であり、悪く言えば八方美人だった。とはいえ、特に親しくしていた人間、特に異性はない。要するに被害者は何ら殺されるべき理由を持っていなかったのである。

とすれば、それは流しによるものか、久住殺しに関係するもののいずれかである。

前の場合が上松刑事らの捜査によって打ち消されたのであるから、残るは唯一つ、久住との関係である。

だがこれを捜査当局が同一犯人による連続殺人と見たのは、本当にそれだけだったか？　犯罪の手口はどうだったか？

犯罪者はかつて成功した手段や、得意の手段をくりかえして犯罪を重ねるものであり、それが固定化して一種のくせとなる。当該二つの殺人事件は、微妙な手口において多少異なる点はあっても、全体的に強い類似性がある。これをもう少し深く分析、整理する必要があるのではないだろうか。

平賀は改めて二つの現場で蒐《あつ》めた有形無形の捜査資料を一つの表にまとめて相互に対比してみた。彼は仮にパレスサイドホテルを第一現場、博多グランドホテルを第二現場、久住を第一被害者、冬子を第二被害者と呼ぶことにした。

平賀は表を見比べながら、個別的に観るとそれぞれ異なっていながら、全体的に訴えかけて来る強烈な類似性はどこに由来するかと考えた。それによく観ると、これらの項目の中で、当然類似してもよいのに相異しているものがある。

まず犯人は何故、同じ凶器を使わなかったか？　犯人に切迫した様子が見られる第二被害者に対して、むしろ有刃器を使用した方がより安全で確実ではなかったか？

次に第一現場を何故密室にしたのか？　事件の発見を遅らせるためだけなのか？

第三に何故、第一被害者を自殺に見せかけなかったか？　傷口を何ヵ所も作為し、凶器を現場に残せば、自殺に仕立てられたのではなかったか？　自殺の偽装をしなければ、密室の構成はあまり意味がないように思われる。

第四に犯人は第二現場として何故福岡を選ばなければならなかったか？　もし犯人が東京付近に住居を有する者（その推定は冬子との関係からかなり強い）であれば、東京を第二現場とした方が土地カンもあるし、逃走の利便も得やすい。

こうして総合的に観察してみると、一見、精密機械のような犯人の動きにもかなりの不協和が露《あら》われるのである。

次に平賀は両現場に見られる共通性及び類似性について考えた。まず、犯行場所がどちらもホテルの中ということである。犯人は第一現場における密室構成といい、第二現場への誰にも姿を見られぬ鮮やかな出入といい、かなりホテルの内情に詳しい者と思われる。

ここまで思考を追った平賀ははっとなった。そうだ、ホテルだ、この二つの犯罪いずれについても、常にホテルというものが大きくからんでいる。被害者、犯行現場、犯行時間、出入経路、鍵《かぎ》、関係者、これすべてみなホテルに密接な関係を有するものばかりではないか、いやそれらはホテルそのものと言ってもよいくらいだ。

犯人はホテルの内部事情に詳しい者というよりは、ホテルの人間ではないだろうか？　今までは第二被害者がホテル事情を犯人に伝えていたものとばかり信じていたが、それは犯人自身が知悉《ちしつ》していたものではないか？

資料／現場	第一現場	第二現場
現場の位置	パレスサイドホテル３４０１号室	博多グランドホテル６２８号室
現場の状況	密室	開放室
凶器	切先が尖鋭な有刃器	砒素化合物
遺留品	全くなし	陰毛三本とB型精液
凶行時間	七月二十二日午前一時より二時	十月一日午後五時前後
犯人	凶行前夜午後七時五十分頃、黒塗り中型車に第二被害者の乗るのをドアマンが見たが運転手を犯人とは断定できない	目撃者なし
侵入逃走路	非常階段経由？	不明、ホテルの混雑時を狙って訪問客を装った模様
共犯の有無	あり。第二被害者	ない模様
犯行動機	不明	第一被害者の殺害を隠蔽するため
物色痕跡	あり。手がかり消去	同上
物の移動、転倒等の状況	なし	なし。ただしいったん転倒した物を元の位置へ復元した形跡あり
被害金品	なし	同上
直接の死因	心臓損傷に伴う失血	中毒
特癖	精密な計画と計算	計画性は感じられるも、死体状況から犯人に切迫した様子がうかがわれる

しかし、パレスサイドホテル内部の人間は徹底的に洗って、疑わしい人間のないことを確かめている。

犯人はもしかすると外部のホテルに？　という疑念が平賀に生じたのはこの時であった。そうだ、我々はもっと視野を広げなければいけない。「被害者が死んで誰が一番利益を得たか」という捜査の基本の対象をあまりにも狭く限定していた。

久住政之助が死んで誰が一番利益を得たか？　平賀は捜査記録にあった小林刑事と井口支配人とのやりとりを記憶に甦《よみがえ》らせた。

小林――「社長が亡くなられて、クレイトンとの業務提携は影響を受けるでしょうか？」

井口――「すぐどうということはないだろうが、役員連中の中にはかなり反対者もいますので」

小林――「もしこの話が白紙に戻ったら、誰が一番とくをしますか？」

井口――「そりゃあ京浜地区のホテルはみんなほっとするでしょうね」

言葉まで正確には覚えていないが、確かこんなやりとりであったように記憶している。

「ひょっとするとこのコロシは企業競争が表面に出たものではないだろうか？」

平賀はまさかと思った。一流企業ともあろうものが、いかに社業の存続と伸長のためとはいえ、殺人を犯すはずがない。

犯人の追及に骨身を削ってはいても、営利会社に籍を置いたことのない平賀は、現代の資本主義社会に生きる企業が、より大きな利潤の追求と己の生存のためにどんなに凄《すさま》じい競争を繰り広げているか分らない。まして資本自由化による国際的な生存競争に晒《さら》されているホテル産業の厳しい環境と条件などは、分るはずがなかった。その優雅なムードと巨城のような外観から、刑事のような血腥《ちなまぐさ》い職業に比べて何と優しくきれいな商売かと思ったことである。

だから企業間競争の軋轢《あつれき》による殺人という疑いを持っても、実感が湧かなかった。だが何の手がかりもない今は、わずかな可能性も尊重しなければならない。それに京浜地区の一流ホテルの社員の中に、国男という下の名を持つ人間を探し出すことは、さして難しいことではなさそうだった。冬子が結婚の対象としていたのであるから、年齢もある程度限られる。十一月末の結婚式を予定していたということは、相手が独身乃至《ないし》は、離婚した者、あるいは、近く離婚を予定している男であることを仄《ほのめか》すものである。

この中で独身者が最も怪しいが、女を殺害したほどの男であるから、彼に結婚の意志がなかったのは確かである。妻帯者が口車にかけて冬子の女心を利用していたということも充分考えられるので、彼らも容疑から外すわけにはいかなかった。

いずれにしても捜査対象はぐんと狭められる。平賀は自分の考えを村川警部に伝えるべく立ち上がった。

5

平賀の思いつきは受け入れられ、早速各社の人事課へ照会がなされた。その調査は平賀が考えていたように簡単にはいかなかった。これは後で聞き知ったことだが、ホテルマンという人種（特に飲食関係《バンケット》）は流れやすい上に、どこのホテルもマンモス化しているために、社員の社籍簿を完備することが難しいそうなのである。それに上の名前（姓）ならばとにかく、下の名前によって抽《ひ》き出すのは、かなり困難な仕事であったらしい。

それでも三日後には各ホテルから次のような該当名が捜査本部へ送られて来た。

東都ホテル（東京）大浦《おおうら》国男——宴会課長　38歳
新《しん》帝《てい》都《と》ホテル（〃）柴崎《しばざき》国男——ウェイター　19歳　独身
京《けい》急《きゅう》ホテル（〃）松村《まつむら》国男——経理課　23歳　独身
大《だい》都《と》ホテル（〃）長谷川《はせがわ》国男——コック　42歳
東京ロイヤルホテル（〃）橋本《はしもと》国男——企画部長　32歳　独身
帝都プリンセスホテル（〃）柳《やなぎ》国男——フロント課長　34歳
〃　〃（〃）田岡《たおか》国雄——ルームボーイ　18歳　独身

「この中で当面除外してよいのは、帝都プリンセスの田岡だ。残りの六名の七月二十二日と、十月一日のアリバイを徹底的に洗ってくれ、特に東都と東京ロイヤルはパレスサイドと最も激しくせり合っている会社だ、二人の地位や年齢から考えても最も怪しい。大浦と橋本の二人は特に念入りにな」

村川警部が指令した。捜査本部には、平賀はこの六名の中に必ず犯人がいると信じた。いやいなければならなかった。もしこのルートも断たれれば、もはやこれ以外に犯人へ至るルートは残されていないのである。もしこのルートも断たれれば、迷宮《おみや》入りのレッテルを貼られて、本部解散をしなければならぬ。各刑事の表情には誇張ではなく、眥《まなじり》を決したといった突きつめたものがあった。

一人旅の構図

1

パレスサイドホテルや東都ホテルを見馴《みな》れている目にも、東京ロイヤルホテルの偉容はそれよりも一段と大きく映った。

地上四十二階、軒高百五十米、客室総数二千五百、さすが日本一の、いや東洋一の巨大ホテルである。このホテルは、建築物としての規模からも東洋最大のものであった。

平賀は内田刑事とともに前庭からそのホテル建物を仰ぎ見ながら、「とうとう追いつめた」という感慨を胸に溢《あふ》れさせた。この建物のなかに犯人は1／6の可能性でいるかもしれない。それは何の手がかりもなかった時と比べて何と大きな飛躍であろう。

刑事として容疑者に会う時は、まず無実を信じて会えという理想論を要求されるが、それは刑事の、人間としての面を無視するものだ。長い血の滲《にじ》むような捜査を重ねてようやく追いつめた容疑者が、無実であってたまるものか。この傲然《ごうぜん》と聳《そび》え立つ巨大ビルを見上げていると、いかにも犯人が「来られるものなら来てみろ」と言わんばかりに、幾重にもめぐらした防壁の中でせせら笑っているように見える。この建物の前で平賀の、橋本への疑念は大きく成長した。

「内田さん、橋本国男という男、どう思います？」

「うん、東京ロイヤルがパレスサイドの最も手強《てごわ》い商売敵である点といい、企画部長という地位といい、六人の中では一番〝有望〟だな」

捜査官としてこのような先入観を持つのは禁物なのだが、内田の多年の刑事のカンも平賀と同じことを訴えるものと見える。また村川も同様のカンが働いたからこそ、特に平賀と、老練の内田を当たらせたのであろう。

従業員専用の入口がどこかにあるはずだが、二人はフロントへ進んだ。橋本の名前を告げて取次ぎを頼むと、最初は大ホテルの従業員特有の事務的な応接だったクラークが、急に人間的な応接に変った。橋本という人間が社内にかなり勢力を持っているらしいことが分った。それとも、クラークが橋本の子分《ひき》であったか？

二人は取次ぎを頼む前に、まず本人の周囲から探ろうかとも考えたが、むしろ本人の不意を襲った方が、反応を正確に観られるだろうと思い直したのである。刑事が嗅《か》ぎ廻《まわ》っていることが事前に本人の耳に入って、備えを立てられるとまずい。

待つほどもなくクラークが戻って来た。彼はカウンターの中から、刑事の立っているロビー側へ出て来て、二人をロビーの奥の方へと導いた。

「橋本部長は只今《ただいま》お見えになりますからこちらで少々お待ち下さい」

フロントクラークは一般客の姿が絶えたロビーの奥まった一角の、ソファーを勧めた。内部の人間の行動に敬語をつけたのは、刑事を客とみなさなかったからであろうか。

「橋本です、お待たせしました」

間もなくやってきた橋本国男は驚くほど若かった。予備知識によると三十二歳ということだが、まるで二十代だった。もっとも企画部長という肩書きから、刑事は勝手に年寄りのムードを想像していたのである。舶来地らしいダークスーツをきりっとまとい、デラックスなホテルのロビーを背負って立った姿は、そのままスクリーンの一こまにはめ込んでも少しもおかしくなかった。

全体に痩身《そうしん》、背は中背よりやや高い方、濃い眉《まゆ》の下の切れ長の目と、日本人にしてはよく通った鼻すじ、意志的にひかれた薄い唇などは、逆三角形の細面を、いかにもシャープな感じに仕立て上げている。

反応の鋭い、頭のよさそうな男である。若いに似合わぬ肩書きだけのことはありそうだった。

平賀は自分とほぼ同年輩にあたりながら、収入も身分も環境も（あるいは冬子においても）何もかも自分より数段上に位置していそうに見える橋本に、刑事にもあるまじき敵意を覚えた。

それは1／6の可能性で有坂冬子を先占したかもしれぬ男に対する、平賀の男としての感情が剝《む》き出されたといってよかった。

橋本は、そんな平賀の感情を敏感に悟ったのか、いかにもホテルマンらしい訓練された笑顔の底から、きらりと白い切先のような視線を平賀に投げつけた。それはほんの一瞬であり、内田は気がつかなかったようである。あとには、ホテルマンが初対面の客に向ける和やかな笑顔があるばかりであった。

「ところで私にご用件というのは」

橋本は、テーブルを挟んで二人と向かい合って坐《すわ》ると、フロントを通して渡された二人の名刺に改めて訝《いぶか》しそうな視線を落とした。

身の覚えのない者が、いきなり警視庁の刑事に訪問されて不審に思わぬはずはない。先刻から、橋本の愛想のよさに作為を感じかけていた内田刑事は、橋本が今見せた不審の表情に納得した。最初の笑顔はホテルマンとしての職業的なものであろう。

しかしもし橋本が、自分の接客業者としての表情と、刑事に初めて接する人間的な表情を意識して使い分けたとすれば、老練の内田刑事をすら納得させた演技は見事である。

「ところで本日突然お邪魔いたしましたのは、ある事件に関して、参考までにお聞かせ願いたいことがございましてね」

内田はやおら本題に入った。

「一体、どんな事件なのですか？」

橋本は好奇心を露《あら》わにした。その限りでは、ごく自然な表情である。

「それはちょっと捜査上の秘密で申し上げられないのです。あくまでも参考としてお尋ねいたしますので、どうかあまり重大にお考えにならないで下さい」

冬子のことは当面隠しておくことにした。業界に名の通った久住と有坂の事件に関するアリバイ捜査と分っては、無実の者まで徒《いたずら》に緊張させてしまうからである。

「分りました。それでどんなことですか？　私の知っていることなら何でもお答えいたしましょう」

「有難うございます。それではお尋ねいたしますが、七月二十二日の午前一時から二時にかけてと、十月一日の午後五時前後、どちらにいらっしゃいましたか？」二人の刑事は橋本の表情に視線を集めた。

「七月二十二日、またずい分前のことですね、それは何かアリバイのようなものですか？」橋本はちょっと不安そうな顔をした。とぼけていると見えぬこともない。

「いえ、そんな重苦しいものではありません。ほんの参考までにおうかがいしたいだけですから」

「そうですか、しかし、大分前のことなのですぐには思い出せませんな、そうだ、業務日誌をつけておりますから、それを見れば思い出すかもしれません、ちょっと失礼」

橋本は気軽に立って、傍らのサービスデスクの上の館内電話《ハウスホーン》を取った。秘書か部下にでも持って来させるつもりらしい。日誌が届けられるまでのブランクを埋めるように、ボーイがコーヒーを三人分運んで来た。刑事たちが飲みなれているインスタントや安手の喫茶店のものではない、豊潤な香りが鼻腔《びこう》をついた。

「こりゃあどうも」

内田は恐縮しながらも嬉《うれ》しそうな声を出した。この程度のものならば不当な供応を受けたことにはなるまい。

ホテルでは客との間に何かもめ事が起きた場合は、まず場所を静かな所へ移して、冷たい飲物でも勧めるという。これだけのことで頭から湯気を立てんばかりに怒っていた客が、かなり鎮められるそうだ。その際、コーヒーのように相手の興奮を煽《あお》る飲物は出さない。平賀はパレスサイドホテルの梅村から聞いた話を思い出した。

そして、豊潤な液体をゆっくりと味わいながら、橋本がコーヒーを出させたのは、何故かと思った。刑事がとうとう目の前へ現われたので、いよいよ火の手が身に迫ったことを悟って、受け応《こた》えにどんな微細なぼろも出さぬように頭をクリアにする、自衛策として持って来させたのか。

今の内田の質問は、身に覚えがあれば、その重大性は十分に分るはずである。もっとも今の段階でそこまで忖度《そんたく》するのは行過ぎであろう。少なくともコーヒーを啜《すす》る橋本の表情は、コーヒーだけを楽しんでいるようであった。

やがて秘書らしい若い女が、黒カバーの全書判程度の小冊子を持って来た。表紙に「企画部長覚え」としてある。秘書が立ち去ったのを確かめてから、橋本はページを繰った。

「ええと、新しい方からいきましょう。十月一日でしたね、あ、あった、あった、この日は一日中、新東京ホテルの一人部屋《シングル》に閉じこもって、業務上の企画を練っておりましたよ」

「新東京ホテル？　ご自分のところでこんな立派なホテルをやっていながらよそのホテルへ行ったのですか？」

平賀が口をさしはさんだ。

「いや、自分のホテルでは何かとやり難《にく》いのですよ、事務所では人の出入りがうるさいし、かといって客室は商品ですから、混んでいれば客に譲らなければなりません」

「十月一日は満室だったのですか？」

「確かそうだったと思います。九月の末頃から十一月末にかけては、東京のホテルのかき入れですからね、それに満室でなくとも、従業員が客室を使うのは、何かと気がねなんです」

ホテルの内情を知らぬ平賀には、それ以上切りこめなかった。

「ホテルにおられた正確な時間は分りますかな？」内田が知らなければ知らないでいいんだと言うようなのんびりした口調で訊《き》いた。

「そうですね、到着《チエックイン》したのは午前十一時半頃でしょうか、それからずうっと仕事をして、出たのは午後十一時頃だったと思います。レジスターカードを見れば正確な時間が分ると思いますが」

「ほほう、朝の十一時半から夜の十一時まで、ずい分、根をつめられましたな」

「はあ、何せ急ぎの仕事だったものですからね、おかげではかどりました」

いずれ調べれば分ることだが橋本の十月一日は十一時間半ほど空白がある。宿帳《レジスター》の記帳さえすれば、後は何処で何をしようと分らない。その点でホテルは便利な所である。航空機を利用すれば十一時間半は、福岡往復に充分過ぎてお釣りが来る。

　平賀は〝第二現場〟へ出張した時の飛行機の速さを思いおこしながら胸の中で計算した。

「午前十一時過ぎに新東京ホテルへ行かれたとなると、いったんこちらへご出勤なさったのですか？」内田は聴取を続ける。

「はい、書類を取りに七時頃いったん出社しました」

「ずい分早起きですね。まだ誰も来てなかったでしょう」

「どういたしまして、ホテルの七時頃は出発客のラッシュがそろそろはじまる頃です、前夜からの夜勤者《ナイト》もおりますし」

「ナイトの人は橋本さんが出社されたことを知ってますか？」

「知ってるでしょう、フロントで朝の挨拶《あいさつ》を交しましたから」

「それで何時頃こちらを出られましたか？」

「よく覚えてませんが、九時ちょっと前だったと思います。ホテルを出てから途中でめしを喰《く》いましたから」

　橋本の受け応えには何の淀《よど》みも感じられなかった。

「分りました、ところで、七月二十二日の方はいかがですか？」内田は先へ進んだ。

「この方はもちろん家で寝てましたよ、いくらホテル屋が夜遅い商売でも、企画の仕事は昼ですからね」

「誰かそれを知っている方はおりますか？」

「さあ、チョンガーのアパート暮らしですからな、小田急《おだきゅう》沿線の生田《いくた》という所です」

橋本は訊かれないことまで話した。

生田といえば神奈川県である。二人は有坂冬子が横浜のホテルに披露宴を予約したことを思い出した。神奈川県の住所と横浜のホテル、橋本の独身。――

「しかしね、人間が寝るのに、毎晩証人をつくることはできませんよ」

にこやかだった橋本が、ちょっと感情を露わした。

「いやごもっともです、女の子でもいれば別ですがね、もっとも、毎晩となると体が保《も》ちませんな、ははは」内田は磊落《らいらく》な笑いで橋本の感情を吹き飛ばした。そしてもはやあまり得るところがないとみたのか、それとも、橋本をあまり刺戟《しげき》してはまずいと思ったのか、

「いやよく分りました。おかげで捜査の貴重な参考になります。今日は突然お邪魔して申し訳ありませんでした。もう一、二度ご協力願わねばならんことになるかもしれませんが、その節はよろしくお願いします」

内田は丁重に礼を述べながらメモ帳をポケットに蔵《しま》った。もっといろいろ訊《たず》ねられるものと構えていたらしい橋本は、意外にあっさりと引取りそうな刑事にやや拍子抜けのような顔をした。

だが、これが刑事の手だった。

いったんホテルの外へ出るように見せかけた二人は、橋本の姿がロビーから消えたのを確かめてからふたたびフロントのカウンターへ寄った。

先刻のクラークがいるとちょっとまずかったが、いずれ橋本の耳に入ることになるのだから、どっちにしても大した違いではない。

幸い、さっきのクラークの姿は見あたらなかった。さすが二千室を越える大ホテルのフロントは大きい。巨大な蜜蜂《みつばち》の巣のようなキイボックスを背負って、クラークたちが、間断なく去来集散する客の波をてきぱきと捌《さば》いている。客の方も白いのや黒いのや黄色いのや、太いのや細いのや、大きいのや、小さいのや様々である。おそらくここには世界中の人間が集まっているのだろう。周囲に囁《ささや》かれている言葉も外国語の方が圧倒的に多い。

内田は視線の合ったクラークをつかまえて、フロントの責任者に面会を申し込んだ。やがて出て来た責任者らしい男から、十月一日のフロント夜勤者（ホテルの日付では九月三十日の）の名前を聞いた。橋本ははっきりとフロントの者とは言わなかったが、フロントで挨拶を交したというのだから間違いはあるまい。幸いその中の数名は、日勤でフロントに居合わせたので、その場で先刻の橋本の言葉がうそでなかったことを確かめられた。彼らに、橋本と口裏を合わせている様子はなかった。むしろ彼らは橋本の顔を見たのは七時ではなく、六時四十分頃だったと申し立てた。橋本の、新東京ホテルへの到着時間の方を重視していた内田と平賀は、その二十分の相異をあまり気に留めなかった。その程度の思いちがいは誰にでもあることだからである。

それよりも二人はそこで、橋本が東京ロイヤルホテルの大変な〝大物〟になろうとしていることを知った。ホテルの社長である前川礼次郎に見こまれて、その三女と十二月の末に結婚する運びとなっているということだった。

二人の刑事は初めて彼の若さに不相応な重職と、先刻のクラークの打って変った態度がのみこめたのである。

二人はそれから新東京ホテルへ廻《まわ》った。これは品川に最近できた部屋数五百ほどの中規模ホテルである。彼らはそこでも橋本の申し立てがうそではなかったことを確かめた。レジスターカードには、到着時間《チェックイン》十月一日午前十一時二十四分、出発時間《チェックアウト》午後十時五十五分と鮮明に打刻されてあった。しかし部屋へ入ってから出発の精算のためにフロント会計《キャッシャー》へ降りて来るまでの間、誰も彼の姿を見た者はない。

橋本の部屋の階を担当するルームメードに聞いたところ、その部屋の扉には「入室《ドント・ディ》禁止札《スターブ・タッグ》」が一日中かけられていたために、メークベッドにも行かなかったということであった。

ドント・ディスターブ・タッグとは、掛ひものついた荷札大のカードで、客が誰にも邪魔されずに仕事をしたり、昼寝をしたい時などに廊下側の外側の取手《ノッブ》にかけておくものである。この札が出ていると、メードのメークベッドであろうと、掃除のためであろうと、あるいは面会客《ビジター》であろうと、絶対に部屋へ入れないどころか、ノックもできない、いわば〝人間よけ〟のお守り札みたいなものである。

更に橋本はご丁寧にも、オペレーターに対して、邪魔されずに仕事をしたいからといって一切の電話を取り次がないように命じた事実も分った。

つまり橋本の到着してから出発するまでの十一時間半ほどの間は、一人として彼の姿を見、声を聞いた者はいないわけである。その十一時間半は全くの空白なのだ。

生憎《あいにく》、新東京ホテルは七月の末に開館《オープン》したばかりのホテルで、フロント関係に橋本を知っている者がいなかった。出発時に辛《かろ》うじてナイトマネジャーが、それも橋本の方から声をかけられて、やっとどこかで開かれた同業者の集まりで逢《あ》ったことを思い出した程度である。

一日の朝、橋本の到着《チエックイン》を受けつけたクラークに聞いても、記憶が曖昧《あいまい》ではっきり覚えていなかった。ただ内田が語ったおおよその橋本の特徴に対して、彼は「そんな人だったと思う」と頷《うなず》いた。

それに対して出発時《チエックアウト》の方は、ナイトマネジャーと挨拶したことなどから、キャッシャーの記憶も強く、橋本自身に間違いないことが分った。

従ってレジスターカードが橋本によく似た別人によって記入されたとすると、橋本の空白時間は、彼が自分のホテルでフロントの夜勤者に声をかけた午前七時前までに拡大されることになる。

これは橋本にとって更に不利になることだった。

平賀がふと橋本の勘定書《ビル》の控えを調べることを思いついた。彼がもし居留守を使ったのであれば、十一時間半の間、何も飲食していないはずである。人間がこれだけの時間帯に全くモノを入れないというのは不自然だ。

平賀の思いつきはよかったが、橋本はちゃんと食堂で昼食に三千円程度の飲食をしていた。ホテルの飲食物は町のレストランよりは高いが、それにしても昼食に三千円はかなり豪勢な方である。

しかし食堂のボーイやキャッシャーに聞いても、当時昼食時でかなり混んでいたために、印象が残っていなかった。ただ、宿泊客がホテル内の食堂などで飲食すると、部屋の鍵《かぎ》などを示して、小伝票《チツツ》にサインすることになっているが、橋本のチッツにはサインがなかった。

食堂のキャッシャーに聞くと、宿泊客ということが確認されれば、サインを取らないこともあるそうだった。

二人はレジスターカードと勘定書《ビル》をコピイにとってもらい、ホテル側からの任意提出の形で領置した。

2

数日後、刑事たちの地道な聞込み捜査の結実として、捜査本部には六名の容疑者の資料と彼らの七月二十二日及び十月一日のアリバイの有無が蒐《あつ》められた。この中で東都ホテルの大浦と大都ホテルの長谷川は両日ともにアリバイが完全に成立した。また京急ホテルの松村は七月二十二日のみ、帝都プリンセスの柳は十月一日のみのアリバイがあった。但しこの両人とも、血液型がB型ではなかった。両日ともにアリバイが不明確なのは新帝都の柴崎と、東京ロイヤルの橋本の二人だけとなった。

しかし、柴崎をあたった小林刑事の報告によって、彼はまだ高校出たての新人で到底あのような計画的犯罪をおかせる人間ではないとされた。それに十八、九の年齢では才《さい》媛《えん》のほまれ高かった有坂冬子が、死の際まで庇《かば》い通した相手としてどうも無理があった。

「やはり、橋本が怪しいな」

村川警部の言った言葉は、本部全員の一致した意見だった。

「よし、橋本をマークしろ、まず有坂冬子との関係を徹底的に洗おう、もし、冬子との間に何らかのつながりが見つかればしめたものだ」村川警部は気負い込んだ。

内田と平賀が蒐めた橋本国男の資料によると、北の郷里の高校から東都大学に進んだ橋本は、在学中に籍を置いた学内のホテル研究会で、ホテル業に興味を覚え、大学を卒《お》えると同時に、業界で最古の老舗《しにせ》を誇る東都ホテルに入社した。

最初はフロントクラークからスタートしたが、もって生まれたホテルマン向きの如才なさと、シャープな切れ味によって、当時同ホテルの社長だった前川礼次郎の知遇を得、二年後にはフロント係長、五年後には、フロント課長というペースの早い昇進をした。

飲食売上の伸長で、フロント中心主義が大分薄れたとはいえ、客室というホテルの主力商品を握るフロントは、ホテルマンのエリートコースである。しかも年功序列の厳しい東都ホテルのような老舗で、三十歳に満たない弱冠が、そこの課長に就けられたのであるから、いかに前川が彼を高く買ったか分るというものである。

それだけに橋本は、前川のために粉骨砕身した。その忠勤ぶりは、「東都ホテルに勤めたのではなく、前川に勤めたのだ」とかげ口を囁かれるほどであった。

三十を過ぎるまで独身で通して来たのも、前川の薦める縁談を待っていたのだという噂がある。現在、前川の娘と縁談が進んでいる事実は、その噂を裏書するものであるが、橋本が結婚適齢期に達した頃は、前川のその娘は中学を出たか出ないかであったから、もしその頃から彼が前川の女婿としての身分を狙っていたとすれば、徹底した出世亡者と言えよう。

やがて、東京ロイヤルホテル建設の企画が具体化し、前川礼次郎がその社長として迎えられることに決定するや、橋本も彼に随《つ》いて新ホテルのフロント客室部門を総括する第一営業課長の椅子を約束されたのである。

彼の前川に対する忠勤ぶりは、ますます磨きがかかった。昭和四十×年四月、東京ロイヤルホテルが花々しくオープンして、一年後には、彼は早くも企画部長に昇任した。それも単なるスタッフ的な企画と異なり、前川を扶《たす》けて社の最高経営方針を企画立案すると同時に、その遂行において、各営業部門に対する命令権を与えられていた。

そこはいわば同ホテルの"エリートの巣"であり、彼はさしずめ、その巣の長となったわけである。それとほぼ時を同じくして、前川の娘との縁談が起きた。同ホテルの誰もが、橋本の重役入りを、それもごく近い将来において、疑わなかった。

橋本の得意は思いみるべしである。もともと北国の片隅の薄暗い地方都市の貧困家庭に育った彼の出世欲と、「故郷へ錦《にしき》を飾る」的な意識は熾烈《しれつ》である。中央から遠く隔った山間僻地《へきち》の貧困に育った者ほど、日の当たる場所へ昇ろうとする意欲は強烈である。そしてそういう人間が一応の地位を得て、次に欲しがるものは、純血《サラブレッド》との交流だった。どんなに地位が上がっても、出生からついてまわる血筋《けなみ》の賤《いや》しさは償《つぐな》えない。それを辛うじて補うものが、純血の導入であった。

前川の三女との縁談は、橋本の出世の画竜点睛《がりょうてんせい》であると言えよう。しかもその点睛は、更にスケールの大きい地位と権力を約束するものである。

前川が行けと命じるなら、今の橋本は、火の中へでも飛びこむような気になっているのではないか。しかもその前川は、久住政之助とはともに天を戴《いただ》かざる仲である。久住が画策したCICとの提携によって、前川は苦境に追いつめられている。

〝主人〟の窮地を救うために、そして何よりも主人に恩を売ることにより、自分の〝エリートへのパスポート〟をしかと手に握るために、橋本国男は大それた犯罪を行なうのに無理のない環境と条件にあったとは考えられないか？　あるいは前川から暗示的な命令があったかもしれない。

捜査員に論理の飛躍と、先入観念は禁物であったが、今、彼らが六名の容疑者のために足で蒐めた資料は、橋本一人に向かって、強い力で収斂《しゅうれん》されて行くようである。問題は、両現場の共通項→ホテルマン→一流ホテルマンの中の「国男」名を持つ者と導いたプロセスに無理がないかということであった。無理はない。――平賀はその点に関しては自信を持っていた。

刑事としてよりは、冬子をめぐるライバルとしての嗅覚《きゅうかく》がそうと訴えていた。

3

まず捜査員の努力は橋本国男の写真を手に入れることからはじまった。この方は日本ホテル協会からかなり実際の顔に近い写真を数葉手に入れることができた。

同時に橋本の血液型の割出しが、彼の生活範囲の病院や開業医を中心に行なわれた。これも大した苦労もなく、東京ロイヤルホテル内の診療所《クリニック》よりB型と判明した。MN式、Q式による型は分らなかった。陰毛の方はものがものだけに簡単に手に入りそうもなかった。

新東京ホテルには写真による照会が為《な》され、午前十一時二十四分にチェックインした人物に、よく似ているが、確かに写真と同一人であるかどうかははっきり言えないということであった。これは受付けたクラークが短い間しか橋本を見なかったことと、写真との比較であるところから無理からぬことと思われた。これに対して出発時は、橋本本人であったことが確認された。

最後に残された、そして最も重要な問題は橋本と冬子のつながりである。捜査の全力がこの発見に注ぎこまれた。村川班を主軸とする捜査班の刑事は八方へ飛んだ。だが刑事の努力にもかかわらず、橋本を冬子に結びつける糸は浮かんで来なかった。

冬子の家人にも橋本の写真を示したが、全く見覚えがないということだった。有坂家に廻《まわ》った荒井と内藤両刑事は念のために冬子のアルバムを見せてもらった。

カラー写真をところどころに混えて、全国名勝地の風景を背負って、有坂冬子が様々の姿態と表情で写っている。

「旅行がお好きだったのですね」

「はい、あの子はとても旅が好きで、よく休暇を取っては独りで出かけておりましたわ」

老母が目頭を圧《おさ》えた。なるほど言われてみればグループの写真は少ない。その殆《ほとん》どの写真が一人で写っている。女の一人身で出かけて行ったところをみると余程旅が好きだったらしい。それぞれの写真の下には、アルバム鉛筆によって女らしい細いきれいな字で撮影場所と月日が丹念に記入されてある。そのどの頁をみても橋本の片鱗《へんりん》もなかった。

中に数葉、日比谷公園あたりで撮ったらしい、平賀と一緒のものがあって刑事を苦笑させた。要するに、それらのアルバムからうかがい知れる冬子の異性関係は平賀だけであった。

「刑事さん、あの子をあんな惨《むご》い目にあわせた犯人を、一日も早く捕えて下さい。この通りです、お願いします」

娘のアルバムを眺めているうちに哀しみが衝《つ》き上げて来たらしい母親が、二人の刑事の前に手をついた。

4

「犯人と有坂冬子は肉体関係があった。それもかなり以前からだ。二人は必ずどこかで逢《あ》っている、その場所を突き止めれば、二人を結びつけられる。ご苦労だが、都内近郊のホテル旅館を徹底的に洗ってくれ」

村川警部の指令の下に捜査の焦点は二人の〝出逢茶屋〟の発見に絞られていった。橋本と冬子がどちらも業界に顔の売れているホテルマンであったから、一流ホテルは捜査の対象から外された。専ら、日本旅館、それもあまり目立たぬ温泉マークを中心に刑事の聞込みが行なわれた。

この種の旅館は常に法のすれすれの所で営業している。すれすれどころか売春防止法違反の常習者が多い。従って警察関係に対しては表面的な愛想はよいが、実質においては極めて非協力的であって、捜査は難渋した。

東京の同伴旅館は約三千五百軒、この種の旅館が多いことでは、東京はおそらく世界一であろう。特に千駄ヶ谷《せんだや》、新宿、新大久保《しんおおくぼ》一帯はこれの密集地帯である。それが多いということは、それだけ需要があるということだった。

捜査員は所轄署の協力の下に連日、旅館巡りをしながら、大都市の男女の欲望の旺盛《おうせい》さにあてられたような気がした。しかし連日、足を棒にしての捜査にもかかわらず、橋本は有坂冬子と結びつくことを断固として拒否し続けていた。

町にはジングルベルの音がかしましく、刑事たちを余計にいらだたせた。いつの間にか十二月に入っていたのである。

（年内解決は無理か？）面には出さないが、憔悴《しょうすい》した刑事の内心にそんな弱音が萌《きざ》しかけていた。刑事たちは、七月の第一の事件発生以来、昼も夜もない捜査と緊張の連続で疲れ切っていた。

消沈した捜査本部に追い討ちをかけるように、橋本国男と前川礼次郎の娘との婚約披露パーティが東京ロイヤルホテルにて各界の名士を招いて絢爛《けんらん》と開かれた。今月末に結婚する運びとなっているのに、こと更の婚約披露もいるまいと思われるのだが、これは前川の威勢を誇示するためのデモンストレーション的意味が多分にあった。

マスコミや芸能週刊誌は競ってこの披露を特集して、「東洋一の豪華婚約パーティ」とか、「東洋一の夫婦雛《めおとびな》」とか、「年末年始にかけて世界一周新婚旅行」などと書きたてた。どの紙（誌）面にも、金にあかせて磨き上げたらしい、サラブレッドの娘に寄り添《そ》って、誇らかに胸をそらした橋本の姿が載っていた。刑事たちはその写真を見て、口惜《くや》しさよりは、敗北感に近いものを覚えないわけにはいかなかった。沈滞ムードの本部の中で平賀だけが少しも衰えぬ執念で捜査活動を続けていた。

今のところ、橋本をマークさせた主たる状況証拠は、
一、橋本の血液型がB型であること。
二、橋本の下の名前が国男であること。
三、七月二十二日及び十月一日のアリバイが不明であること。
の三点に過ぎない。B型はアジア系民族に最も多い血液型であり、国男などという名前もありふれている。アリバイに至っては、無実の人間ほど、いつどこで何をやっていたかなど気にしないものである。肝心の冬子との結びつきが疎明されないことには、橋本を容疑者にすることすらできない。そして橋本―冬子の関係が出てこない限り、橋本を久住殺しに結びつけることは更に困難となる。

とにもかくにも今は冬子殺しに取りつかないことには、この犯人攻略の手がかりが全く摑《つか》めない。

そんな矢先、内藤刑事が面白いことを言い出した。

「有坂冬子はどうして福岡なんかで殺されたんだろうな？」

その、独り言のような言葉をふと聞き咎《とが》めたのは、たまたま傍に居合わせた平賀である。彼も以前同じ様な疑問を持ったことはあったが、連日の捜査につい忘れるともなく忘れていたのである。

「もし橋本が犯人なら、何も福岡まで行かなくとも、もうちょっと東京に近い場所を選べたはずなのにな」

内藤は勝手に呟《つぶや》き続けた。手に薄い番茶を入れた茶碗《ちゃわん》を持ったまま、飲むでもなく、テーブルに置くでもない。

「有坂冬子は旅が好きだった。一人でよくあっちこっちへ出かけていた。その旅先に福岡はなかったか？　彼女はアルバムに旅先の写真をいっぱい貼りつけていた。笑ってる顔、澄ましてる顔、立ち姿、しゃがんでる姿、いつも独りだった。……あの写真は誰が撮ってやったのだろう？」

内藤刑事の遠くを見ていたような目にみるみる焦点が戻った。

「あのアルバムだ！」彼は叫ぶと、ポケットからメモを取り出して、ダイヤルする指ももどかしそうに一つの番号を呼んだ。

「もしもし有坂さんのお宅ですね、私、先日おうかがいした警視庁の内藤というものですが、お嬢さんはカメラをお持ちでしたか？　持っておられた。それで三脚は？　そう、カメラを立てるものです、何、持ってない、本当ですか、それではこれからすぐそちらへおうかがいしますが、お嬢さんのアルバムをちょっと拝借願えませんか」

送受器へ機関銃のようにまくし立てる内藤の言葉を聞きながら、周囲の刑事もようやく彼の思っていることが飲みこめて来た。

橋本と冬子は常に旅先で逢っていたのだ。それも東京近郊ではない、かなり離れた場所で。冬子のアルバムは、そのデートの記念撮影だった。

やがて内藤刑事が鬼の首でも取ったように有坂家からアルバムを借出して来た。

「見て下さい、撮影の日付けと場所がみな記入してある。一月二日、正月休暇ですな、国東《くにさき》半島、三月二十二日栗林《りつりん》公園、五月四日青島《あおしま》、九月十五日夏泊《なつどまり》半島、みんなよく撮れています。一体誰がこの写真を撮ったのか？　被害者は三脚を持っていなかった。とすれば自分でセットしてセルフタイマーで撮ることはできない」

「誰かにシャッターを押してもらうことはできるよ」内田が遠慮がちに口を挟んだ。

「そのことは私も考えました。しかしこのスナップの構図をよく見て下さい」

内藤がアルバムを示した。一同はそれに視線を集めたが、素人写真にしてはよく撮れている程度の、何の変哲もない写真ばかりである。

「僕自身カメラを少しやるので分るのですが、構図というものには撮影者の個性というか、くせが出るのです。たとえばこの国東半島の、海をバックに標識にもたれている姿、青島のビロウ樹に手をかけた姿、栗林公園の池を跨《また》ぐ橋の中央に佇《たたず》んだ姿など、すべて人物と遠い背景を結びつける媒体を効果的に使用しております。特に大きな背景の中へ人物をいきなり放りこむと、人物の方が浮き上がって合成写真のようになりやすいのを、標識、立木、橋などを中景としてうまく取り入れております。それに記念写真として必要なものはすべてこぢんまりと入っている。これだけ統一された写真を、行きずりの人にシャッターを押してもらったのでは集められないはずです。この写真は確かに同一人物の手によって撮られたものですよ」

「なるほど」

一同は内藤の着眼に感心すると同時に彼が刑事部きっての名カメラマンであり、庁内で催される職員カメラコンクールでしばしば上位入賞していたことを思い出した。

「それからこの日付けと場所に注意して下さい。まず一月二日は正月休み、三月二十二日は土曜日で二十一日の春分の日と続いて飛石連休、五月四日は日曜日、その前後は説明するまでもありません。九月十五日は敬老の日でその前日は日曜でこれまた連休です」

「みんな休日だな」村川警部が言った。

「そうです。次に場所ですが、国東半島が大分、栗林公園が高松、青島が宮崎、夏泊半島が青森で、すべて飛行機で行ける所なのです」

そういうことだったのかと、刑事たちの表情はにわかに甦《よみがえ》ったようになった。〝出逢茶屋〟は九州や四国にあったのだ。東京の旅館をいくら捜査しても分らないはずだった。

「分った。すぐ地元の所轄署へ連絡して、該当日前後に両名を泊めた旅館がないか調べてもらおう」村川警部の声にも久しぶりに力がこもった。

足取りを取られぬようにサラリーマンの休日だけを選び、東京からはるか離れた地方で秘《ひそ》かに被害者と連絡していた容疑者の細心さも、写真の構図に現われたくせから見破られてしまった。東京ロイヤルホテルに、警察ということは隠して照会が行なわれ、橋本がカメラの趣味を持っていることと、三月二十二日に休暇を取ったことが確かめられた。

被害者のアルバムに残された写真と共通の構図癖を有する写真が、橋本のアルバムから発見されれば、それは彼と冬子を結びつける有力な資料の一つとなろう。

各所轄署からの回答は二日後に寄せられて来た。宿泊日がほぼ分っていたことと、写真があったことから、調査はスムーズに進んだらしい。

それによると、――

大分では、別府《べっぷ》の日名子《ひなこ》ホテルへ一月一日から二泊、高松では屋島《やしま》の屋島館へ二月二十一日一泊、宮崎では青島観光ホテルへ五月三、四日と二泊、それぞれ宿泊したアベックが、橋本と冬子の両名に間違いないことが旅館の者によって確認された。青森からはまだ回答が送られて来なかったが、これだけあれば充分だった。やや遅れて送られてきたそれぞれの宿帳の控えは、いずれ橋本の筆跡が手に入り次第、鑑定される手筈《てはず》になった。みな適当な偽名を使っていたが、そんなことは問題にならなかった。

やがて青森署からも回答があり、九月十四日、浅虫《あさむし》温泉南部《なんぶ》屋に、両名に酷似したアベックが一泊したことが報告された。

遂《つい》に橋本国男と有坂冬子は結びついたのである。彼の容疑は確定的となった。もし彼が無実であれば、何故冬子との関係をこのようにひた隠しにしなければならなかったのか？

十月一日のアリバイを調べた時も、内田刑事は捜査の目的を告げなかったが、十月一日という日取りから、それが冬子に関する捜査だとは当然勘づいたはずである。

それなのに橋本は冬子のふの字も言わなかった。無実であれば隠す必要のないことである。女に隠れ逢うことは、買春以外は犯罪ではない。しかもこれは殺人事件の捜査である。自分と深い仲の女の死に関して、その死亡当日のことについて聞かれれば、当然何らかの反応を示すのが、人情である。

怪しかった。しかしまだこの段階では、捜査陣の主観的嫌疑であって逮捕状を請求できない。

　冬子との結びつきが明らかにされたのであるから、次に捜査本部がなすべきことは、十月一日における橋本の、十一時間半の空白時間に、東京─福岡を往復したのっぴきならない証拠を摑むことであった。

「奴は必ず、当日に福岡を往復している。列車では新幹線と特急を乗り継いでも、福岡往復には二十時間以上かかるから、飛行機を使ったにちがいない。まず羽田《はねだ》をあたろう」（当時新幹線は大阪まで）

　村川警部はにらんでいた列車の時刻表をデスクに置いて言った。

空白の中の空白

1

東京―福岡間を結ぶ航空路線は、日本航空をはじめ、大阪乗り継ぎによる全日空《ぜんにっくう》と、日本国内航空の三社がある。

東京―大阪―福岡間は日本の空の〝王道《ロイヤルルート》〟であり、朝は午前三時頃から、夜は午後十一時頃まで各社の便《フライト》が犇《ひしめ》いている。

所要時間は利用する便によって、片道一時間半から三時間くらいであるが、空港から市内までの車の往復と殺人の実行行為を加えても、十一〜十四時間（新東京ホテルのレジスターカードが橋本の手によって書かれたことが確認されるまでは、空白の始点を新東京ホテルへの到着時間に限定することはできない）という空白はお釣りが来るのである。

刑事は勇んで各社の予約係《リザベーション》をあたった。航空機の予約はホテルの客室と異なり、航空券を買わなければ座席を確保したことにならない。これを発券主義というのだそうだが、その際客は名前と連絡先を申告することになっていて、これが予約者《リザベーション》リストとなって記録に残される。しかし名前の申告にあたって客はいくらでも偽名を使うことができる。

人を殺しに行って帰るのに、本名を申告する馬鹿もいないだろうが、ホテル旅館と異なり、航空旅客には案外偽名を使う者が少ないので、これら偽名客だけをピックアップすれば本名と偽名との相関や、予約時の様子、スチュワーデスの記憶などによって大抵、足取りが取れる。

新東京ホテルから領置したレジスターカード上の文字は、東北、九州などの旅館から送られて来た宿帳の文字と同一人の手によるものと鑑定されたが、それが必ずしも橋本の筆跡であるという確証にはならないので、空白の起点を午前十一時二十四分と定めることはまだできない。

新東京ホテルに現われた人間は、橋本に依頼された、彼によく似た別人であったかもしれないからだ。

従って〝犯人〟は、午前七時頃東京ロイヤルホテルを出発して空港へ直行したものと想定して、捜査は南行便（東京─福岡）午前のリザベーションリストからはじめられた。

平河町のロイヤルホテルから高速一号線を利用して羽田まで二、三十分と見て、七時半～十一時あたりの便が最初の捜査対象になった。

次に北行便（福岡─東京）は有坂冬子の死亡推定時刻が午後五時前後であるところから、午後五時から七時頃の便にとりあえず絞られた。

この時間帯にかかる三社のジェットやバイカウントやYS11のリザベーションリストに基いて搭乗客のチェックがしらみ潰《つぶ》しに行なわれた。

偽名客が数名出たが、これは捜査の結果、すべてが身許《みもと》が判明して、橋本ではないことが確認された。捜査対象が南行便は午後二時まで、北行便は午後五時から九時頃までに拡大された。各社各便によって機種と定員はまちまちだが、この時間帯にかかる南行便は、日本航空が十便、全日本空輸が大阪まで六便、大阪から福岡までが一便、国内航空は無し、北行便は日本航空が六便、全日空が福岡から大阪まで一便、大阪から東京まで三便、国内航空は無かった。

合計二十七便のリザベーションリストから搭乗客の連絡先へ身許照会がなされ、疑いのはれた者はどんどん消されて行った。中には別府あたりへ女と浮気旅行と、しゃれこんだのが細君にばれてとんだ家庭騒動の副産物を出したりしながらも、捜査は順調に進み、結局十月一日、東京午前七時――福岡午後五時前後の殺人実行行為、――ふたたび東京午後十時五十五分に亙《わた》る時間帯の移動を可能とする航空便には、橋本国男の足跡は全く残っていないことが判明したのである。

ただ大阪発日航128便二十時三十分及び330便二十一時三十分の、東京行に偽名の身許不明客が三名いたが、この便に連絡する福岡からの各便に全く橋本の足跡がないところから一応別人であろうとされた。航空機以外の手段によって大阪までやって来ることも考えられるが、それでは犯人は絶対にこの両便には間に合わないのであるから、別の人間が何かの事情で身分を偽ったものと考えても無理はなかった。

一喜一憂とはまさにこのことである。それとほぼ時を同じくして、一通のハガキが内田と平賀宛に、捜査本部へ送られて来た。東京ロイヤルホテルからのクリスマスの案内状《えはがき》だった。

「どういうつもりでこんなもの送ってきやがったんだ？」

内田刑事は訝《いぶか》しそうにハガキをひらひらさせていたが、「クリスマスイヴをご家族とともにロイヤルホテルで祝おう」などというおきまりのコマーシャルの傍《かたわら》に何やらペンで添書きされたらしい文字に目を止めた。

それを読んだ内田は、

「ちえっ、のんきなことを言ってやがる」と舌打ちして、

「橋本からだよ。奴《やっこ》さんご丁寧にもクリスマスに来られるなら、パーティ券を割引きしてやると言ってきやがった。一枚、五千円も一万円もするホテルのクリスマス券じゃ、九割ぐらい引いてもらわんと俺たちにゃ行けないがね」

苦笑しながら、ハガキを平賀に渡した。全館イルミネーションを施したホテルの夜景の絵葉書で、宛名は内田と平賀の連名になっている。差出人は確かに橋本国男、添書きはかなり上手な筆跡で、――過日は失礼しました。その後捜査はいかがでございますか、ご労苦のほどお察し申し上げます。さて当ホテルでは表記のようなクリスマスパーティを催しますが、もしお越しになれるようでしたら、特別にチケットの割引きをさせていただきます。たまには捜査の骨休めによろしいかと思いますが、それでは向寒の砌《みぎり》、ご自愛専一に――とあった。

平賀にはその文面がいかにも自分たちの無能を嘲《あざけ》っているように見えた。嘲られても仕方がなかった。七月に始まった事件は、すでに師走に入っているのにまだ解決の糸口すら摑《つか》めていないのだ。

「畜生！」と呻《うめ》いて破り捨てようとした平賀の手が硬直し、

「内田さん！」と居合わせた者が、飛び上がるような大声を出した。

「これだけ書いてあれば、十分筆跡鑑定ができますよ」

「あ、そうか」内田は新東京ホテルから領置したレジスターカードのコピイを思い出した。

2

鑑識の鑑定によって、レジスターカードと青森や九州の旅館から送られた宿帳の筆跡は、確かにハガキの文字と同じ手によって書かれたものであることが分った。

鑑定官の話によると、ハガキの文字も、カードの書写も、専門的に「卒意の書」といわれる文字であり、その筆者の個性をありのままに出して書かれたので鑑定は容易だったそうである。

「しかし、これが果たして、橋本によって書かれたものかどうかは分らんな」

村川警部が渋いことを言った。確かにそう言われればその通りだった。内田も平賀も、橋本がそれを書くところを見ていないのである。橋本の口述を秘書に書かせるということもある。

だが平賀はうまい手を考えついた。例の〝披露宴探し〟の時に知り合った京浜のホテル業者の中に橋本の知己を見つけて、橋本から来た手紙を借り出そうというものである。

「京浜地区だったら電話で用を足すんじゃないかな」内田は首を傾けたが、

「年賀状や暑中見舞ぐらい出すでしょう。中には僕達に来たような添書きがあるかもしれない」

平賀は押した。彼の予想にたがわず、四、五通の手紙が本部へ提供された。中の一通は封書だった。これだけあれば充分だった。鑑定に頼るまでもなく、それらはレジスターや案内状と同一の筆跡であることが分った。

レジスターの文字が橋本のものであることは確定した。ということは彼の空白の時間は更に短縮されたわけである。

捜査本部には刑事の暗い顔ばかりが集まった。年の暮れまでもう幾日もなかった。

「しかし、おかしいですね」

小林刑事が捜査会議で言い出した。

「有坂冬子の死亡推定時刻は午後五時前後でしたね」小林は念を押した。

一同は何を今更というような表情をした。

「それも死体の状況から橋本は、いや犯人は被害者の死を確認せずに逃走している。ということは、遅くとも五時前にはホテルを出たことになります。ホテルから板付空港ま

367	119	369	321	123	125	375	327	129	379	391	901	905	721	903
1550	1600	1650	1700	1800	1900	1910	2000	2100	2110	900	…	910	940	1645
‖	1655	‖	1755	1855	1955	‖	2055	2155	‖	955	…	‖	1035	‖
‖	…	‖	1820	…	…	‖	2120	…	‖	1035	△	‖	1105	‖
1725	…	1825	1915	…	…	2045	2215	…	2245	1130	1230	♦	◊	▲
	…			…	…			…		△	1405	1155	1310	1930

366	122	324	392	火・木・土曜運航	326	370	128	330	376	906	902	392	722	904
…	…	…	…		…	…	…	…	…	1245	1455	△	1740	2015
1630	…	1715	1730		1815	1900	…	2015	2120	♦	1625	1730	◊	▲
‖	…	1805	1820		1905	‖	…	2105	‖	‖	△	1820	1925	‖
‖	1730	1830	1850		1930	‖	2030	2130	‖	‖	…	1850	1955	‖
1750	1820	1920	1940		2020	2020	2120	2220	2240	1450	…	1940	2045	2220

で二十分、どんなにかかっても三十分あれば充分です。その当時のフライトスケジュール（航空機時刻表）を見ますと、十七時三十分には日本航空392便、東京行があります。国内線のチェックイン（航空会社の空港カウンターへ入る時間）は出発二十分前ですから、時間的には間に合っても、この便には乗れなかったとしましょう。しかしこの後には同じく日航の326便十八時十五分発の大阪経由東京行があるのです。混乱のないように私は軍隊時間で全部言いますが、犯人はこの十八時十五分の便には必ず間に合ったはずです。とすれば326便の羽田着は二十時二十分、空港から新東京ホテルまで精々二、三十分、彼は遅くとも二十一時にはホテル側に自分の姿を見せら

便名	101	351	303	391		355	307	309	311	361	113	315	365
東京	700	710	800	900	火・木・土曜運航	940	1000	1100	1200	1230	1300	1400	1410
大阪	755	‖	855	955		‖	1055	1155	1255	‖	1355	1455	‖
大阪	…	‖	920	1035		‖	1120	1220	1320	‖	…	1520	‖
福岡	…	845	1015	1130		1115	1215	1315	1415	1405	…	1615	1545
沖縄	…										…		

便名	102	350	104	306	352	110	312	356	360	116	318	362	320
沖縄	…	…	…	…	…	…	…	…	…	…	…	…	…
福岡	…	740	…	815	920	…	1115	1150	1300	…	1415	1440	1515
大阪	…	‖	…	905	‖	…	1205	‖	‖	…	1505	‖	1605
大阪	730	‖	830	930	‖	1130	1230	‖	‖	1430	1530	‖	1630
東京	820	900	920	1020	1040	1220	1320	1310	1420	1520	1620	1600	1720

日本航空東京—大阪—福岡間フライトスケジュール
（9月1日より10月31日まで）

れたはずです」

「なるほどそうか」

一同は初めて納得のいった表情をすると同時に、新たに提出された疑問に頭をひねった。

もし橋本が航空機を利用すれば、事故や気象条件に左右されない限り、午後九時前後には第三者に自分の姿を確認させることが可能であった。そして当日にはそのような事故も気象条件もなかったことが分っている。

彼が犯人であれば、自分の空白時間はできるだけ短縮させるように努めるはずである。それをしなかったということは、できなかったからではないか？

「しかし二十一時だろうと二十二時だろうと、航空機を利用して往復が可能であると見破られれば、犯人にとって危険なことは変りない。むしろ航空時刻表《フライトスケジュール》にぴたりと合うような空白の方が疑われるような気がするがな」村川がやんわりと反駁《はんばく》した。

「しかし、それでは、被害者の絶命を確認せずに逃走したことが説明できません。犯人は誰にも姿を見られていないのですから、急ぐ理由は、東京までの〝乗物〟を捉《とら》えるため以外に考えられないのです」

村川は沈黙した。

「橋本は関係ないんじゃないでしょうか」

山田が恐る恐る言った。

「そんなはずはない！」

平賀が断固たる口調で否定した。彼の顔には血が上っていた。山田がびくっと首をすくめた。

「私は橋本が何故クリスマスの案内状をよこしたのか考えました。事件未解決の捜査本部の刑事が、のんびりとクリスマスパーティなんかへ行けるはずがないでしょう。しかも単に案内状だけならばとにかく、わざわざ丁寧な添書きまでして。我々が彼に何らかの恩を売っているのであれば別です。しかし我々は橋本のアリバイを確かめに行ったのです。まず普通の頭脳の持主であれば、あれがアリバイ捜査であることは分るはずだし、そして我々に対してよい感情は持たぬはずです。それなのに彼は全く逆のことをした。我々も年賀状などで経験するところですが、印刷したハガキに添書きをするのは、よほど親しい仲に限られます。彼が刑事に対してあたかも恋人でも呼び寄せるような案内状をよこしたのは、一体何故か？　つまり彼は我々に手紙を書きたかったのです。字を見せたかったのですよ、新東京ホテルに残したレジスターの文字が、彼自身によって書かれたものであることを我々に知らせたかったのです。こいつは犯人の挑戦状ですよ」

一同の口から呻《うめ》き声が洩《も》れた。平賀はまるで怒ったような口調で続けた。

「彼は自分の空白を短縮したかったのです。それほどまで巧緻《こうち》な細工をする彼が、本件に無関係なはずはない。そしてそれほどまでにして午後の空白の始点の繰り下げに努めた彼が、午後の空白の終点の繰り上げに努めぬはずがないのです。橋本がもし二十一時までにホテルへ帰って来ていれば、その時間に必ず姿を見せたでしょう」

平賀が口を閉じると、彼の援護射撃に力を得た小林が気負い立って話しはじめた。

「橋本が十一時間半の間に福岡を往復したことは確かだと思います。それで、さっきと同じ要領で橋本の往路の行動を分析してみたいと思います。まず新東京ホテルへ到着したのは午前十一時二十四分、これは間違いありません。いったん部屋へ入ったと見せかけ、何らかの方法、多分非常階段でも使ったのでしょうが、とにかくホテルを脱《ぬ》け出して空港へ急行する。丁度日本航空311便正午発と、361便十二時三十分発の福岡行の便があります。361便は後発ですが、福岡直行のため大阪で先発の311便を追い越し、福岡には十四時五分と、311便より十分早く着きます。一分でも時間の惜しい犯人は、361便を利用した公算が大です。これを外すと次は365便で、福岡着は十五時四十五分となり、ホテルへ着くと同時に被害者に毒を服《の》ませねばならないことになります。被害者の死体に情交の痕跡《こんせき》を残せる時間的余裕は到底ありません。ともあれ犯人は、十五時半頃（その頃被害者に犯人らしき男から電話が入った）から十七時前後にかけて被害者と逢《あ》い、情交をし、欺いて毒を服ませた上に逃走しているのです。これがわずか一時間半ばかりの間の仕事なのですから、犯人はかなり苦しかったと思えます。彼が東京のホテルへ二十二時五十五分（橋本がホテルを出た時間）までに帰ればよいと決めたとすれば、彼は被害者の部屋でもっとゆっくりできたはずなのです。日航のフライトスケジュールをもう一度見てみましょう。３７０便福岡発十九時、東京着二十時二十分という直行便と、３３０便二十時十五分大阪経由東京着二十二時二十分の便があります。これ以後の便は３７６便の東京着が二十二時四十分となって二十二時五十五分に品川のホテルへ姿を現わすのは無理で、犯人には利用できません。３３０便は犯人にとって〝最終便〟でした。そしてそれに乗るには、空港までの時間とチェックインタイムを、やや多目に一時間とみても、十九時にホテルを出れば充分間に合います。つまり犯人は後二時間、被害者の部屋にゆっくりしていられたはずです。そんなに長く粘る必要はないにしても、十七時前後に被害者が絶命するのを見届けられたはずでした。それなのにそれをしなかった。被害者の息があるうちに逃げ出すという、最も危険な綱渡りをあえてやった。

しかもそんな危い芸当をやってまで稼ぎ出した二時間を、彼はどこかで空費している。

これは恐ろしく不自然です。それをやったのは、流しや、衝動犯ではない、電子計算機のような犯人がです。おそらくもう虫の息で助かる見込みがないと判断したからでしょうが、それならばなおのこと、彼はそのほんのわずかな時間をどうして残れなかったのか？　犯人は十七時前に逃走している。しかし彼がもし橋本だとすれば、十九時までは被害者の部屋にいられた。そして被害者が絶息したのを確かめてから悠々と逃げられたのでした」

「しかしね、それはあくまでも飛行機を利用したという仮定の上に成り立つ推定だろう。彼は東京—福岡を結ぶ航空路線に乗った形跡がないのだから、そのフライトスケジュールに基いて奴の行動時間を分析しても意味ないんじゃないかな」村川が言った。

「それなんです。彼は飛行機を利用した形跡がない。しかし、彼は十一時間半で東京—福岡を往復している。飛行機でもなく、列車でもない乗物で、東京—福岡を往復した上に殺人までできるようなものがあるか？　それを解く鍵《かぎ》が、この二時間という〝空白の中の空白〟にあるような気がするのです」

誰もが腕を組んで考えこんでしまった。会議は沈うつな空気に塗りこめられた。

×　　　×　　　×

その夜平賀は、福岡県警の上松刑事に長い手紙を書いた。まず十月に出張した時の礼を述べて、今までの捜査経過を詳しく書いた。そして結びとして、——

福岡の魅力

1

――以上のような経過で我々は橋本国男を犯人と確信しております。しかしながら、この十一時間半の間に彼が福岡まで往復した手段を発見することができません。この手段を発見しないかぎり、我々は彼に対して逮捕状を執行できないのです。

小林刑事が指摘したように、私も彼が福岡という土地を犯行場所として選んだことと、二時間という〝空白の中の空白〟に、この秘密を解く鍵があるような気がしてなりません。

彼は犯行をどうしても福岡で行なわなければならなかった。一体、福岡には何があるのか？　犯人を惹《ひ》いた〝福岡の魅力〟は何か？　そこで上松さんにお願いしたいのですが、こちらの人間である私には、御地の事情がよく分りません。また限られた捜査費用から何度も出張させてもらうわけにはいかないのです。

多数の事件をかかえてさぞご多忙とは存じますが、何卒《なにとぞ》事情ご斟酌《しんしゃく》の上、十一時間半以内の往復を可能にするような、我々には分らぬ御地の事情をご調査願えれば幸いです。

私事にわたりますが、被害者は私と私的なかかわりを持つ者でした。刑事としても、一人の私人としても、私はこの犯人を何としても捕えたいのです。ご健康を祈ります。

敬　具

平賀高明

上松徳太郎殿

追伸、橋本国男は十二月二十九日午後東京ロイヤルホテルにて同社社長前川礼次郎氏令嬢と結婚式を挙行した後、ハワイ・アメリカ経由で世界一周の新婚旅行へ発《た》つ予定になっております。――

2

上松は平賀からの手紙を福岡県警の捜査本部室で読んだ。有坂冬子の殺害事件の捜査本部は福岡署に設けられている。しかしながら、東京で発生した久住政之助の殺害事件に連続する疑いが濃いので、東京警視庁との合同捜査となり、互いに緊密な連絡を取りながら捜査活動を進めていた。

従って平賀の手紙の内容は、上松の殆《ほとん》ど知っていることばかりであった。だが上松はそれを熱心に読んだ。平賀はこの長文を、捜査活動に疲れた身をむち打ちながら、書いたのだろう。わずか一日に充《み》たないつき合いだったが、いかにも現代刑事らしい合理性とスマートさを兼《あわ》せ備えた、ひきしまった平賀の表情が瞼《まぶた》に甦《よみがえ》った。それに何よりもあの犯人追及の鬼のような執念はどうだ。たった一日そこそこのつき合いで、彼の執念は刑事根性では誰にも負けない自信のある上松を、圧倒するように迫って来たものだ。あいつは刑事の鬼だ。そして自分の仲間だ。最近、サラリーマン化してしまった若手刑事が多い中で、貴重品のような男だった。これからはああいう刑事に活躍してもらわなければ、高度に知能化する犯罪者についていけなくなる。

上松は足とカンだけを頼りに、犯人を追いかけ廻《まわ》して費やした自分の刑事生活をふりかえり、若さと科学と機動力をフルに使いこなして犯罪者を追及して行ける平賀が羨《うらやま》しくてならなかった。とにかく好もしい若手刑事として印象されていた。

だから彼は平賀からの手紙を、自分へ宛てられた私信として読んだ。だが私信ではあっても、その内容は上松を大いに啓発させるものがあった。

捜査が行きづまっているのは、東京以上である。原点が東京にあり、その結果がぽっんと福岡に発生したのであるから、被害者の関係者はすべて東京にいて、現場以外は全く手がかりがない。

だが平賀は面白いことを書いて来た。その現場もすでにホテルの営業のために消失している。

——犯人は犯行を福岡で行なわなければならなかった——犯人を惹いた〝福岡の魅力〟は何か？と。

これは県警捜査本部でも見落としていたところである。博多グランドホテルで若い女が殺された。身許《みもと》はすぐに割れた。

身許の分った他殺体が特定の場所で発見された後では、捜査の対象は専ら、誰が、何故、いつ、どうやって殺したかという点に絞られ、誰を、何処で殺したかなどということには注意を向けない。そんなことはすでに分っているからだ。

当然、その場所が選ばれた理由には、よほど特異な場所でないかぎり思いが及ばない。

しかし平賀に言われてみれば、確かにこれはおかしい。現場で蒐《あつ》めた直接間接の捜査資料から、被害者が犯人を待っていたことは明らかである。犯人が逃げた女を追って来たのではなく、犯人の指示によって被害者は、〝指定の場所〟で待っていたのだ。

被害者の方から指定したとも考えられなくはないが、それにしてはずい分待っていたものだ。死体の状況、被害者のホテル入込み時間《チエツクイン》、ダブルルーム、三日前になされた予約、二枚の九州周遊券、などから判断すると、場所は犯人の計算で選ばれたとみる方が自然なのである。

ならば何故、彼は福岡を指定したのか。列車では往復二十時間以上、航空機を使えば足取りを取られやすい、そんな不便と危険を冒さずとも、大阪か名古屋で充分同じ目的を果たせるのだ。

名古屋あたりにすれば、新幹線を利用して四時間、実行行為を加味して精々五時間もあれば、往復できる。その方がアリバイ工作もらくであろうし、汽車の方が航空機よりもはるかに容易に足跡を消せる。新幹線の自由席にでも潜りこめば、所要時間は少々伸びても、捜査のしようがあるまい。だが彼はそれをせずにわざわざ福岡までやって来た。

福岡にはそんな〝魅力〟があったのか？　生まれも育ちもこちらの上松刑事は、この魅力を見つけないことには土地っ子の面目にかかわると思った。

同時に、平賀が追伸としてさりげなくつけ加えた、十二月二十九日という、橋本が、「銀の匙《さじ》を咥《くわ》えた」新妻を擁して世界一周新婚旅行に飛び発つ日が、自分らの捜査に課せられた日限のように思えた。

「奴《やっこ》さん、そのつもりで追伸を書いたな」

上松は苦笑すると同時に、何が何でも年内に解決しなければならない闘志が湧いて来るのを感じた。

橋本を旅発たせてはならない。人を二人まで殺した殺人鬼に、美しい新妻を伴わせ、美しい未知の邦々《くにぐに》を巡らせてはならない。人を殺した者が行くべき場所は別にある。それが社会の秩序というものだ。当面、一人の新妻を泣かすことになるかもしれないが、その方が結局は彼女にとってもよいのではないか、それは何も知らないまま殺人者の妻になろうとしている女を救うことになるからだ。

そう思うと、上松は闘志と共に責任の重さを感じた。

3

犯人が被害者の死亡推定時刻の午後五時前に現場を離脱したことはほぼ確かである。上松は一応五時という時間を犯人の帰路の〝始動時間〟として、一体彼が何に接続するためにその時間に行動を始めたか分析してみようと思った。これはすでに東京の小林刑事らが試みたことであるが、自分は自分なりにやってみようと思った。

犯人が航空機を利用した足跡はないという。福岡―東京間を十一時間半以内に往復できる乗物は航空機以外には考えられない。そこには飛行機以外には絶対に越えられない時間の壁が立ちはだかっている。ヘリコプターをチャーターしてもおそらくその時間内では無理であろうし、第一、殺人のためにヘリを雇うというのはいかにも飛躍しすぎる。だが一応の可能性として心に留めておこう。次に、民間機を利用した足跡がないのだから軍用機の便乗は考えられないか？　上松自身、時折り、沖縄やベトナムから飛来した軍用機が、板付基地にのそのそと降りて来るのを目撃している。横田《よこた》や立川《たちかわ》基地あたりで米軍機に乗せてもらえば、やって来られないこともあるまい。しかし犯人は往復しているのだ。日本の一民間人が米軍機に便乗することすら難しいところを、往復乗せてもらえるだろうか？　それにそんな都合のいい便があるか？

しかしこれもまあ極めて薄いながら、可能性の一つとして調べてみよう。待てよ、往復と言ったが、片道だけ軍用機便乗という手はどうだろう？　いやこれもだめだ。ジェット戦闘機のマッハ二、三ぐらいで吹っ飛んで来ても、それから殺人をして汽車で帰ったのでは、十一時間半では無理だ。

軍用機とヘリをとりあえず保留した上松は、次に福岡発北行便の十月一日当時のフライトスケジュールを調べてみた。福岡からは三社の路線があるが、五時を起点とした場合には、日本航空と、全日空しか使えない。しかも全日空の便で犯人に利用可能なものは、福岡発十九時四十分290便だけであり、これが大阪着二十時三十分、同社大阪発二十一時42便に乗り継げば、羽田着二十一時五十分となり、品川の新東京ホテルを二十二時、即ち十時五十五分にチェックアウトすることは可能であるが、大阪までの290便に足跡がない。

それに290便は福岡発が十九時四十分、犯人がホテルを出たのが十七時であるから、一体この二時間半以上の空白をどこで過ごしたのか説明がつかなくなる。

次に警視庁が徹底的にマークした日本航空へもう一度目を向けてみよう。確かに392便十七時三十分というのがある。だがこれは出発二十分前のチェックインという規則がなくとも、犯人が絶対に乗れなかった理由がある。つまり、392便は火木土の隔日運航であり、水曜日にあたる十月一日は運航されていなかったからだ。

となると、最も可能性の強いのは、326便十八時十五分発と、370便十九時発の二便で、どちらも東京着は二十時二十分である。次いで〝最終便〟の330便、二十時十五分発である。

しかしながら、この三便には警視庁と福岡県警本部の合同捜査にもかかわらず犯人の足跡を発見することはできなかった。

上松刑事は唸《うな》りながら腕を組んだ。彼は考え続けながら自宅へ帰って来た。老妻が声をかけたらしいが返事もしない。

とするとやはり軍用機か？　ヘリか？　しかし上松にはあの冷徹な犯人が、調べれば

機種	B	B	B	B	B	B	B	B	B	B	B	B	B
便名	15	17	19	23	25	27	29	31	35	37	39	41	43
東京	730	830	930	1130	1230	1330	1430	1530	1730	1830	1930	2030	2130
大阪↓	825	925	1025	1225	1325	1425	1525	1625	1825	1925	2025	2125	2225

機種	B	B	B	B	B	B	B	B	B	B	B	B	B
便名	14	16	20	22	24	26	28	32	34	36	38	40	42
大阪	700	800	1000	1100	1200	1300	1400	1600	1700	1800	1900	2000	2100
東京↓	750	850	1050	1150	1250	1350	1450	1650	1750	1850	1950	2050	2150

B	B	B	V	V運賃	B運賃	機種	V	B	B	B	B
283	285	287	289			便名	282	284	286	288	290
1150	1450	1755	1940	円	円	大阪↑	845	1130	1415	1730	2030
1245	1545	1850	2105↓	6,200	7,000	福岡	730	1040	1325	1640	1940

全日空フライトスケジュール（9月28日より10月31日まで）

すぐに分りそうな軍用機や、ヘリを利用したとはどうしても思えなかった。

　残る高速度交通機関は列車である。列車を最初から度外視していたが、一度時刻表を徹底的に検討する必要があるのではあるまいか。上松は彼の愛読する本格派の推理小説から、各路線を巧みに組み合わせることによって時間を驚くほど短縮できることを学んでいた。

　どう組み合わせようと、福岡―東京を十一時間半の時間の壁を崩せないと思いこむところに盲点があるのではないか？　彼は本部内に備えつけてあった十月号の時刻表を繰った。その前に、九月との間に変更改正がないことを確かめた。列車ダイヤの改正時を狙ってアリバイ工作をした推理小説を読んだことがあったからである。

博多発十七時四十分、東京行特急「はやぶさ」がある。上松の目が光った。十七時四十分という時間に惹《ひ》かれたのだ。ホテルから博多駅まで車で五分もあれば行ける。しかし殺人遂行後の犯人が現場の近くで車をすんなり拾うとは考えられない。とすると十七時前後に逃走した犯人にとって、十七時四十分という時間は実に魅力的(刑事にとっても)なのだ。

しかし、「はやぶさ」の東京着は、翌日の午前十時十分になって新東京ホテルに姿を見せた時間から実に十一時間以上も遅れてしまう。しかもこれが列車では最も速い便である。やはり、列車はだめだ。

上松は以上の考えを整理してみた。

①日本航空——可能性はあれども足跡なし
②全日空——290便、42便の乗継ぎに可能性あれども足跡なし
③日本国内航空——可能性なし
④列車——同右
⑤軍用機、ヘリ——物理的可能性のみで現実性なし

(結局、俺には福岡の魅力を発見できなかった)上松は当初の意気込みに反して、これ以上いくら考えても進展しない自分の思考にがっくりと肩を落とした。

とにかく自分の考えを平賀に知らせよう。そんなことはとっくに考えついて、すでに捜査ずみだと、嗤《わら》われそうな気がしたが、上松は勇気を出してペンを取り上げた。

拝復　貴翰《きかん》懐しく拝誦《はいしょう》いたしました。――古めかしい前文《イントロダクション》を書いたが、後が続かない。

失望あるいは嘲笑《ちょうしょう》をもって自分の手紙を読んでいる、あの東京の若い刑事の姿を想像すると、どうにもペンが動かなくなってしまうのだ。何か、地元の人間でなければ思いつかないようなことはないのだろうか、飛行機だめ、列車各ダイヤの組み合わせもだめ。

――ここまで思考の堂々めぐりをしていた上松刑事が、ふと視線を宙に固定させた。

「ちょっと出かけてくる」

「まあこげん遅く⁉」

「東京で仲間が苦労しとるとに。ゆっくりめしなど食っておれんばい」

老妻には何のことかよくわからぬながらも、その表情には、長年刑事に連れ添った女房としての悟りのようなものがあった。

4

平賀が上松宛の手紙を出してから六日後、平賀は上松刑事から分厚い速達を受け取った。まず彼は、上松が前段で述べた軍用機とヘリチャーターの着想を面白いと思った。確かに飛躍的な着想ではあるが、一応探査してみる必要はある。

平賀はあのクラシック刑事の典型のような上松の、若い彼すら考えつかなかった柔軟な着想に、してやられたような幾分の口惜《くや》しさを覚えた。しかし上松が手紙の後段で述べた着眼と、す早い探査には心から脱帽した。そしてそんな簡単なことにすら考えつかなかった自分たちが恥ずかしくなった。

上松の手紙はその主文末において次のように述べていた。

――我々はあまりにも東京―福岡という二点の距離にこだわり過ぎたのではないでしょうか。だから、常に始点と終点は東京と福岡でなければならなかった。我々が犯人を羽田と板付の空港乗降客の一人であると信じたのもそのためでした。しかし犯人は必ずしもこの二つの空港を乗降する必要はなかった。これは東京―福岡間を十一時間半で往復するには必ずしも航空機だけに頼る必要はないということを意味します。つまり航空機ならびに異種の交通機関を組み合わせることによっても充分にこの目的を達せられるのです。

容疑者にしてみれば、被害者の死体が発見された場合、遅かれ早かれ捜査の目が自分に向けられることは充分予測したことでしょう。捜査陣が自分の十一時間半の空白を埋めるために当日の羽田、板付二空港の乗降客を徹底的にマークすることも自然予期し得るところであり、それに対する備えを立てぬはずはありません。

あの細心な犯人が、自分の犯行を歴然と物語るような足跡を羽田、板付に残しておくとは考えられません。こうして彼は航空機以外の異種の交通機関によって出発することにより、二つの終端駅《ターミナル》における自分の足跡をごまかしたのです。それは列車か、車によってターミナルを出発し、両ターミナル間のどこかの空港から、航空機へ乗り換えたのでしょう。当該航空機が、その空港（両ターミナル以外の）始発であれば、その予約客名簿に我々の目は向けられません。東京—福岡を往復した犯人が、それ以外の空港で乗降しようとは容易に考えつかないからです。

小生はとりあえず、小生の地元である福岡からの帰路について犯人の足取りを追ってみました。

両ターミナルを列車か車によって出発するといっても、中間の距離、それも大部分を航空機で埋めなくては、十一時間半で往復することはできません。つまり犯人の目的のためには途中に、それもターミナルになるべく近い場所に空港がなければならないはずです。そして福岡の近くには北九州空港があるのです。

小生は犯人が、犯行後列車か車によって北九州空港へ駆けつけ、そこから東京方面に逃走したのに違いないと考えました。この想定の下に北九州空港からの東京方面への便を調べてみますと、全日空272便十八時五十五分発大阪行があることを知りました。大阪着は二十時十分となり、身許《みもと》不明の偽名客が乗っていたという日航の128便及び330便に接続可能となります。小生が日航の福岡営業所に聞いたところによると、一応、チェックインは二十分前ということになっていても、確実に乗ることが分っていれば、席を取っておくそうです。ですから全日空272便が定時に大阪に着き、犯人が日航128便への乗り換えを敏速に行なったとすれば、充分に可能性はあるわけです。また仮に気象条件その他の事由などによって272便が遅れて日航128便に間に合わなかったとしても、その後には全日空42便二十一時発と、日航330便二十一時三十分の二便が控えています。この両便の東京着はそれぞれ二十一時五十分、及び二十二時二十分となって、容疑者が新東京ホテルへ姿を見せた二十二時五十五分に間に合うわけです。仮に330便が多少遅れたとしても、新東京ホテル出発の時間が少々ずれるだけで、犯人のアリバイはびくともしません。

小生はこの想定の下に、十月一日の全日空272便の予約と、市内のタクシー会社を探査しました。犯人は必ずや、福岡から北九州空港まで車か列車で行っているにちがいないと考えたからです。

しかし列車では犯人が乗るべき公算の最も強い「はやぶさ」は、小倉《こくら》に停まらず、門司《もじ》着が十八時三十八分となって、そこから北九州空港の十八時五十五分、272便に間に合わせるにはどう車を急がせても無理があります。

もし最初から車であれば、福岡を五時前後に出ると、北九州空港までの所要時間は一時間半程度ですから、急げば272便のチェックインタイムにも間に合います。

探査の結果、市内筑紫《ちくし》タクシーの運転手が十月一日午後五時頃、渡辺通りの毎日放送局の前で拾った三十前後のサングラスをかけた男を、北九州空港まで運んだ事実が判明しました。運転手の話によると、男は非常に急いでいた様子で十八時三十分よりも早く着けば、一分について千円チップを弾むと言うので、猛烈に飛ばして、一万円ほど儲《もう》けたと、頭をかいていました。しかし顔の方は、サングラスをかけていた上にバックミラ

F	O	F	O	F	運賃	機種	F	O	F	O	F
261	263	269	279	271		便名	262	264	268	270	272
735	935	1235	1520	1705	円	大阪	1040	1240	1540	1825	2010 …
900	1100	1400	1645	1830	6,000	北九州	925	1125	1425	1710	1855 …

全日空大阪便フライトスケジュール（12月28日まで）

ーに入らぬようにして終始うつむいていたのでよく分らなかったということですが、背格好といい、肉づきといい、運転手がわずかに聞いたという歯切れのよい東京弁といい、容疑者にかなり符号しております。

　それにその男が車を止めたという放送局の前は、問題のホテルのはす向かいであります。犯行現場に近すぎますが、これは時間の切迫していた犯人にとって止むを得なかった所作であろうと思われます。

　小生はこの男に強い疑いを抱き、男が乗ったと目される全日空２７２便乗客の予約客をあたり、当座の探査によって身許《うち》の判明した客を除外して次の十三名の搭乗客を残しました。その中東京近郊の住所及び連絡先を予約簿に残した乗客は左記の通りですので、貴台の方でご捜査いただきたく存じます。

　小生は犯人は必ずこの十三名、更に絞れば、東京及び近郊の連絡先を申告した者の中にいるように思えてなりません。何故なら犯人は東京出発前に細心な計画に基いて、すべての予約をなしたのにちがいないからです。

　乗継客の予約は優先的に確保されますが、それは同一人（同一名義）による一貫した予約の場合に限られます。犯人の乗継ぎは、足跡を晦《くら》ますのが目的ですから、当然別名義で申し込んだはずです。

　ということは乗継客の優先的座席確保の恩典に与《あずか》れず、その場の申込みでは、大阪乗換えにおいて座席が取れないおそれもあるわけです。犯人が東京在住者であれば、予約にあたって東京から極端に離れた連絡先を申告すると、かえって疑惑を招き易いし、足取りを取られる。

　貴翰《きかん》によれば、日航128便と330便に身許不明客が三名いたとの由、小生はその中の一名と全日空272便の未調査客十三名中の一名は、同一人物ではなかったかとの強い疑いを抱いております。

とりあえず犯人の帰路の足どりを追ってみましたが、同じ様な方法を取れば、往路も相当時間短縮できるのではないかと思われます。

　東京近郊には、軍事基地を除いては、当地における北九州のような近接空港が見当りませんが、名古屋あるいは、新潟等の空港と結び合わせることによって、我々の気がつかぬ時間短縮の盲点があるかも分りません。

　もし犯人が異種交通機関の組み合わせによって、往路も五、六時間以内に東京―福岡間を移動できることが証明されれば、犯人のアリバイは崩れます。小生残念ながら手許《てもと》にあるフライトスケジュールや列車の時刻表によっては、その組み合わせを発見できませんが、御地に詳しい貴台が見れば、必ずやその盲点を発見できるであろうと思います。

当方の至らぬ捜査と、愚見が多少なりとも貴台の捜査の参考にもなれば非常に幸いに存じます。
この事件の犯人は、我々も追い求めている者であります。今後とも緊密な連絡の下に、一日も早くこの冷酷無残な殺人犯に手錠をかけたいものです。貴台のご健闘を心より祈ります。

敬具

——と結ばれた上松の手紙には、全日空272便の十三名の乗客名と連絡先のリストが添付されてあった。そして東京及び近郊在住者として次の六名の上に○印がつけられてあった。

○細川《ほそかわ》信一《しんいち》　世田谷区《せたがや》東玉川町《ひがしたまがわ》一八三
○永井《ながい》邦夫《くにお》　武蔵野市《むさしの》中町《なか》三の三の四
○小原喜太郎《おはらきたろう》　小田原市《おだわら》国府津《こうづ》二四八九
○野坂《のさか》敏子《としこ》　豊島区《としま》西巣鴨《にしすがも》二の二三四
○黒崎《くろさき》文彦《ふみひこ》　北多摩郡《きたたま》狛江町《こまえ》和泉《いずみ》五三〇の二
○小野彦一郎《おのひこいちろう》　横浜市戸塚区《とつか》公田町《くでん》公住一八の三一一

平賀はその手紙とリストを読み終ると、胸に迫るような感動を覚えた。平賀は上松の返事を、彼に宛てた手紙を投函《とうかん》してから六日後に受け取ったのだ。両便とも速達であったとしても、上松は手紙の往復の要求される三、四日を差し引いた二日か三日の間にこれだけの着眼と捜査をしたのである。

彼は地元刑事の面目にかけて、福岡の魅力を解き明かした。——北九州空港——それがあったからこそ、犯人は福岡を犯行場所として選んだのだ。

東京―大阪―福岡というロイヤルルートの空港で、これほど近接した地方空港を有《も》つ所は福岡以外にない。しかも犯人はその間を車で結ぶことによってターミナルに注がれる捜査陣の目を晦《くら》ました。

上松刑事の着眼は、犯人の見事な韜晦《とうかい》を見破ったのみならず、往路においても同様の手段による移動の可能性を示唆してくれた。

その方法は現時点では発見できないが、八方塞《はっぽうふさが》りの捜査陣に大きなヒントを与えてくれた。

が、——今はとにかく、この六名の身許を洗うことが先決問題であった。確かに六名の中に、前の捜査で浮かんだ大阪からの東京行二便の身許不明客三名の、誰かと同一人物がいるにちがいない。前の捜査では、彼ら三名の福岡―大阪間の足取りが完全に断絶していたところから事件とは無関係と判断したのであるが、上松の捜査によって、犯行後この二便への接続が可能になった今、がぜん、この両便に乗った三名の身許不明客が、有力容疑者として濃く鮮やかに浮かび上がってきたのである。

平賀はメモを出して、その三名の不明客の名前と連絡先に改めて熱い視線を注いだ。
日航330便＝中村《なかむら》友之《ともゆき》　品川区中延《なかのぶ》七の一の八
右　同＝雀部《ささべ》茂夫《しげお》　千葉県習志野《ならしの》市谷津《やつ》町四の五一九
同　128便＝赤江本一郎《あかえほんいちろう》　川崎《かわさき》市百合《ゆり》ヶ丘《おか》二〇八の一一五
彼は暫《しばら》くの間この三名と、上松が送って来たリストを見比べていたが、次第にその焦点がその中の二名の名前に絞られてきた。
即ち赤江本一郎と黒崎文彦の二名である。偽名などというものはどんなに造ったつもりでも、必ずどこかに本名との関連を示すものがある、と平賀は警察学校時代に学んでいた。これら九名の不明客の中で橋本国男のどれかの文字を持つ者は赤江本一郎だけである。
そして赤江本一郎なる名前と実にシャープな対比を示す名前が、黒崎文彦なのだ。赤と黒、本と文、――突然導火線に乗って火が走るように、冬子が新居として予定した横浜市保土ヶ谷区のマンションと、橋本国男の住所、川崎市生田と、黒崎と赤江の偽住所(黒崎の方は未確認)が次々に相互に連絡して浮かび上がった。
横浜市保土ヶ谷区―川崎市生田―北多摩郡狛江町―川崎市百合ヶ丘。以上の中《うち》三つは神奈川県である。平賀は更にこれら連絡先を共通に貫く大動脈を発見した。横浜を除いて三つの住所はすべて小田急の沿線である。犯人は小田急沿線に住んでいたのだ。だからこそ朝夕の通勤途上、無意識の中に馴《な》れ親しんだ地名を予約にあたって申告してしまったのである。この中、百合ヶ丘は生田よりも小田原寄りであるが、一駅か二駅の隣接駅として犯人の記憶に残っていたのであろう。

橋本国男、黒崎文彦、赤江本一郎は同一人物にちがいない。平賀は鼓動が抑えようもなく早くなって来るのを感じた。

捜査の焦点は全日空272便の乗客、黒崎文彦の身許《みもと》割出しに絞られた。しかし、捜査陣の意気込みに反して、何と黒崎文彦は予約簿上の住所先に住んでいたことが判明したのである。更に赤江本一郎なる名前は、黒崎が使った名前であることも分った。

黒崎はテレビタレントであり、赤江本一郎は、彼の芸名であった。百合ヶ丘の住所は以前に住んでいた所がつい口から出たのだそうだ。あまり売れていないタレントであったため捜査陣も、福岡のタクシーの運転手も気がつかなかったのだが、当時黒崎は、珍しく福岡と東京の二局へのかけ持ちとなった。特に東京の仕事はどうしても逃がしたくなく、それに間に合わせるためには全日空272便と日航128便とを乗り継がなければならなかったので、運転手に法外なチップを弾んで急《せ》かせたのだという。日航370便東京直行便が満席で取れなかったのだそうだ。

大きな失望を味わいながらも、残りの不明客十二名の探査と、日航330便二名の再調査が進められた。

しかし、全日空272便の十二名はすべて連絡先に実在していた。更に日航330便の二名の中、中村友之は転居先にいたことが分った。

結局、雀部茂夫一人のみが、福岡―大阪間の足跡のないまま、唯《ただ》一人の不明客として残されたのである。

何十回目かの捜査会議が持たれた。

「捜査の結果、大阪から日本航空330便に乗り込んだ雀部茂夫なる人物は、連絡先の住所に存在しないことが分った。同客の予約は、九月二十八日に第二鉄鋼《てっこう》ビル内の同社営業所へ電話でなされ、切符は九月三十日に引《ピックアップ》き取られている。この予約は有坂冬子が交通公社を経由して福岡のホテルに予約した時期とほぼ同じ頃だ。更に同便のスチュワーデスの証言によると、サングラスをかけていたのではっきり断定できないが、橋本の写真によく似ていたそうだ。背格好や年齢もほぼ一致する。

おそらくこの雀部が橋本だろう。しかし、となると、奴は大阪までどうやって来たのだ？」

村川警部がこの犯人の周囲に幾重にも張りめぐらされた防壁《バリケード》にほとほと閉口したような口調で言った。一体、ここまでやって来るのに幾つ壁を乗り越えたことか。一つの壁を越えたと思うと、更に高い壁が行く手に立ちふさがっていた。

本当に十重二十重といった感じであった。暫く待っても誰も進んで発言しないので平賀が口を開いた。何か考えついた顔である。この事件に関しては、のぼせ気味の彼が珍しく落ちついた表情だった。

「上松刑事の着眼で、異種の交通機関の組み合わせと、犯人が羽田―板付以外の空港を利用した可能性があることが分りました。この雀部なる人物は橋本に間違いないでしょう。何故なら、彼は東京―福岡間を十一時間半以内で往復するためには、絶対にどこかで航空機を使用しなければならなかったからです。

そして橋本の空白時間内にこの両端を結ぶ路線は日本航空と全日空以外にありません。ということは、彼はこの両社の路線のどこかに必ず姿を現わさなければならなかった。そして遂《つい》に大阪に現われたわけです。日本航空330便二十一時三十分。もちろん雀部は、我々の前回の捜査においてひっかかりました。しかし彼の大阪までの足跡が日航、全日空のどちらにもなかった。大阪で二つの偽名を使い分けて二社の路線を乗り継ぐということも考えられたので、大阪から乗り込んだ客も洗ったわけですが、もし同一人物が乗り継いだのであれば、当然、福岡―大阪間の便にも身許不明者が浮かび上がって来るはずでした。しかしそのような客の無かったことは、皆さんご承知の通りです。雀部は大阪から始発《スタート》したのでした。少なくとも記録の上では。――だから我々はいったん雀部を捜査線上に捉《とら》えながら深く追及しなかったわけです」

一同は平賀の長広舌をうんざりしたような表情で聞いていた。そんなことは今更こと改めて説明されるまでもなく、皆が知っていることであった。それでいて彼を遮る者がなかったのは、それ以上の発言をできるだけの材料を持っている者がいなかったからである。

「だが雀部は福岡からスタートしている。犯行場所を十七時前後にスタートしたとして彼は大阪へ姿を現わすまでに四時間半費やしています。その時間内に列車によって福岡―大阪を移動することは絶対に不可能です。しかし航空機には足跡がない。それでは彼はいかなる方法によって四時間半で大阪へやって来たのか？　その謎を解く前に、私は奇妙なことに気がついたのです。つまり、何度もいうように、犯人は福岡発十八時十五分の日航326便に乗ることが可能でした。この便の大阪発は十九時三十分です。しかし、雀部が大阪から乗ったのはそれより何と二時間も遅い二十一時三十分発の330便でした。すでに皆さんお気づきだと思いますが、この二時間の空白は、小林刑事がすでに問題にした、犯人の福岡における二時間の〝空白の中の空白〟と全く一致しているのです。つまり福岡における空白の二時間が、そのまま大阪の雀部に持ち越されている。私が雀部を橋本であると信じる大きな理由がここにあります。

しかし、一分一秒も惜しいはずが、二時間も空費するはずはありません。彼は何かにこの二時間を費やさなければならなかった。それは何か？　彼が大阪までに費やした四時間半という時間はその中に二時間という空白を含むものではなく、彼が精一杯に行動した時間の総和ではなかったろうか？　二点間の距離を移動するのに、直接的な移動よりも時間がかかるのは、言うまでもなく回り道です。犯人は回り道をしたのではなかったか？」

「回り道!?」内田が魚の骨をのどにひっかけたような声を出した。もううんざりした表情をしている者は一人もいなかった。

「そうです。我々は福岡から常に東京の方角ばかり見ていました。ですから我々の調べた予約はすべて北行便でした。上松刑事も北九州空港から東京の空を眺めたのです。しかし犯人はいったん南下することもできたのです。

この想定の下に各社のフライトスケジュールを見ますと、東亜《とうあ》航空に福岡発十七時四十分宮崎行３６５便があります。これが宮崎着十八時二十五分で、一時間待つと全日空に十九時二十五分宮崎発４２０便大阪直行便があります。これの大阪着が二十時五十五分となって、雀部が乗った日航３３０便二十一時三十分発には、チェックインタイムを考慮に入れても充分に間に合うのです。その他、鹿児島、熊本、大分、長崎からも可能性があるようですが、これはフライトスケジュールを検討した結果、いずれも大阪で日航３３０便には間に合わないことが確かめられました。犯人は板付及び北九州空港から北行便を使用せずに約四時間で大阪へ行けることが証明されました。そして日航か全日空の東京便に乗り継げば、福岡―東京間を五時間足らずで移動できることが分ったのです」

平賀が口を噤《つぐ》むと同時にどよめきが一同の上に波紋を広げた。帰路を五時間で来られるということは、往路にも、その時間内で行けるということを暗示するものである。これはもう外堀を埋めたようなものだ。さしも難攻不落を誇った犯人の堅城も、遂に内堀

運賃	機種	YS	YS	YS	YS	YS	YS	YS	YS
	便名	351	361	353	355	363	357	365	359
円	福岡 ↓	800	915	1000	1200	1335	1600	1740	1915
5,000	宮崎	‖	1000	‖	‖	1420	‖	1825	‖
5,000	鹿児島	845		1045	1245		1645		2000

東亜航空鹿児島線（10月28日まで）

機種	F	B	V	B	V	O
便名	402	404	408	414	416	420
大阪 ↑	920	1115	1510	1720	1855	2055
宮崎	750	1025	1355	1630	1740	1925

全日空宮崎—大阪線（10月28日まで）

を残すのみとなった。捜査員の面上に久し振りに明るい色が見られた。

直ちに十月一日の東亜航空３６５便と、全日空４２０便の乗客が洗われた。そしていずれの便にも一名ずつ連絡先に存在しない乗客が残った。その名前と住所は、

東亜航空３６５便＝渡辺一郎《わたなべいちろう》　世田谷区野《の》沢《ざわ》一の一五

全日空４２０便＝内川隆平《うちかわりゅうへい》　大阪市北《きた》区中《なか》の島《しま》二の二二

であった。

この二人と橋本との間には何の関連もないようであったが、宮崎空港内レストランのウエイターが当日の午後六時半頃橋本によく似た男に注文《オーダー》をサーブしたことが分った。ウエイターはその男がふとした弾みにサングラスを外したところへオーダーを持って行き、素顔を見てしまったのだそうである。男は慌ててまたサングラスをかけたが、その慌てぶりが異常だったので印象に残った。

「この男に間違いない」ウェイターは橋本の写真を示した宮崎署の刑事に断言した。両便のスチュワーデスもこの二人がサングラスをかけていたことを証明した。

更に内川隆平の大阪の住所が、何と大阪の代表的なホテル、大阪グランドホテルの所在地であることが分った。

「まず間違いないな」

慎重派の内田刑事までが、頷《うなず》いた。ホテルマンかよほどホテルずれした人物でないかぎり、一流ホテルの所在地などは知らないからである。

「あとは往路の証明だな」

捜査本部に活気が溢《あふ》れた。

南へ伸びる青い線

1

橋本が午前十一時二十四分に新東京ホテルへ入ったのは、ホテルのレジスターによって明らかであるから、彼が行動を起こしたのはそれ以後である。

捜査陣の目を晦《くら》ますために東京からいったん北上か迂回《うかい》をして、その後で福岡へ南下したという想定の下に、日本航空、全日空、日本国内航空の北行便が調べられた。この中で最も橋本が利用した公算が強いのは、仙台、盛岡、秋田等の地方都市への便を持つ全日空と日本国内航空である。

捜査はこれらの路線から進められて行った。しかし、三社の北行便をしらみ潰《つぶ》しに調べても怪しい者は浮かんで来なかった。となると、上松刑事が発見した車や列車との組み合わせも考えられるので、比較的東京に近い名古屋と新潟の空港からの搭乗客に捜査が進められた。

だがここでも結果は空しかった。橋本の往路の足跡は、利用可能性のあるどの路線、どの空港を洗っても全く見出《みいだ》せなかったのである。帰路の足跡だけで往路がない。福岡から東京まで五時間で帰って来た方法を証明できても、残りの六時間半で殺人行為地へ到着する方法を発見証明しない限り、依然として橋本のアリバイは揺がない。

「まるで二百三高地だな」

内田刑事が古めかしい比喩《ひゆ》を出した。

「しかしそれも結局は陥《お》ちました。どこかに突破口《あな》があるはずです」

それが日露戦争におけるロシアの堅塁であったことを辛《かろ》うじて知っていた平賀が言った。連日の捜査行動で頬はげっそりとこけ、目ばかりぎらぎらしている。捜査員全員が憔悴《しょうすい》していたが、平賀の、憔悴するほどに燃え立つような犯人追及の執念は異常だった。今その執念が目に凝結して白い炎を噴き上げているように見える。

「そうだったな、だが、それまでが苦しい」

老練の刑事は若い刑事の気負いをなだめるように言った。

その日の夕方、平賀は郵便物や下着を取りに久しぶりに自分のアパートへ帰った。地下鉄の中で週刊誌の中吊《なかづり》広告が、ホステス上がりで、東南アジア某国大統領の第二夫人におさまった女性と、某映画スターとの国際的ラブロマンスを伝えていた。夫人は大統領が失脚した後夫と別居して、世界を股《また》にかけて歩きながら、何かと賑《にぎ》やかなゴシップを撒《ま》き散らしている女性だった。「ロンドン―ニューヨーク―パリ、××夫人の徹底追跡情報」の見出しがどぎつかった。

（天下太平だな）

平賀は、自分の胸の底に燃える犯人追及の執念の炎とは、全く異次元の世界の消息にしばらく目をとめた。

「ロンドン↓ニューヨークか、金さえあれば好きな所で好きなことができる」

平賀は何気なく呟《つぶや》いた。その時車内放送が、ふと想像した異邦の美しい都会のイメージとはおよそかけ離れた、平賀の住む駅名を告げはじめた。

2

民間航空路線に全く足取りが摑《つか》めないので、残された可能性としては、上松刑事が現実性がないとただし書付きで述べていた軍用機か、民間機のチャーター以外に考えられなくなった。

いくら現実性がなくとも、それ以外に可能性がないとなれば、一応探査してみる必要があった。

東京近郊の軍事基地としては立川と横田がある。この中《うち》、横田がB―52クラスの大型機の発着専用のような状態になってから、中型機以下の機種はもっぱら立川に発着している。

軍事基地といっても、日本の場合は、戦闘機は殆《ほとん》どなく、米本国から、沖縄、ベトナム方面への中継や、兵站《へいたん》の基地であった。

兵員や軍需物資の輸送にあたっては、パンアメリカン、フライングタイガー、ノースウエスト、ワールド航空など米国民間航空業者十数社が米軍と委託契約を結んでいる。

平賀らが調べた結果、これらの航空機に日本の民間人が便乗することは全く不可能であるということが分った。

もともと兵員物資の輸送にあたっては、米軍下の厳しい規制の下にあり、軍機保護のため軍が特別に許可を与えた人間以外は絶対に乗ることができない。もともと福岡は軍用基地の一部を民間航空に開放したものであるから軍用機が下りるのに何の妨げもなかったが、横田、立川方面から発《た》った機は気象条件などによって目的空港へ降りられない時だけ代替空港《アルターネイトエアポート》として利用するだけであまり降りることはなかった。

十月一日は福岡に降りた軍用機は一機もなかったし、そのような気象状況でもなかった。そして当日軍が便乗を許可した日本人は一人もいなかった。

ただし、往路はそれほど厳しい軍用機も、軍との輸送請負の契約は往路だけであり、目的地へ兵員や物資を下した後の空《から》の機にはその航空会社が了解さえすれば便乗できるということである。

しかし、橋本の帰路の足取りは分っているのだから、帰路軍用機に乗れても意味がない。

残された最後の可能性は民間機のチャーターだけとなった。

まず運輸省を通じて、十月一日に航空交通管制機関に東京から福岡方面への飛行計画《フライトプラン》が提出されていないかどうかが調べられた。地表または水面から二百メートル以上の高さの空域が、「航空交通管制区」、運輸大臣が指定する飛行場及び付近上空の空域が、

「航空交通管制圏」と呼ばれ、この両空域を計器飛行する時は、運輸大臣に前記フライトプランを提出し、その承認を受けなければならないことになっている。

またその航空機が計画通り、飛行を終った時も速やかにその旨を通知することが義務づけられている。

しかし、当日、そのようなプランの提出もなければ承認を与えた事実もなかった。

十月一日は全国的な秋晴れで、有視界飛行が可能な気象状態だったので、フライトプランを提出していないことも考えられたが、東京及び隣接近県のすべての航空業者を洗ってみても、その日、橋本の要求にあてはまるようなチャーターに応じた者はなかった。なお彼らが法的に備えつけることを義務づけられているすべての航空日誌にも目を通したが、そのような飛行の記録はなかった。

更に念のために、東京、福岡近辺にある全飛行場と管制塔《コントロールタワー》にもあたってみたが、問題の飛行機は着陸したこともなければ、着陸許可も与えていない事実が分った。

上松が示唆したわずかな可能性は、こうして完全に消されてしまったのである。暗い、疲れた表情で捜査本部へ帰って来た刑事たちの耳に、「聖《きよ》しこの夜」のメロディが流れて来た。捜査に追われて気がつかなかったが、今夜はクリスマスイヴだった。

いつ聴いても心が洗われるような「聖しこの夜」も、その夜は徒《いたずら》に刑事たちの焦燥を煽《あお》るようであった。

平賀は橋本がよこしたクリスマスの案内状を思い出した。今宵《こよい》今頃、あの東洋一の豪華絢爛《けんらん》たる東京ロイヤルホテルでは、金と暇にふんだんに恵まれた男女が、〝聖クリスマス〟を楽しんでいることだろう。

その中の一人として橋本も、晴れがましい表情でハイソサエティの人群れの間を泳ぎ廻《まわ》っているにちがいない。

疲労と敗北感が墨のように溶け合って、平賀の身体《からだ》の中に広がった。

3

「しかし、それにしても、犯人は何故福岡を選んだのか？」

敗北感に打ちのめされながらも、平賀の胸の中に以前抱いた疑問が甦《よみがえ》って来た。その後の捜査に追われて忘れていたが、今、あらゆるトレースを断ち切られて、意識の底の疑問がふたたび頭を擡《もた》げたのである。

犯人が北九州空港を利用していないことが分った今、福岡にはそれ以外の別の魅力があったことになる。宮崎への南行便ということも確かに魅力の一つであろうが、地方路線《ローカルライン》へのターミナルとしては、何も福岡だけが専売特許ではないのだ。大阪でも札幌でも、福岡と同じ様な操作ができる。

平賀はこの際、福岡の魅力を徹底的に調べてみようと思った。また当面、それ以外には何の手がかりもなかったのである。

犯人が福岡を選んだ理由としてまずあげられるのは、何といっても交通の便であろう。

福岡だけに彼を東京から五、六時間以内に運んでくれるものがあったのだ。第二には土地カンがあったということも考えられる。犯罪を行なう場合に土地カンの有無は犯人の安全性が大いに違う。犯行場所だけでなく、周囲の環境条件のすべてを熟知していれば、綿密な計画が立てられるし、成功率が高く、逃走の利便も得られる。第三には、福岡に犯人の知人がいないか、あるいはいてもきわめて少ないことである。誰も自分を知らぬ土地での犯行は、犯人の関連を断ち切ってくれる。

第二と第三の理由は互いに矛盾するようであるが、これは犯人があらかじめその土地を研究することによって解決されるだろう。

しかしそれにしても、二番目と三番目は必ずしも福岡である必要はない。やはり最初にあげた交通的な理由なのだ。

平賀は福岡へ出入りする一切の交通機関を書き出してみた。

一、航空機
　日本航空　南行便、北行便（沖縄便含む）
　全日空　東京―福岡線
　全日空　大阪―大分線
　東亜航空　鹿児島線
二、鉄道

鹿児島本線
筑肥《ちくひ》線
西日本鉄道

三、船
九州郵船

ここまで書き連ねてきた平賀は、その船の行方を追うために、九州全図の部分を開いてみた。まず目に入ったのは、赤線の航路よりも青線で引かれた航空路である。

（こいつのために苦労させられる）平賀は何気なくそのブルーラインに目を落としていたが、ふと何か奇異なものでも見つけたように焦点を固定させた。彼は、福岡から発して、鹿児島へも宮崎へも大分へも寄らずにまっすぐ南方洋上へ伸びて行く一本の青い線を見つけたのである。沖縄線か？　いや沖縄線は右の方へ岐《わか》れている。

（何だろう？　これは）青線であるから航空路にはちがいないのだが、こんな路線はフライトスケジュールにはなかった。

「代替空港《アルターネイトエアポート》として以外に、軍用機が福岡に降りることは少ない」

犯人が軍用機に便乗した跡がないか調べた時、横田基地の軍関係者が言った言葉が、彼の記憶に還《かえ》ったのはその時である。

板付空港が代替えであれば本来の空港はどこか？　今までそれを横田や立川の代替え

とばかり思っていたが、気象状態によっては外地空港の代替えの場合もあるのではないか。

平賀は更に地図を日本全図から、世界地図の東南アジアの部分に拡大して青線の行方を追った。その行き着いた先は、

「タイペイ！」

平賀の視線は一気に展《ひら》いた。薄給の刑事の悲しさ、平賀は今まで海外を旅行したことがなかった。村川班の刑事たちにも、おそらく一人もいないであろう。

最近の犯罪の広域化の輪はますます広がり、世界を股《また》にかける国際的な犯罪を産み出している。これに対処するものとして、国際刑事警察が組織されて国際犯罪者の逮捕や引き渡しについて各国で協力している。

刑事たちは海外の逃亡先で捕まった犯人受取りに出張することもあったが、平賀にはまだそのような経験もなかった。それが彼を含めた捜査員の目を国内に限定していた。

福岡には国際線が入っていた！　しかしそんなことが果たして可能なのか？　東京を出た犯人がわずか十一時間半以内でタイペイ経由で福岡へ飛来し、殺人を実行し、そして東京へ帰る。日本国内で常識的な生活をしている人間にはおよそ考えられぬことである。

平賀の脳裡《のうり》に数日前地下鉄の車内で見た中吊《なかづり》広告が甦った。

ロンドン―ニューヨーク―パリ、××夫人の国際的ラブロマンスを伝える週刊誌の見

出しに、金さえあればどこへでも行けると思ったものだ。どうしてあの時気がつかなかったのか。

航空機の発達は飛躍的で、世界を著しく狭くしている。ミサイルの平和利用による東京―ニューヨーク間十八分の移動も可能な現代は、距離感と現実の距離の移動時間の著しいアンバランスを産んでいる。鹿児島や札幌へ行く時間よりも早く、欧米へ行くことが可能なのだ。

盲点《あな》は国際線だった。平賀は全身に震えが湧いて来るのを感じた。遂《つい》に犯人を追いつめた武者震いである。

福岡を他の地方空港から区別するものは、国際線が乗り入れていることだけである。大阪にも国際線が入っているが、新幹線が通じているために航空機との時間的差が少なくなってアリバイ工作が難しい。福岡には更にソウルから大韓《だいかん》航空も入って来ていた。ソウルならば、タイペイよりも距離が近い。

平賀は早速、大韓航空をあたった。しかしこの方は不定期便で、十月一日は運行されていなかったことが分って捜査の対象から外された。

次に目をつけたのは当然、タイペイからの路線である。これはキャセイ航空が入っていた。平賀は同社のインホメーションセンターに電話した。

「おたくのフライトがタイペイから福岡へ入ってますが、これの十月一日当時のタイペイ発と福岡到着時間を教えてもらえませんか？」

「86便ですね、これはまだ時間は変っておりません。週二回運航で水曜日と金曜日と二便飛んでいますが……」

航空会社の案内係の声を聞きながら、平賀は全身の血が音をたてて流れるような気がした。十月一日は水曜日だったのである。

「まず水曜日の86便はタイペイ発現地時間十二時三十五分、福岡着は十五時二十五分です。この場合時差は考えなくともけっこうです」

十五時二十五分！　犯人が殺人を終えてから乗った十七時四十分発の東亜航空365便まで二時間と十五分ある。

それは何という〝魅力的な〟時間であろう。これだけの時間内に犯人は空港と市内を往復して、被害者と情交した上に毒を服《の》ませてから逃走した。それは決して充分な時間とは言えぬまでも、不可能ではないだろう。

平賀は二時間十五分の内容を分析してみた。

入国手続＝二十分

空港→市内＝二十分

タクシーを捨ててから被害者の部屋へ達するまで＝三分～五分

情交＝十分～十五分

犯人は東亜航空へ十七時二十分までにチェックインしなければならなかった。空港までの所要時間が二十分、被害者の部屋から脱出してタクシーを捉《とら》えるまでを五分とみれば、彼は十七時五分前に被害者の傍を離れなければならなかった。

これは被害者の死亡推定時刻及び死体の状況にピタリと符合する。十七時五分前を犯人の〝デッドライン〟とすれば犯人は前記〝諸手続き〟を十五時二十五分から一時間後の十六時二十五分には終えている計算になるから、デッドラインまで約三十分の〝自由時間〟を持つことができる。これは殺人の実行行為にとって充分な時間であろう。

飛行機の到着が一時間以上遅れない限り、犯人と被害者が接触した可能性は残るのである。平賀はその可能性にがっぷりとかみついた。

「金曜日のフライトは……」案内係が続けるのを遮って、

「金曜日のはけっこうですから、水曜日にタイペイへ十二時三十五分前に到着する東京からのフライトはありませんか」

「我社《うち》のでは、羽田発午前九時、フライトナンバー577便、タイペイ着十二時二十分というのがありますが」

「それだ!」平賀は思わず怒鳴ってしまった。

「え？」相手が訝《いぶか》しそうな声を出すのを押しかぶせるように、

「その577便でタイペイへ着き、すぐ86便に乗り換えて日本へ帰って来ることは可能ですか？」

「何ですって？」

案内係が面喰《めんくら》ったような声を出した。国際旅客を扱い馴《な》れている彼も、こんな妙な質問を受けたのは初めてだったらしい。わざわざ高い航空運賃を払って、外国へ出かけたのに何の用事も足さず、どこの見物もせずに空港から折り返し帰国して来るへんな客はいなかったのであろう。しかしそういうへんな客が一人いなければならなかった。

「そりゃあ無理ですよ」

だが案内係は妥協のない語調できっぱりと言った。

「十五分では到底不可能です。ご承知かと思いますが、国際線のチェックインは出発の一時間前です。国内線と異なり、乗客が来るまで待つというのが国際線の建前ですが、それにしても十五分では無理です。まず航空機から降りるのに出口から遠い座席《シート》にいると手間がかかりますし、団体の後などになってもたもたしていると、出入国や通関の手続きで一時間ぐらいはすぐ経ってしまいますからね」

競争が熾《はげ》しいとみえて、案内係は、平賀の妙な質問にも丁寧に答えてくれる。だがどんなに親切な口調でも、平賀の失望は救えなかった。86便を発見した時の喜びが大きかっただけに、今の失望の反動は大きい。全身に漲《みなぎ》った血液が一気に流失して行くようであった。

「どうしても無理ですか？」

「無理ですね」

「タイペイの出入国手続きはうるさいのですか？」どうしようもない失望に打ちのめされながらも、平賀は十五分という時間的な幅が与えるわずかな可能性に必死にしがみついた。

列車だったら、十五分あれば乗換えに充分である。外地なので事情がはっきり分らないが、何か抜け道があるのではないだろうか？

だが、案内係の答は彼の失望を益々《ますます》深めるものだった。

「あすこはうるさいですね、どんな短い入国滞在でもビザが要りますし」

「駅のプラットホームから外へ出ないように、空港から一歩も出なければどうですか？」

「それでも入国には変りありませんよ。それに、団体客の乗継ぎに、航空会社と出入国管理事務所との話し合いで出国待合室《デパーチャーラウンジ》で待つ場合を除いては、すべての到着客《アライバル》はいったんＣＩＱを通らなければなりませんから」

Ｃとは税関《カストム》、Ｉは出入国管理《イミグレーション》、Ｑは検疫《クオランティン》のことで国際旅客の〝関所〟のようなものである。平賀もそのくらいの知識は備えていた。

「とにかく絶対に無理ですね」

案内係は無情な結論を出した。

「他社のフライトにおたくの５７７便よりも早くタイペイに着く便はないでしょうか？」

平賀は失望の底で別の可能性を見つけた。

「さあ、よそのことは知りませんな」

案内係は急にそっけない声になった。げんきんなものである。平賀は礼を言って電話を切った。後の捜査は電話で済む内容ではなかった。

第二の空白

1

平賀はパレスサイドホテルの梅村を思い出した。彼ならば外客に馴れているから、キャセイ航空以外のタイペイ便を知っているかもしれない。電話をかけると今夜は夜勤で午後八時にならないと出勤して来ないということだった。羽田空港の管理事務所にでも問い合わせればすぐに分ることだったが、八時まで間がなかったので待つことにした。

「いやに思いつめた顔をしてるじゃないか」

捜査から帰って来た同僚たちが言った。

梅村の答によって、平賀の〝大発見〟の価値は定まるのである。平賀はまるで試験の合否の発表を待つ受験生のように八時を待った。

八時が鳴ったが、平賀は梅村がフロントへ上がって来る時間を考え、更に五分待った。電話口に梅村が出た。

梅村は平賀の質問にしごく無造作に答えてくれた。

「それでしたらＪＡＬ（日本航空）にありますよ。フライトナンバーは忘れましたが、羽田発八時十分というのが、月水金土の週四回運航でタイペイへ直行します。確かタイ

キャセイ航空東南アジア線

	Friday												Wednesday					
Effective October 1st CX	042 C8	086 C8	060 C8	574 C8	090 C8	032 C8	040 C8	060 C8	052 C8	572 C8	022 C8	098 C8	042 C8	086 C8	066 C8	570 C8	090 C8	062 C8
SINGAPORE dep	......	......	......	0830	......	......	......	......	......	0830	......	......	......	......	......	0830	......	......
CALCUTTA dep	......	......	......	↓	......	1620	......	......	......	↓	......	......	......	......	......	↓	......	......
KUALA LUMPUR arr	......	......	......	0915	......	↓	......	......	......	↓	......	......	......	......	......	↓	......	......
KUALA LUMPUR dep	......	......	......	0940	......	↓	......	......	......	↓	......	......	......	......	......	↓	......	......
SAIGON dep	......	......	......	↓	......	↓	......	......	......	↓	......	......	......	......	1050	↓	......	......
PNOM-PENH arr	......	......	......	↓	......	↓	......	......	......	↓	......	......	......	......	1035	↓	......	......
PNOM-PENH dep	......	......	......	↓	......	↓	......	......	......	↓	......	......	......	......	1110	↓	......	......
BANGKOK arr	......	......	......	↓	......	1955	......	......	......	1000	......	......	......	......	↓	↓	......	......
BANGKOK dep	......	......	......	↓	......	2030	......	......	......	1035	......	......	......	......	↓	↓	......	1735
SAIGON dep	......	......	0950	↓	......	↓	......	0950	......	↓	......	......	......	......	↓	↓	......	↓
KOTA KINABALU dep	......	......	↓	↓	......	↓	......	↓	......	↓	......	1350	......	......	↓	↓	......	↓
MANILA arr	......	......	↓	↓	......	↓	......	↓	......	↓	......	1525	......	......	↓	↓	......	↓
MANILA dep	......	......	↓	↓	1625	↓	......	↓	......	↓	......	1600	......	......	↓	↓	1510	↓
HONG KONG arr	......	......	1210	1330	1805	2355	......	1210	......	1400	......	1740	......	......	1420	1215	1650	2100
HONG KONG dep	0800	1130	......	1515	......	......	0000	......	1315	1515	1545	......	0800	1045	......	1515	......	......
TAIPEI arr	0915	1245	......	1630	......	......	↓	......	1430	1630	1700	......	0915	1200	......	1630	......	......
TAIPEI dep	0950	1320	......	1705	......	......	↓	......	1505	1705	1735	......	0950	1235	......	1705	......	......
OKINAWA arr	↓	↓	......	↓	......	......	↓	......	↓	↓	1940	......	↓	↓	......	↓	......	......
FUKUOKA (B) arr	↓	1610	......	↓	......	......	↓	......	↓	↓	......	......	↓	1525	......	↓	......	......
FUKUOKA (B) dep	↓	1645	......	↓	......	......	↓	......	↓	↓	......	......	↓	1600	......	↓	......	......
OSAKA (B) arr	↓	↓	......	2010	......	......	↓	......	↓	2010	......	......	↓	↓	......	2010	......	......
OSAKA (B) dep	↓	↓	......	2040	......	......	↓	......	↓	2040	......	......	↓	↓	......	2040	......	......
NAGOYA (B) arr	↓	1755	......	↓	......	......	↓	......	↓	↓	......	......	↓	1710	......	↓	......	......
TOKYO (B) arr	1320	......	......	2140	......	......	↓	......	1835	2140	......	......	1320	......	......	2140	......	......
TOKYO (B) dep	1355	......	......	......	......	......	↓	......	......	......	......	......	1355	......	......	......	......	......
SEOUL arr	1615	......	......	......	......	......	1150	......	......	......	......	......	1615	......	......	......	......	......

日本航空東南アジア線

Effective October 1st		751 C8	741 C8	725 D8	701 C8	711 D8	713 D8	905 D8	901 C8	971 6B	951 C8	⑥⑦ 721 C8
TOKYO, International	dep	0655	0800	0810	0840	0900	0900	0910	0900	.....	0930	0940
NAGOYA, Komaki	arr	0745	↓	↓	↓	↓	↓	↓	↓	.....	↓	↓
	dep	0810	↓	↓	↓	↓	↓	↓	↓	.....	↓	↓
OSAKA, Itami	arr	↓	0855	↓	0935	↓	↓	↓	0955	.....	↓	1035
	dep	↓	0925	↓	1005	↓	↓	↓	1035	.....	↓	1105
FUKUOKA, Itazuke	arr	0925	↓	↓	↓	↓	↓	↓	1130	.....	↓	↓
	dep	0955	↓	↓	↓	↓	↓	↓	1230	1300	↓	↓
PUSAN	arr	↓	↓	↓	↓	↓	↓	↓	↓	1350	↓	↓
SEOUL	arr	↓	↓	↓	↓	↓	↓	↓	↓	.....	1145	↓
OKINAWA, Naha Field	arr	↓	↓	↓	↓	↓	↓	1115	1405	.....	.....	1310
	dep	↓	↓	↓	↓	↓	↓	.....	.....	.....	.....	1350
TAIPEI, International	arr	1115	1115	1045	1155	↓	↓	.....	.....	.....	.....	1410
	dep	1155	1155	.....	1235	↓	↓	.....	.....	.....	.....	.....
HONG KONG Kai Tak	arr	1320	↓	.....	1400	1230	1230	.....	.....	.....	.....	
	dep	.....	↓	.....	.....	1320	1320	.....	.....	.....	.....	
MANILA, International	arr	.....	1345	.....	.....	↓	↓	.....	.....	.....	.....	
BANGKOK, Don Muang	arr	.....	.....	.....	.....	1450	1450	.....	.....	.....	.....	
	dep	.....	.....	.....	.....	1540	1540	.....	.....	.....	.....	
KUALA LUMPUR, Subang	arr	.....	.....	.....	.....	↓	1755	.....	.....	.....	.....	
	dep	.....	.....	.....	.....	↓	1840	.....	.....	.....	.....	
SINGAPORE, Paya Lebar	arr	.....	.....	.....	.....	1810	1925	.....	.....	.....	.....	.....
	dep	.....	.....	.....	.....	1905	.....	.....	.....	.....	.....	.....
DJAKARTA, Kemajoran	arr	.....	.....	.....	.....	2000	.....	.....	.....	.....	.....	.....

721: [F]Ⓨ on②⑥

ペイ着は午前十時半ごろでした」

「その便は十月一日当時にもありましたか？」

「変ってないはずです。まあ、詳細はJALに聞いてみてくれませんか？」

「どうも有難う、おかげで助かりました」

平賀は胸を弾ませて送受器を置いた。彼は続いて、日本航空の国際線を呼び出し、今の梅村の言葉が正しかったことを確かめた。

そのフライトは725便、午前八時十分羽田を出て、十時四十五分タイペイ着、十月一日にも定時に運航されたことが分った。JALの案内係は更に、キャセイ航空86便への乗り換えは一時間五十分あるから、急げば可能であると教えてくれた。

かくて犯人の足跡は見事につながった。羽田を午前八時十分に発《た》ち、タイペイで折り返して福岡へ十五時二十五分、博多グランドホテルで殺人を終えて十七時四十分ふたたび福岡を出る。そして宮崎、大阪経由で羽田着二十二時二十分、高速一号線をホテルへ飛ばし、フロントの目をくぐって部屋へ入り、二十二時五十五分にはホテルを出《チェックアウト》たのだ。

かくて朝の八時十分から二十二時五十五分までの合わせて十一時間半？……にならない!?

ここまで整理して来た平賀は、愕然《がくぜん》として蒼《あお》ざめた。橋本は午前十一時二十四分に品川の新東京ホテルへ到着しているのである。午前十一時過ぎに東京のホテルにいた人間が、どうして同じ日の午前十時四十五分にタイペイへ姿を現わすことができるのか？

　福岡へ乗り入れた国際線の発見とその溯行《そこう》に夢中になったあまり、原点である東京の時間をすっかり忘れていた。

　橋本の空白は午前十一時二十四分から始まるのである。それ以後確かにホテルにいたかどうかが不明なのであって、それ以前は分っているのだ。

2

「待てよ」平賀は奈落《ならく》へ向かってまっさかさまに堕《お》ちて行く者が、何物かに必死にしがみつこうとするように、考えをめぐらせた。

　橋本の十一時二十四分前の行動は本当に明らかであったか？　ロイヤルホテルでフロントの夜勤者に声をかけたのが、その日の午前七時、いや正確には六時四十分頃だったそうだ。

　それから彼は九時頃にロイヤルホテルを出て、途中で朝食を摂《と》って、午前十一時二十四分に、品川の新東京ホテルへチェックインしたということだった。

　橋本の言葉によれば「急ぎの仕事」だったものだから、夜の十一時近くまで客室に閉じこもっていたそうである。しかしそんな急ぎの仕事をかかえていたのなら、何故もっと早くチェックインしなかったのだろうか？　それが証拠に、彼は午前七時前には自分のホテルへ書類を取りに寄り、フロントのナイトへ姿を確認させている。そして九時頃にロイヤルホテルを出て……そういえば七時前から九時まで彼は一体何をしていたのか？　サラリーマンが朝の七時前に勤め先へ出て来るというのは大変なことである。企画部だから出社時間は普通のサラリーマンと大差ないだろう。

眠い思いをして稼ぎ出した貴重な二時間は、当然、その急ぎの仕事に充当されるべきで、新東京ホテルへのチェックインを早めさせるように思える。それとも朝のうちは静かだから、自分のオフィスで仕事をしたのか？　誰かその姿を見た者はいるか？　九時にロイヤルホテルを出て、食事をしたというが、何故自分のホテルで食わなかったのだろう。食事はホテルのお手の物だし、企画部長が仕事のために早出をしたのだから大威張りで食えたはずだ。

何かの事情で自分の所が具合が悪ければ、新東京ホテルへ少し早目についてそこで食ってもよい。朝の九時頃から満足なものを食わせる所はホテル以外にないだろう。それなのに橋本は途中で食ったと言った。その途中とは何処か？

またよし仮に途中で食ったとしても、ロイヤルホテルを出たのが九時頃、新東京ホテルへ着いたのが十一時二十四分、平河町から品川まで車で二十分そこそこであるのに、彼は実に二時間以上もかけて何処か途中で朝めしを食っていたことになる。

これは急ぎの仕事をかかえ、午前七時前に早朝出勤をして、十一時間半もホテルの客室に閉じこもって仕事をした人間にしては、あまりにも悠長すぎる。

そうだ！　そういえば七時前にフロントに声をかけてから、品川のホテルへチェックインするまでの四時間半の行動はすべて、橋本の申立てによるものであって、第三者に確認されたわけではない。要するにこの四時間半は彼がどこにいて、何をしていたか全く不明なのである。

前回の捜査では、空白の始点を新東京ホテルへチェックインした十一時二十四分として、それ以降の十一時間半の分析に全力が注がれたために、橋本の十一時二十四分前の行動に対しては比較的寛大であった。だが、国際線利用による〝殺人日帰り旅行〟が可能と証明された今、その行動（十一時二十四分前の）は今までとは比較にならぬ大きな意味を持ってきたのである。つまり、十月一日の午前六時四十分から十一時二十四分までの約四時間半は、橋本の「第二の空白」であった。

少なくとも、午前十一時過ぎに新東京ホテルへチェックインするのであれば、七時前の早朝に勤め先へ書類を取りに来る必要はなかった。

何かある。この四時間半に何かがあるのだ。

彼は自分の発見と考えを村川警部に伝えるべく、まだ本部に居残っていた警部のデスクの方へ歩んだ。

その場で捜査会議が持たれた。国際線という新しい発見は、新東京ホテル午前十一時二十四分というネックがあるにせよ、全員の興味を惹《ひ》いた。

「橋本がロイヤルホテルを出たのが七時前、新東京ホテルへ着いたのが十一時二十四分、レジスターカードに記された文字が確かに彼の文字なのだから、誰かに代筆させたのではないことは確かだ。しかしだな、平賀刑事の発見したタイペイ経由のルートは、彼の十一時間半の空白を最も多く埋める。朝の時間の不一致を除いては、犯人が犯行場所を福岡に選んだこと、被害者の絶命前に現場から逃走したこと、東亜航空365便のチェックイン、大阪乗り継ぎ、東京着二十二時二十分、二十二時五十五分の新東京ホテルからのチェックアウト、これらすべての糸を一点に集約して納得させる。

そして皆に特に注意して欲しいのは、橋本がロイヤルホテルでフロントに姿を見せた午前六時四十分という時間は、羽田発午前八時十分日本航空725便に乗れる時間だということだ。国際線のチェックインは一時間前だが、確認の電話さえしておけば少々遅れても乗せてくれる。朝の高速道路はすいているだろう。午前六時四十分は、725便に連絡する妥当な時間だよ」

「しかし、それでは、……」

反駁《はんばく》しかけた荒井刑事を抑えて、村川は、

「分ってる。新東京ホテルのことが説明つかないというんだろう。確かに今の時点では説明がつかない。しかし俺は橋本が何かトリックを使ったと思うんだ。このタイペイ経由以外に橋本が被害者を殺れ《や》る物理的可能性はない。このトリックさえ見破れば、奴のアリバイは崩れる。もう一歩の所だ」

村川警部の言葉には次第に迫力がこもって来た。だれもが犯人を土俵際まで追い詰めたのを悟った。

「しかし、そんなに簡単にパスポートやビザが取れるものでしょうか」

小林刑事が言った。

「海外渡航のための外貨の規制が弛《ゆる》やかになってからしごく簡単になった。観光渡航であれば七百ドルまでは自動的に承認されるし、ビザも三ヵ月乃至《ないし》六ヵ月以内の観光目的の入国であれば相互免除している国が多い。とにかく内田君と平賀君は羽田と福岡の出入国管理事務所をあたってみてくれ。桑畑君と内藤君は日航とキャセイの方を頼む。小林君は外務省筋だ。荒井君と山田君は新東京ホテルを再度徹底的に洗い直してみてくれ。俺はすぐタイペイ警察に連絡を取って、十月一日に橋本国男の出入国記録があるかないか調べてみる。みんな、本当にあと一歩だ、頼むぞ！」

捜査本部には皓々《こうこう》と灯《あかり》がともされ、平穏な小市民の家庭ではそろそろベッドに潜りこもうという時間に、にわかに人の動きが慌しくなった。

3

探査の結果、十月一日日航725便とキャセイ航空86便は定時通りに運行されたことが分った。そして搭乗客名簿に、何と橋本国男の本名が載っていたのである。同時に羽田、福岡の出入国管理事務所の出入国記録カードには確かに彼が十月一日に日本を出入国した記録が残されていた。しかしその文字には明らかに悪意の加工を施した跡があり、筆跡の鑑定が難しかった。国際電話によってタイペイからも連絡があり、彼が同日に同地を出入国したことも確認された。

ある旅行代理店を経由して、羽田―タイペイ―福岡の航空券を予約したことも分った。橋本は国内線の航空券とは別のルートから予約していたのである。

検疫《クオランテイン》のための予防接種は、橋本の立ち廻《まわ》りそうな病院先をあたってみたが、見つけられなかった。

同じ頃に中華民国大使館から、橋本国男名義で五月中旬に業務渡航目的の査証《ビザ》の申請がなされ、これに許可を与えている旨の回答があった。

旅券申請などに要求される戸籍謄抄本類は第三者でも取得可能であるから、他人の謄抄本に自分の写真を添付すれば、他人名義で出入国できるのであるが、橋本は、堂々と自分名義で出入国していた。

これは、まさかここまでは気がつくまいと警察を見くびったためか、それとも、外務省筋に他人名義で自分の写真が残るため、今度本人が海外へ出向く時に困るという配慮からかは分らない。おそらくはその両方によるものであろう。

ただ不思議なことに、外務省には十月一日から遡《さかのぼ》って六ヵ月以内に、橋本国男名義で旅券発給の申請がなされていない。

「奴《やっこ》さん、まさかパスポートなしで出たんじゃあるまいな」荒井刑事が呟《つぶや》いた。

「そんな馬鹿な！　旅券なしで羽田を出られるはずがない。出入国記録カードも残っていたじゃないか」小林刑事が反駁した。

「それもそうだな」

捜査員一同は首を傾げた。旅券は国民が外国旅行をするに際して、その国民の本国が外国官憲に対して本人が確かにまっとうな自国民であることを証明して、外国旅行中の本人への便宜供与や、必要な保護を要請するために発給する渡航用の身分証明書である。外国へ旅行しようとする者は、申請書や戸籍謄抄本などの必要書類を揃えて、旅券の発給を外務大臣（都道府県知事を経由して）に申請し、発給された旅券に入国審査官から出国及び帰国の証印を受けなければ、日本を出入国することができないことになっている。

一般旅券は、その発行の日から六ヵ月以内に出国しない時は失効するから、橋本の旅券申請は十月一日から遡って六ヵ月以内になされているはずであるが、その記録がなかったのである。

しかし出入国記録カードに彼の名前が残っているということは、彼が有効な旅券を所持していた証拠であった。それに中華民国大使館からビザも取り付けている。ビザは渡航先国の出先機関である大公使や領事が、これはまっとうな日本人だから、どうか入国させてやってくれと本国官憲に推せんすると同時に、その旅行者の旅券が正式かつ有効なものであることの証明でもある。そして査証者は旅券を検査し、旅券上に署名（スタンプ）をするから、ビザを取り付けたことは、有効な旅券であったということなのだ。

それなのに、橋本国男は十月一日以前六ヵ月にわたって旅券申請をしていない。捜査員一同は狐につままれたような顔になった。

「待てよ、旅券には数次旅券というものがあったはずだぞ」村川警部がふと目を上げた。

「スウジ旅券？」

内田刑事が聞き馴《な》れぬ言葉に眉間《みけん》にしわを寄せた。この事件はどうも聞き馴れぬ言葉が多過ぎると思った。

「うん、旅券には公用、外交、一般用とあるが、一般用には一度帰国すると失効する一回渡航用と、一定期間だったら何回でも出入国できる数次渡航用旅券というやつがあったように思うんだ。ちょっとすまんが、そこの六法を取ってくれ」

村川警部は山田刑事に書類棚にのっていた大六法を取ってもらうと、暫《しばら》くページを繰っていたが、やがて目に明るい光を浮かべて、

「うん確かにそうだ。奴はこいつを使ったのに違いない」と六法のある頁の一個所を指した。

そこは旅券法、第十二条だった。それには、

――国内において旅券の発給を受けようとする者で、外務大臣が指定する特定の用務により本邦と特定の一又は二以上の外国との間を数次往復する必要があるものは、外務大臣がその必要を認めた時に限り、数次往復用として、当該旅券の発給を受けることができる――

一同の目がそれを読み終えたのを確かめてから、村川の指は更に次の個所を指した。

──同法第十八条第一項第三号、数次往復用の旅券の名義人が、その発行の日から二年を経過した日において国内にある場合にはその二年を経過したとき、国外にある場合にはその後初めて帰国したときその効力を失う──

「なるほどそうだったのか」

一同の口からため息のようなものがもれた。もし橋本が数次旅券を発給されていれば、発行の日から二年間有効であるから、十月一日以前の二年間に申請されている可能性がある。一回渡航用旅券とばかり思い込み、六ヵ月間に絞って調べたのは迂闊《うかつ》だった。

「刑事はもっと外国へ行かにゃいかんな」

内田刑事の苦笑に皆が同調した。

「しかし、外務大臣が指定する特定の用務というのは、どんな仕事でしょうね？　まあホテルというのはいかにも該当しそうな感じがしますが」

理論派の小林刑事が言った。もっともな疑問だった。もしその特定用務にホテルが該当しなければ、橋本に数次旅券はおりない。

「そいつをこれから確かめてみよう」

村川警部は頷《うなず》き、送受器を取り上げて、「外務省」と命じた。

交換手から担当係へ取り次がれた警部はこちらの身分を名乗って、当面の質問をした。

警視庁捜査一課と聞いて先方も慎重に答えているらしい。一同が固唾《かたず》をのむようにして見守っている中で、村川警部のメモを取る気配が続いた。

「それで、ホテルなんかはこの中に含まれますか？」ややあって村川が聞いた。

「いやどうもお手数をかけました」目指す返答を得たらしい警部は礼を言って電話を切った。

「該当するのですか？」

内田刑事が待ちかねたように聞いた。

「うん」村川は鷹揚《おうよう》に頷き、

「数次旅券の発給範囲は、十六、七ほどあるそうだが、その中に『海外経済協力、技術協力をおこなう会社の職員』というのがある。もしそのホテルが開発途上国の後発ホテルなどに対して、経営指導などを行なっていれば当然、発給の対象になるそうだよ」

「東京ロイヤルホテルはそんなことやってますかな？」

「それはすぐに分る」

その場でロイヤルホテルに問い合わせがなされ、同ホテルがタイペイの「ホテルタイペイ」と業務提携をして経営指導を行なっていることが分った。同時に外務省移住局旅券課において、橋本国男名義で本年二月数次旅券の申請がなされ、発給された事実が確認された。

橋本は数次旅券を持っていた。これがあれば定期券を持っているのと同じで、その有効期間中は何回でも出入国できる。彼がタイペイ折り返しによるアリバイ工作を思いついたのも、社用で何回も同地との間を往来しているうちに思いついたものであろう。

彼が偽名を使わなかったのも、すでに本人名義の旅券を取っていたからだ。残すところは、新東京ホテルにおける午前十一時二十四分という時間だけである。これさえ説明がつけば、逮捕状を執行するに充分な「罪を犯したことを疑うに足りる相当な理由」を疎明できる。この時間が橋本が拠《よ》って立つ最後の砦《とりで》であった。

しかしながらこの砦を陥《おと》さぬかぎり、橋本は依然として安泰である。午前十一時二十四分に東京のホテルにいた者が、いかにして同日の午前十時四十五分にタイペイに姿を現わせたかという合理的説明をつけられないかぎり、橋本と福岡で死んだ有坂冬子を結びつけることはできない。羽田―タイペイ―福岡に残る出入国記録カードの証拠価値も、自分が書いたものではないと否認されれば、精々、公文書不実記載か、旅券不正使用による出入国管理令、旅券法違反を問うに役立つ程度であろう。もともと出入国記録カードの文字は、「作意」を加えたものであり、筆跡の鑑定が難しかった。

後一歩だ、だがその一歩に今までのすべてがかかる。平賀は武者震いのようなものを覚えた。瘦《や》せたカレンダーには後、幾枚も残されていなかった。

不連続の連続

1

十二月二十七日、平賀は内田刑事とともに橋本国男をその勤め先に再度訪問した。広い前庭を渡り、初めての人間には足が竦《すく》むような超デラックスな正面玄関に立つと、そこにはすでに松飾りが施されており、それが辛《かろ》うじてこのホテルが日本のものであることを教えてくれる。

フロントで取次ぎを頼むと、待つ間もなく、橋本が例の如才ない笑顔をして現われた。それは勝ち誇った者の笑いと見えないこともなかった。過日もらった案内状の礼と、突然の訪問の無礼を詫《わ》びて、内田はおもむろに切り出した。

「ご結婚のお支度で何かとお忙しいでしょうが、本日突然お邪魔しましたのは、ちょっとまた、お尋ねしたいことがありましてね」

「何ですか？　私に答えられることなら」

「十月一日のことですが、確か橋本さんは午前七時頃、こちらへいったんご出勤なさってから、新東京ホテルへ行かれたということでしたね」

「そうですが……」

橋本は淡々と答えた。別に不安そうな翳《かげ》も見られない。

「こちらへ出社された正確な時間を覚えておられますか？」

「さあ、七時前後だとは思いますがね、別に気にもしてませんでしたから、はっきりした時刻は覚えておりませんな。それが何か？」

「いや別に大したことじゃありません、それで、こちらのホテルは何時頃出られましたか？」

「そうですね」橋本はちょっと考えこむようにして、

「秘書が出て来る前でしたから、多分九時前だったでしょう、八時五十分頃ですか」

「秘書の方は九時に出勤なさるのですか？」

「ま、そういうことになってますが、僕が甘いもんだからとかく遅れがちで困っています」

「その日は秘書の方と顔を合わせなかったのですか？」

「ええ、別に用事もなかったものですから」

「橋本さんがお出かけになる時、誰か社内の人とお会いになりましたか」

「さあよく覚えておりません。地下一階の中華レストランの脇の出口から出ましたからね、誰にも会わなかったようです。あすこから出ると、庭を渡らずにいきなり通りへ出られるのです」

「それではもう一つだけおうかがいします。橋本さんが午前九時前にこちらを出られたとして、新東京ホテルへ着いた十一時二十四分まで約二時間半程ありますが、その間どこにおられました？」

内田刑事は問題の核心に入った。平賀は橋本の表情のどんな微妙な変化も見逃すまいと、じっと瞳《ひとみ》を凝らした。しかし、橋本は依然として穏やかな微笑を浮かべたまま、

「そうですね、四ッ谷《よや》駅までぶらぶら歩いて、腹が減って来たので、見附《みつけ》付近に開いていた早朝サービスの喫茶店でコーヒーとトーストを食って、新聞を読んでから、地下鉄経由で品川へ行きましたよ」

「その喫茶店の名前は覚えておられますか？」

「何か私に容疑がかかっているようですね、一体何なのですか？」

上げた目は相変わらずにこやかな接客業者の目だったが、その底に研ぎすまされた刃物のような光があった。

「いや何でもありません。ほんの参考ですから、あまり深刻に考えないで下さい」

「ま、いいでしょう。あの辺には同じような喫茶店がたくさんあってみんなモーニングサービスをやってますからよく覚えてませんな、東京という所は全く得体の知れない町ですね、善良なサラリーマンがようやく会社へ着く時間なのに席がないほど混んでましたよ、一体どういう人種なんでしょうな、ああいう連中は」

橋本は巧みにはぐらかした。同時にそんなに混んでいたから、店の者に尋ねてもどうせ覚えてはいないだろうという意味を言外に匂わしていた。

「しかし、お忙しいお仕事をかかえておられたのに、午前十一時過ぎにホテルへ行かれたとは、ずい分ごゆっくりなさいましたね」

「いやそれには事情がありましてね、大体都内のビジネスホテルは、チェックアウトタイムといって、前の夜の泊まり客と、当時の客の入れ代わる時間が正午頃なのですよ。それ以前に行くと、部屋が空いていないこともあるし、それに早着料金《モーニングチャージ》といって、余分な金を取られるのです。新東京ホテルのチェックアウトタイムも正午でしたので、十一時過ぎまで待ったのですよ」

一応もっともな答だった。ホテル事情に暗い内田は、専門家にこのように説明されると、それ以上深く切り込めなかった。平賀は憎悪のこもった目を橋本に投げつけていたが、別に何も言わなかった。口を開くと内心の憎悪が刑事の職域を越えてほとばしり出そうなのを必死に怺《こら》えている。

内田刑事は質問を一応そこで打ち切った。

「いや突然お邪魔した上に、どうも不躾《ぶしつ》けなことをお尋ねして申し訳ありませんでした。いよいよ明後日《あさって》はご結婚ですな、何かとお忙しいでしょう」

「いや別にどうということはありませんよ。私は明日《あした》も仕事をしておりますから、また何かございましたら、どうぞご遠慮なくお尋ねになって下さい」

橋本の態度には一点の隙も感じられない。

帰途、内田刑事が平賀に聞いた。

「どう思う？」

「大いにくさいですね、まず一日中勤め先を空ける幹部が、もう少し待てば出社して来る秘書を待たずに行ってしまったことです。幹部が一日空けるんですから、留守中の仕事や連絡事項を何かと命じて行くのが当たり前です。あれは七時前にロイヤルホテルを出たことをごまかすためのうそですよ。七時から十一時半までの四時間半もあっては、喫茶店のモーニングサービスだけではとても埋め切れませんからね。事実九時前という時間に出たのならば、丁度朝の出勤時間にあたりますから、ホテル従業員の誰かに会っていいはずです。いくらホテルが不規則な勤務時間を敷いていても、午前九時という時間は、かなり大勢の人間が持場へ入って来る時間でしょう。

それなのに橋本がホテル内部の人間に誰も会わなかったというのはおかしい。

次に、七時前に書類を取りに来て、秘書にも会わずに出て行った人間が、喫茶店で二時間近くも過ごした後電車でのこのこ行ったというのも納得がいきません。調べればすぐに分ることですが、奴は喫茶店なんか入っちゃいませんよ。第三に、ホテルのチェックアウトタイムの件ですが、あらかじめ余分の早着料金を払って部屋をおさえておけば、たとえ満室でも朝から入室できるはずです。ロイヤルホテルの企画部長ともあろう重職にあり、しかも社長の女婿になろうとしている身分が、社用の仕事をしようとしている時に、わずかな早着料金を惜しんで、チェックアウトタイム間近かまでのんびり待っていたのは、何としても解せない。あれは明らかにうそですよ」

「俺もそう思う」内田刑事は大きく頷《うなず》いた。

だがそれは刑事の素人考えかもしれない。橋本を追いつめるためには、専門的な裏づけが必要である。だから二人はその場で反問しなかったのだ。

そしてその日のうちに、――
一、十月一日午前九時丁度に、橋本の秘書はオフィスへ上がったこと。
二、十月一日午前中にかけて四谷付近一帯の喫茶店を橋本らしき人物が利用した形跡はないこと。
三、九月三十日夜、新東京ホテルは約70％の入りで、特に橋本が十月一日に使用したソファー付きシングルは余裕があり、チェックアウトタイム前に到着しても充分希望の部屋を提供できる状態にあったこと。
――の三点が確かめられたのである。

2

一方、荒井、山田の両刑事は新東京ホテルに詰めきりのようにして、関係者の聞き込みにあたっていた。

当日、橋本のチェックインを受付けたフロントクラーク以外に、少しでも橋本と接触する可能性を持ったドアマン、ページボーイ、グリーター、ルームメード、ルームサービス、キャッシャーなどに片端からあたって行った。

しかし彼らの中で橋本のチェックアウトを担当したキャッシャーとボーイ以外には、彼に接触を持った者は現われて来なかった。

二人の刑事は、ふたたび受付けたフロントクラークへ戻って行った。星野《ほしの》というクラークである。

「何度も恐縮ですが、橋本氏を受付けた時の様子をどんな些細《ささい》なこともらさずにもう一度お話し願えませんか」荒井刑事が言った。

「もう何もかもお話ししましたから、改めて話すようなことは何もありませんよ」

クラークはうんざりした表情だった。ホテルマンの仕事は忙しい。特にフロントは、その名の通り、ホテルの最前線《フロント》にあたる所で、到着客に希望の部屋を割りふる（販売する）扇の要《かなめ》のような部署である。刑事たちにいつまでも追い廻《まわ》されては、迷惑この上ない。

「あなたはロイヤルホテルの橋本さんをご存知なかったのですか？」

荒井はかまわずに押しかぶせた。

「私だけじゃありませんよ。ここのフロントで知っている者はいません、ロイヤルなんて言ったってうちには何の関係もありませんからね」

星野ははねかえすように言った。彼にしてみればロイヤルホテルのような一流ホテルの企画部長の顔を、同業者でありながら知らなかったのかと難詰されたように感じたのかもしれない。

「ナイトマネジャーは？」

「NMも先方から声をかけられて、やっと思い出した程度ですよ」

このホテルではナイトマネジャーをNMと呼ぶらしい。

「その時、NM以外に橋本氏を知っている方は他にいなかったのですか？」

「確かいないはずです。私は日勤専門でして、橋本さんがチェックアウトした時はフロントにいませんでした。確かなことは申しあげられませんが、翌朝、二日の朝ですか、出勤して来た時に前夜夜勤《ナイト》のキャッシャー連中が、ロイヤルの企画部長って、意外に若いなって言ってましたから」

「あなたの十月一日の勤務はどのようになっていましたか？」

「午前九時から午後六時までです。私は日勤専門なのでいつも同じ勤務です。これもすでに申し上げました」

クラークは、「同じことを何度聞く、頭の悪い刑事だ」と言わんばかりの目つきをした。

「すみませんが、到着時の様子をもう一度話して下さい」

「またですか」

星野は言ったが、諦《あきら》めた表情で、

「十一時過ぎ、橋本さんが見えまして、予約してある橋本だが今部屋へ入れるかと仰有《おつしや》るので、予約簿を見ますと、確かに三日前にご予約をいただいておりましたので、チェックアウトタイムは正午でしたが、部屋も余裕がありましたから、さし上げたのです」

「その時、ロイヤルの橋本さんだとは分らなかったのですね」

「はい、これもすでに申し上げたことですが、予約も、レジスターカードにもご職業はただ会社員とだけしか記されなかったものですから。ロイヤルの方だと最初から言って下されば同業者の誼《よしみ》で多少の割引きをさせていただいたのですが」

「どの程度の割引きですか？」

「相手のホテルと、その人の地位によって異なりますが、橋本さんの場合ですと50％はかたいと思います」

「50％！　ずい分割引くんですね」

「何しろ相手はロイヤルさんですし、企画部長ですからね」

星野はたった今、ロイヤル何するものぞと肩を聳《そび》やかしたのを忘れたようである。荒井刑事はロイヤルホテルの業界における地位が何となく分るような気がした。

「それであなたはロイヤルの企画部長だとは知らずに部屋へ通したわけですね」

「そうです。その時生憎《あいにく》ボーイが一人もいなかったのですが、橋本さんは、一人でも分るからと仰有って、ボーイの案内なしに通られました」

「ほほう、ボーイなしでねえ、そういうこともあるのですか？」

待てばすぐに来るボーイの案内を断わったというのは、怪しい材料の一つである。

「お得意様や、ホテルに馴《な》れたお客様の中には、一人で通られる方もございます。チェックインのラッシュで、フロントが混んでいる時は大いに助かります」

「その時は別に混んでなかったのでしょう」

「ええ、たまたまボーイが居合わせなかったのです」

「もしロイヤルの橋本氏だということが分れば、一般客以上の注意を払いましたか？」

「お客様によって区別をするということはありませんが、やはり同業者となると、一般のお客様よりは神経をつかいますね、何しろご自分のところと何かにつけて比較されますからねえ」

「五百室も部屋があると、一人でずい分チェックインを受付けるのでしょうね」

荒井刑事は傍のキイボックスを横目で見ながら言った。

「そりゃあ大変なものです。特に私どもではフロントの人間が足らないので、一人で一日の勤務時間内に、五、六十件は受けますね」

「そうすると、一人一人のお客の顔まではなかなか覚え切れないでしょう」

荒井刑事はパレスサイドホテルでの、流れ作業的なフロントの受付け《チエツクイン》風景を思い出した。あの時、フロントクラークが一人のお客に接している時間は、精々、四、五十秒に過ぎなかったようだ。その短い時間内に、客はそれぞれの部屋を割りふられて案内されて行く。まるで客はコンベアベルトの上に乗せられた荷物のようであった。

あの短い時間内に、それがいくら職業とはいえ、客の精密な観察ができようとは思えない。

「顧客《カストマー》や、大きな特徴を持っておられる方ならば別ですが、自分のチェックインさせたお客様を全部覚えているというのは難しいですね」

「どうでしょう、あなたの注意が特に足りなかったというのではないが、橋本という名前だけで、ごく普通の客として受付けたために印象が薄いということはありませんか?」

クラークははっとしたような顔つきになった。荒井の巧みな誘導訊問《じんもん》に引っかかったような気がしたのであろう。

「まあそういうこともあります」

星野は渋々認めた。荒井はメモをつけていた山田とひそかに目交ぜをして頷き合った。これは特に重要なことである。クラークの印象が薄ければ、彼が受付けたという橋本が、果たして本人であるかどうか断定できない。

前回の探査でも、星野は写真との比較なので同一人物であるか断定できないと申述したのであったが、あの時は、橋本の空白時間の起算点を、ロイヤルホテルを出たと考えられる午前七時前後にしても、新東京ホテルへチェックインした午前十一時二十四分としても、福岡日帰り往復の不可能性は同じであったところから深く突っ込まれなかった。しかし午前七時にスタートすれば、往復の可能性が証明された今は、このクラークの言葉に、前とは比較にならぬ大きなウエイトがかかって来るのである。

クラークの、橋本に対する印象は極めて稀薄《きはく》なのだ。おそらくは、橋本というごくありふれた名前に、「コンベアベルト上のお客の一人」としてごく無造作に扱ったのであろう。それが橋本のつけ目ではなかったか？

星野の申述の曖昧《あいまい》さを大きく救うものが、レジスターカードに残された橋本本人の手による文字である。彼が午前十時四十五分にタイペイにいながらそれから約四十分後に

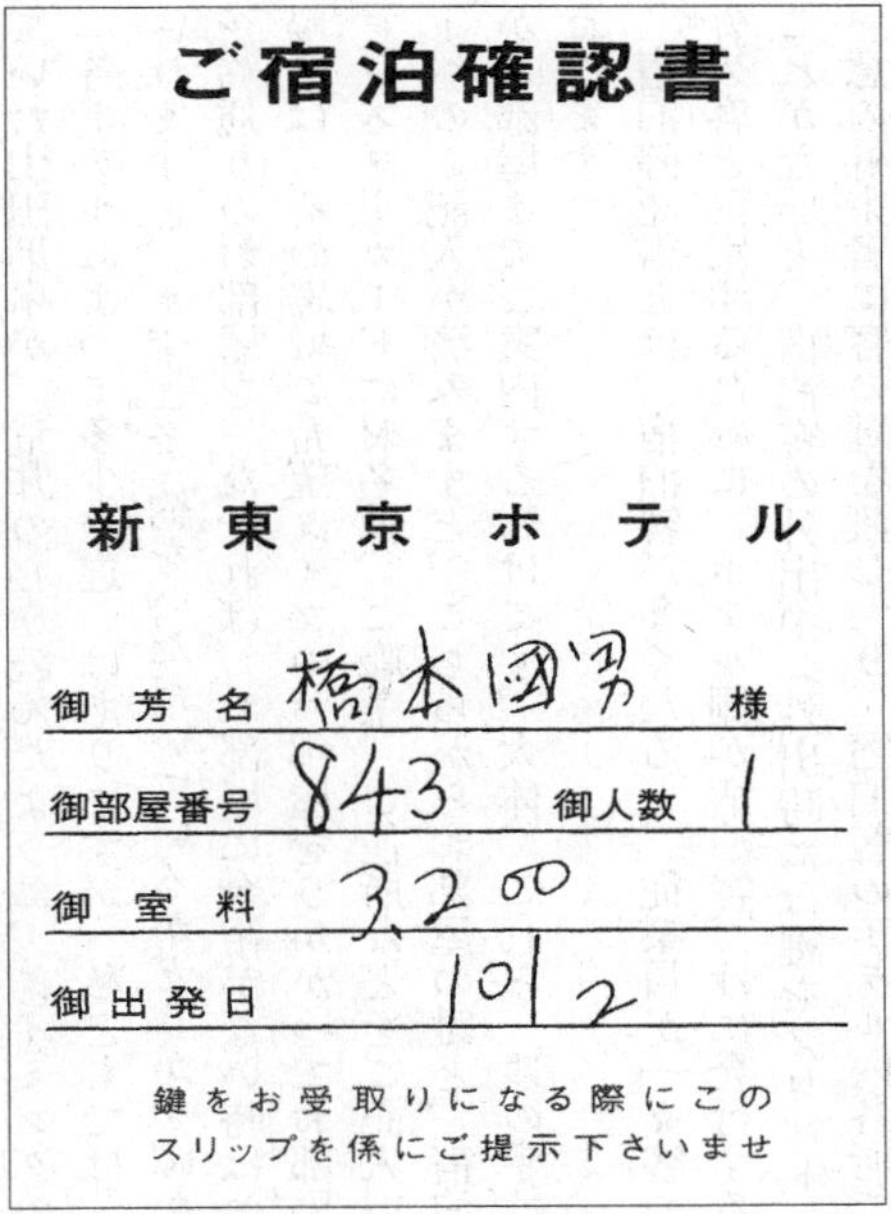
ご宿泊確認書

新東京ホテル

御芳名	橋本國男		様
御部屋番号	843	御人数	1
御室料	3,200		
御出発日	10/2		

鍵をお受取りになる際にこの
スリップを係にご提示下さいませ

どうやって品川の新東京ホテルにこの文字を残すことができたか？　この謎が解ければ、彼のアリバイは崩れる。

それには到着受付《チェックイン》なるものの手続きを精密に分析してみる必要があった。

「チェックインの手続きとは、具体的にどういうことをするのですか？」

今までメモ役に廻《まわ》っ

ていた山田刑事が、荒井の心を読んだように、タイミングのよい質問をした。

「各ホテルによって多少の違いはありますが、私どもでは、お客様がフロントへご到着されますと、まずご予約《リザベーション》をいただいているかどうかを確かめて、ご予約があれば、ご予約通りのお部屋を、なければ、お部屋に余裕がない時はお断わりするし、余裕のある場合は、その場でご希望タイプのお部屋をうかがってお部屋割《アサイン》をいたします。その際にレジスターカードにお名前、ご職業、ご住所などをご記入いただくわけです。レジスターへのご記入が済みますと、こちらからお部屋の鍵《かぎ》と、宿泊確認書をさし上げてボーイがお部屋までご案内するわけです。大体、これら一連の手続きをチェックインと呼んでおります」

　宿泊確認書とは、宿泊客が多くなると、従業員が一々客の顔を覚えられなくなるので、外来客《ビジター》と区別するために、ホテル側が宿泊客だけに発行する証明書のようなものである。これがないと、宿泊客の外出中（外出時には鍵をフロントに預ける建前になっている）、悪意の外来者に客の鍵を渡したり、宿泊客のホテル内各所での消費が出発時一括払いとなっているところから、宿泊客を装った外来者に無銭飲食されるおそれがある。

　宿泊客の証明としては、鍵《ルームキイ》があるが、これは一室一個であって、二人部屋《ツイン・ダブル》や三人部《トリプ》屋《ル》の客の一部と、外出中の客は、宿泊客としての証明を持たないことになるので、どうしてもこの確認書の発行が必要となってくる。

　宿泊客は鍵の受け取りや、食堂バーなどにおいて出発時払いで飲食をする都度確認書を提示することになっている。

「レジスターカードは客の到着時に記入するのですか？」

「原則としてそのようになっております」

「原則としてというと、例外もあるのですか？」

「代理の方が、お客様ご本人のご到着より先に見えて代理記入することはあります」

「どうしてそんなことをするのですか？」

「荷物だけ先に、運転手か秘書に持たしてよこすのです。その際クロークへ預けておくのよりは、どうせ部屋を予約してあるのですから代理人にレジスターを代筆させて、到着《チエツクイン》したことにして、荷物だけ部屋へ入れさせておくわけです」

「すると本人は実際は到着していないのに、ホテル側には到着したことになっているわけですね」

「お荷物で本人の到着とみなすのです」

荒井刑事は山田に代わって要点をメモしながら、しかし橋本の場合は本人直筆である上に、本人が先着する（午前七時前後に）ことはあっても、後着することは絶対に不可能（タイペイに行ったので）なのであるから、この〝例外〟は考えなくてもよいと思った。だが山田刑事は何か別の考えがあるらしくその点を追及した。

「その際代理人に宿泊確認書や鍵を渡すわけですね？」

「そうです」

「代理人が後で本人に会って、鍵と確認書を渡せる場合はよいのですが、本人に会えない場合はどうなるのですか？」

山田はなかなかツボを得たことを聞いた。若いながら、さすがは本庁捜査一課に抜擢《ばってき》されただけのことはある。

レジスター上の橋本の文字の謎は暫《しばら》く保留するとして、もし共犯者（代理人）がおり、何らかの方法で橋本の代わりにチェックイン手続きをした後、橋本に接触することができなかったと仮定すれば、橋本は殺人を終えて福岡からホテルへ帰って来た（あるいはその時初めて着いたのかもしれない）時に、自分のルームナンバーも知らなければ、確認書も持たないから部屋へ入れないことになる。とすれば、いったん部屋へ入ってから荷物をまとめて、いかにも一日中部屋へ閉じこもって仕事をした後、チェックアウトすると見せかけるトリックも使えないわけになるのである。部屋へ上がらずにチェックアウトするというテもあるが、自分のルームナンバーさえ知らない人間がどうして自分の部屋代の清算ができたのか？

山田はこの点を追及したのだ。だが、クラークはこともなげに、

「そういう時は、代理の方が鍵と確認書をキイボックスへ残して行きます」

「しかしそれだったら、後で本人が到着した時に、確かに本人かどうか分からないじゃないですか」確認書が宿泊証明であるなら、外出した客がフロントへ預けた鍵を要求する際に提示しなければならないはずである。そうでなければ、部屋番号さえ言えば誰でも

鍵を受け取れることになって物騒この上ない。それに、悪意はなくとも客の方で自分の部屋番号を誤って記憶する場合もあるだろう。

「そんなに固く考える必要はないのです。お客様の中には、よく確認書を紛失されたり、ルームナンバーを忘れたりなさる方がいらっしゃいます。そのような場合は名刺か何か見せていただいてご本人であることが分れば、確認書を再発行しますし、鍵もお渡しいたします」

「ルームナンバーを忘れた時は？」

「お泊り客のお名前は、宿泊客名簿《ゲストリスト》にルームナンバーとともに載っていますから、お名前をうかがった上で、ナンバーを教えてさし上げます」

「すると外出から帰って来た客が、自分のナンバーを聞いて、鍵を受け取って部屋へ入り、すぐにチェックアウトすると相当に目立ちますね？」

山田の語調は鋭くなった。〝代理人〟がいるとすれば、午前八時十分日本航空725便に乗った橋本と接触するひまはなかった。二十二時二十分、同じく日航330便で羽田へ帰着した橋本が新東京ホテルへ駆けつけた時は、確認書も持たなければ、自分のルームナンバーさえ知らなかったはずである。

橋本は自分の部屋へ入るために、フロントに接触している！　これは今まで、非常階段か何かの目立たぬ所から自室へ忍び込んだとばかり思っていた捜査陣にとって新しい発見だった。だが星野はニベもなく言った。

「必ずしもそうとは限りません。見られる通り私どもでは、フロントと一口に言っても、五百室もかかえておりますので、チェックインを担当するレセプション、メッセージや案内を引受けるインホメーション、郵便のメール、会計のキャッシャー等の係に分かれております。鍵の受渡しとルームナンバー調べは専ら、インホメーションがやっております。ですから、各セクションには客の動きは、そこだけのものに切り離されて見えるのです。それにこんな長いカウンターですからね、向こうの端のインホメーションで鍵を受け取ったお客様が、すぐこちらの端のキャッシャーで出発《チェックアウト》のための清算をなさっても、その動きは連続して見えませんから、あまり目立たないでしょうね」

クラークはやや得意そうにフロントのカウンターを指した。ロイヤルホテルやパレスサイドホテルほどではないが、かなり長く立派なフロントカウンターである。キイボックスに向かって左の端がインホメーション、続いてメール、レセプションの順に配置され、その右端はキャッシャーと、外貨の両替《エクスチェンジ》係になっている。長さは二十メートルほどもあろうか。

これではそれぞれの係は、自分の目の前の客を応対するのに精一杯で、客の動作を連続して捉《とら》えることは困難であろう。しかし橋本がインホメーションに接触した可能性は強い。たとえホテルの細分業によって寸断されたものであっても、インホメーション係にその動作は残っているはずである。

これは後で確認する必要があった。

「橋本氏がチェックインした後、外出したとすれば、鍵はキイボックスに残っていたはずですが、それには気がつかれましたか？」

レジスターカードの謎が解けぬかぎり、すべてが仮定であるが、仮定の上に仮定を積み重ねて、代理人がいたとすれば↓橋本と代理人は接触するひまがなかった↓とすれば代理人は鍵をフロントに預けた↓ということは、橋本が部屋の鍵を受け取る機会はフロント以外にない↓ならば、橋本の鍵と確認書は代理人がチェックイン手続きをした（どのような方法でしたかは今の時点では明らかではない）後、橋本が羽田から駆けつけて来るまでの約十一時間半の空白の間（正確には、代理人が部屋へ荷物を運びこむ時間が差し引かれる）フロントのキイボックスに保管されていたことになる。

橋本は最初から部屋にいなかったのに違いないのだが、そのことはクラークに説明する必要はなかった。

「それもインホメーションの係ですが、昼間はキイチェックをやりません。五百室もある中でどの部屋が外出で、即ち、キイボックスにキイがあり、どの部屋がないかなどということは一々覚えていられないことは確かです」

星野は断言した。このことは橋本にとって更に有利だった。外部から伝言でも入らぬかぎり、フロントはキイボックスに一々注意をしない。客室には「入室禁止札《ドント・ディスターブ・タッグ》」をかけておけば、従業員も訪問客も絶対に入って来ない。従って在室か外出かも見分けられない。（待てよ）山田は自分のはやる思考を抑えた。先刻、仮定の積み重ねの過程《プロセス》で、代理人が鍵《かぎ》をフロントに預けたという段階《ステージ》があったが、もしそうであれば、代理人もインホメーションに接触していることになる。

山田はその点を尋ねた。

「キイをお渡しする時は、一々手で取ってさし上げますが、お出かけの際の鍵預けにはキイ投入口《ドロップ》を利用していただきます」

クラークは山田の問いに対して、フロントカウンターに開《あ》いている郵便受けのような細長い孔《キイドロップ》を指した。二人の刑事が視線を向けた時タイミングよく、泊り客らしい外人が、ポストへ手紙でも投げこむように、その孔《ドロップ》へ鍵を投げこんで行った。孔の下にはバスケットが置いてあり、そこへ鍵が適当にたまると、インホメーションクラークが、各々のキイボックスへ戻すしかけになっているらしい。

従業員が一々受け取るのと異なり、大いに手間が省ける。中規模とはいえ、やはりここも、客室五百を有する〝サービスの量産工場〟であった。

これで、代理人がインホメーションに接触せずに、橋本のために鍵を残せることが分った。確認書の方は本人であることを疎明すれば、鍵をもらえるのであるから、代理人が破り捨ててしまったのかもしれない。そうだ、破り捨てる前にそれを使って食堂で食事を摂《と》ったのだ。

「それでは最後にもう一つ、チェックアウト（出発）の手続きはどのようにするのですか？」

山田刑事は次第にいらいらして来たらしいクラークの様子をうかがいながら、喰《く》い下がった。

「お客様がご出発の意志で清算なさることです。その際、お勘定がすみ、キイが返されると、フロントでは初めてチェックアウトとして処理し、部屋を整備させて次のお客様に備えるわけです」

橋本は鍵を返してチェックアウトしたのであるから、空港からかけつけてナンバーを知らぬままチェックアウトを装うことが不可能であることはこのことからも分った。

「よく分りました。ところでNMと、十月一日午後十時から十一時頃にかけて勤務したインホメーションの方は今おられますか？」

山田刑事は星野に対する質問を一応そこで打ち切った。

日勤と夜勤の交代時間が迫っていたのと、幸運に扶《たす》けられて、NMとインホメーションクラークに時を接して会うことができた。

先に会ったNMは、四十がらみのでっぷりと肥《ふと》った男で、いかにもホテルの〝夜の支配人〟といった感じである。

「お仕事中、恐縮ですが」

ふたたび山田からバトンタッチされた荒井刑事が、質問の口火を切った。さすがにNMは老練で、内心かなり迷惑に感じているに違いないのに、先刻のクラークのように表に露《あら》わすことはない。NMの供述は前回と同じで何の進展もなかったが、ここで荒井は面白いことに気づいた。それはNMの控えているサービスデスクの位置である。そこは丁度フロントカウンターの右端、つまり両替えの斜め右前のロビーの中に孤島のようにぽつんと置かれ、カウンターの左端の方角にある正面玄関とは逆の方角にあることである。

従ってもし、橋本が声をかけた時、NMがサービスデスクに坐《すわ》っていたとすれば、橋本は、出発のために向かうべき正面玄関から逆の方向へ歩いたことになる。NMの姿を認めて引き返したということも考えられるが、キャッシャーとサービスデスクの間には太い柱が二本もあって互いに死角となっていた。

荒井は早速このことをNMに確かめた。

「私は確かにここに坐ってましたよ。その時日勤者《ディシフト》からの引継簿を読んでいたのですが、いきなり声をかけられてびっくりしたものです」

「その時、ロイヤルホテルの橋本氏だということはすぐに分りましたか？」

「いえ、とんでもない、前のホテルで入っていた、YHAの集まりに顔を出した時に名刺を交換しただけで、こちらはほとんど忘れていたのに、先様から言われて恐縮してしまいました」

「そのYHAとやらの会合はいつ出られたのですか？」

「確か昨年の五月頃でした。ロイヤルさんも、オープンしたてでてんやわんやの頃だったと思いますよ」

「それであなたはほとんど忘れていたのに、先方では覚えていたのですね」

「そうです。やっぱり若くして出世される人は違いますなあ」

「あなたがこちらのホテルへ移られたことは、橋本氏に挨拶状《あいさつじょう》でも出されたのですか？」

「いいえ、しかし業界誌に同業や関係者の人事消息が載りますから、分りますよ」

ＮＭの答は明快だった。二人はそれからインホメーションへ廻《まわ》った。そして彼らはここで大きな収穫を得た。インホメーションクラークの一人が、十月一日午後十一時近く、橋本国男なる人物が確認書を紛失し、ルームナンバーも忘れたと言って、自分の通勤定期券を示した上で鍵を受け取って行ったことを証言したからである。

橋本は自分の部屋のナンバーも知らなかった。ということは、午前十一時二十四分にチェックインした人物は、彼ではなく代理人だったのである。

橋本の最後の砦《とりで》の一角は崩れた。二人の刑事は勇躍して捜査本部へ帰った。十二月二十八日の夜だった。

3

その夜の中《うち》に捜査会議が持たれた。荒井と山田両刑事のもたらした収穫に捜査本部は色めき立った。

「十月一日午前十一時二十四分に橋本は新東京ホテルへ行っていない。彼自身がチェックインしていれば、部屋番号を覚えているはずだ。奴ほどシャープな男が、確認書は紛失し、部屋番号も忘れたとは考えられない。

その他にも納得できない点がいくつかある。まず新東京ホテルへ自分の身分を故意に伏せたことだ。荒井君と山田君が調べて来たところによると、橋本の場合五割程の同業者割引の恩典に与《あずか》れたはずだった。チェックアウトタイム前の早着料金を惜しんで十一時過ぎにチェックインした橋本が、当然の恩典を棒に振ったというのは頷《うなず》けない。次に、NMにわざわざ声をかけたことだ。当然、NMがいた位置は玄関とは全く逆の方向だった。しかも二人は過去にたった一度顔を合わせた程度の、NMの方では橋本の顔さえよく覚えていなかったほどの関係だった。キャッシャーのカウンターからサービスデスクまではかなりある。

同業者としての仁義を切るためにわざわざバックしたのなら、何故最初から自分の身分を明らかにしておかなかったか？　チェックインの時はひたすらその身分を隠すようにしていた男が、チェックアウトの時は橋本国男ここにありと言わんばかりにPRに努めている。――ということは、到着《イン》と出発《アウト》の時の橋本は別人だった事実を物語る。つまり、チェックインは共犯がやったのだ。そして橋本は出る時是非とも第三者に自分の存在を認識させなければならなかった。そうしなければ空白時間にピリオドを打てない」

村川警部は会議の主宰者として、荒井刑事らの探査の結果を解説した。

「私は橋本が新東京ホテルを利用したことにも特別な意味があるように思います」続いて小林刑事が口を開いた。

「まず同ホテルの立地点です。これはロイヤルホテルと羽田を結ぶ丁度中間にあります。これは橋本が共犯を使ったにせよ、何かと都合がよかったと思います。特に羽田へ帰着した時、少しでもそこに近いホテルの方が望ましいことは言うまでもありません。空白時間が短くなればなるほど、自分の安全につながるのですから。それに新東京ホテルがオープンしたてで、フロント関係者にはNM以外に橋本を知っている者がなかったという点にも大いに意味があります。自分を知っている者がいては困るが、さりとて、一人もいなくても困る。何しろその一人は自分の空白時間を終らせてくれる大切な人間ですからね。しかしながら、その貴重な一人に、共犯者が到着する午前十一時過ぎにいられても困る。そして午後十時頃から十一時頃にかけては朝とは逆に是非いてもらわなくてはならない。更に、そのホテルは、一人一人の客の出入が大して目立たない、客室四、五百以上を有する大ホテルでなければならない。そのようないくつかの難しい条件を同時に満たしてくれるホテルを彼は必死に探したのでしょう。それが新東京ホテルだった。彼はNMのいない時を狙って、何度か下見をしたにちがいありません」

「橋本の容疑は、もう動かない。残るは、いかにして彼が十一時二十四分打刻のレジスターカードに自筆で記入できたかという一点だけだ、どうだろう、どんな突飛な思いつきでもよいから、これを可能とさせる方法をみなでまず出し合ってみないか。出揃ったところで一つ一つ検討して行くのだ」

村川警部がブレーンストーミングを提案した。

「新東京ホテルのフロントが共犯で、午前七時頃にチェックインした橋本のレジスターカードを午前十一時二十四分まで待って打刻した場合」まず山田刑事が言った。

「待て待て、俺が黒板に書こう」

内田刑事が本部室に備えつけてある小さな黒板の前に立ち、まず山田のアイデアを書き、一と番号を振った。

「二として、ホテルのタイムレコーダーがこわれていた場合」桑畑刑事が続いて言った。

間もなく黒板からはみ出さんばかりに、次のような可能性が書き並べられた。

三、本人があらかじめレジスターカードに記入しておいて、共犯者に後から持たせてやる。

四、共犯者に本人の筆跡を練習させ、本人そっくりの字を書けるようにさせる。

五、別の日（十月一日以前）の午前十一時二十四分にチェックインして、その時打刻してもらったレジスターカードを何らかの方法？　で取り返して日付けだけ改竄《かいざん》する。

六、鑑定が誤りで、実は本人の筆跡ではなかった。――

「さあないか、もうないか」

内田は黒板の余白がもはや無いのに、バナナの叩《たた》き売りのような声を出してアイデアを募った。大方、考えが出つくしたところで、一つ一つの検討に入った。

まず今までの捜査の結果、新東京ホテルと橋本の間にはいかなるつながりも見られないとして、一が消去された。続いてタイムレコーダーは、まだ一度も故障していないことが確かめられて二が除外された。

次に文字の数が少なければとにかく、かなりの文字数を、そっくり似せたり、鑑定を誤らせたりすることは、一般経験法則上からあり得ないとして、四、六が除かれた。そして、別の日にチェックインするのは可能であるとしても、その時のレジスターをフロントからどのようにして持ち去り、日付けを改竄した後、ふたたびどのようにしてフロントのファイルへ戻すか、その方法が証明されないかぎり、五も採れないとされた。

結局、最後に残されたのは、平賀の出した三だけとなった。

「ホテルでは、レジスターカードは客の到着時に記入するのが原則だそうですが、山田刑事が、新東京ホテルから聞いて来たところによると、代理人が本人より先着して代理記入する例外もあるそうです。ということはその逆の場合も考えられるわけです。つまり、本人がレジスターだけ先に記入しておいて、後でそれを代理人に提出させる場合です」

平賀は発案者として自分の考えの内容を説明した。冷静な口調だが、どこかにアリバイの突破口があることを信ずる者の情熱が感じられた。

「ちょっと待ってくれ。代理人を使うのは、自分がその時間に来られないからだろう。本人がホテルへ来て、レジスターカードに記入したのに、何故その場でフロントへ提出しない？　わざわざ後になってから代理人に持たせてよこす必要があるかな？　そんなことをすれば怪しまれて、かえってフロントに強く印象されてしまう」村川が言った。

「ホテルへ、いや、正確にはフロントへ来てレジスターカードに記入するとは限りませんよ。例えばホテルへ着いたばかりの客が、食堂でめしを食っているとします。めしが済んだらすぐ出かけなくてはならない、フロントまで行くのも面倒だ。しかし連絡先としてホテルに部屋だけは取っておきたい。そんな場合には、ボーイにでもフロントからレジスターカードを持って来させ、客本人が（食堂でめしをくいながら）記入してから、またボーイに提出させるということは考えられませんか。きちんとした予約をしてあれば、それでも通るはずです」

「なるほど、そんな手もあったか！」

村川警部は目を剝《む》いた。

「そのボーイの代わりに共犯者を使えば、本人がレジスターカードに記入してから、共犯者によって提出させるまでの時間的間隔はいくらでも操作できるというわけだな。すると、犯人または共犯者は十月一日午前十一時二十四分以前に、フロントからレジスターカードをもらっていることになる」

「共犯者はフロントに到着して、いかにもその場で記入するように見せかけながら、実は橋本があらかじめ記入しておいたレジスターカードを提出した。こりゃあ、星野とかいうフロント係に、橋本と名乗った人物が確かに自分で記入したかどうかもう一度確かめる必要があるな」

内田刑事が目に熱い光を含んで言った。貧弱な石油ストーヴが一つあるきりの本部室

M/O　　新東京ホテル　　№ 057924

御姓名《ふりがな》　橋本国男　御人数

御住所（御自宅）　川崎市生田 5681

会社名

御職業　会社員　御年令

御出発予定日時　10/2

御行先地

貴重品は何卒事務所の金庫にお預け下さいませ。

尚、此の他の場合の紛失、盗難等に就きましてはホテル側では責任を負いかねますので、予め御了承下さいませ。

誠に勝手ながらお室料は前金にてお願い致します。

御部屋番号 843　　御部屋料 3,200

備考
R. F.

クラーク
タイピスト
ビル

到着日時
Oct.1, 11.24 a.m.

1, 10.55 p.m.

42. 4.2×50×600（成）

には、異様な熱気が漲《みなぎ》った。犯人の堅固な城壁が今正に崩れようとしている。

「君、すまんが、すぐ新東京ホテルへ問い合わせてみてくれ。星野は今いないと思うが、自宅が分れば、夜でもかまわん、すぐ行ってくれ。それから、事前に渡された可能性のあるレジスターカードの方だが、こいつはちょっと厄介だが、フロントクラークはそう何人もいるわけではあるまい。十月一日の例の時間前に、そうだな、羽田発八時十分の便に乗ったのだから七時前後が一番くさい。特にその時間帯にレジスターカードを請求した者があったかどうか至急調べてくれ。明日《あした》は二十九日だ。奴を世界一周へ発《た》たしてはならん。頼むぞ」

村川警部の指令の下に、刑事たちは鎖を解かれた猟犬のように飛び出して行った。そんな中で、平賀一人のみが、いっかな腰を上げようとしなかった。常ならばこんな時先頭切って行動を起こすはずの彼が、デスクの上に置かれた橋本のレジスターカードのコピイをじっと睨《にら》んでいる。

そんな彼の態度が心にひっかかったらしい小林刑事が、室内にそのまま留《とど》まった。

「平賀君、そのカードがどうかしたか？」

同じ様に不審を覚えたらしい村川が聞いた。

「この番号《ナンバー》ですがね」

平賀はレジスターカードの右上に打たれている「０５７９２４」というナンバーを指した。

「それがどうかしたかね？」

「もしこのナンバーが一連のものであるなら、共犯者が提出したレジスターカードのナンバーと十月一日午前十一時二十四分前後に新東京ホテルへ到着した他の客のカードナンバーとの間が連続していないはずですね」

村川と小林は思わずあっと言った。なるほど言われてみればその通りである。事前にフロントからもらっていたレジスターカードを、後から共犯者の手で提出したとすれば、当然その間に他の客がチェックインしているから、カードナンバーは不連続になる。

これは橋本のトリックを根底から覆すキメ手となるだろう。小林と平賀はまるで恋人に逢《あ》いにでも行くように胸をときめかせながら凍《い》てついた夜の町へ飛び出した。

4

従業員が交代制勤務のために、関係者に一度に会えないという不便はあったが、終夜営業のホテルは、真夜中でも捜査できる利点があった。

すでに先着していた仲間の刑事たちと手分けして、平賀は、フロント夜勤の責任者に十月一日午前十一時二十四分前後約一時間にわたってチェックインした客のレジスターカードを出してもらった。

複写室が夜は閉っているので、原本《オリジナル》を先方の了解の下に領置した。一方、フロントをあたっていた内田刑事たちは、その夜夜勤にあたったクラークが、十月一日の早朝、勤務に入っており、確か七時頃、橋本の写真に似たような人物からレジスターカードを請求されて、大して怪しみもせずに渡したことがあった事実を確かめた。その男こそ橋本本人にちがいない。

平賀が推測した通り、レジスターカードというものは、なるべく、フロントクラークの面前で記入するのが望ましいが、顧客や、予約のしっかりしている客、あるいは身体障害などの肉体的条件でフロントまで来るのが苦痛の客のために、フロント以外の場所で記入することが認められているそうである。

その頃、橋本を受付けた星野の自宅へ急行した荒井と山田両刑事は、彼の口から、「橋本（共犯者）？　にレジスターカードを渡しただけで、彼が書くところは見届けていない」ことを確かめていた。

同僚たちの凱歌《がいか》に近い声を傍に聞きながら、だが、平賀と小林は領置した数枚のレジスターカードによって思いもよらぬ障壁に直面していた。

領置したカードは時間の経過に従って並べると、次の通りである。

十月一日

午前十一時十分　松岡五作《まつおかごさく》（住、職略）　０５７９２７

午前十一時二十分　佐野保三郎《さのやすさぶろう》　０５７９２８

午前十一時二十四分　橋本国男　０５７９２４

午前十一時二十五分　高橋洋子《たかはしようこ》　０５７９３１
午前十一時二十六分　ＭＲ＆ＭＲＳ、ショーヴェ・フェリックス　０５７９３０
午前十一時三十三分　谷口和男《たにぐちかずお》夫妻　０５７９３２
午前十一時四十一分　アドリアン・ウイニントン　０５７９３３
午前十一時四十二分　竹本《たけもと》　操《みさお》　０５７９２９
午前十一時四十八分　時枝公三郎《ときえだこうざぶろう》　０５７９３４
午前十一時五十四分　古川正男《ふるかわまさお》夫妻　０５７９３５
午前十一時五十八分　ジョージ・クラレンス　０５７９３８
午前十一時五十九分　小川雄三《おがわゆうぞう》夫妻　０５７９３７
午前十二時〇一分　山下俊男《やましたとしお》　０５７９３９

領置したカードは十二枚であるが、橋本のカードは、十一時二十分に到着した佐野保三郎と十一時二十五分に到着した高橋洋子の間に挿入されるはずである。午前十一時十分に到着した松岡五作のナンバーは０５７９２７であり、橋本との間に二つのナンバーが欠けている。これは橋本本人が少なくとも午前十一時十分前にレジスターカードを取得したことを意味するものだった。前の佐野との間には三つも番号が飛んでいる。

勝利感に胸が脹《ふく》らもうとした瞬間、平賀は妙なことに気がついた。橋本のすぐ後に着いたはずの高橋洋子のナンバーが、橋本の前の佐野との間に二つも欠番しているのである。その中の一つは同二十六分に着いたフェリックス夫妻のナンバーによって埋められたが、一分後着したフェリックスが、高橋より前の番号なのはどういうわけか？

更によく注意して観ると、同四十二分に到着している竹本操のナンバーが、佐野と高橋の間の欠番の一つを補うものであったが、高橋より十七分も後着した竹本のナンバーが高橋より若いのはどういうことか？　次の時枝との間は四つの番号が飛んでいる。

更には、同五十四分着の古川正男夫妻、と同五十八分着のジョージ・クラレンスの間には二つ欠番している。

この疑問に対して夜勤責任者はこともなげに、

「必ずしも到着順とレジスターナンバーが一致するとは限りません。書くのが遅い方は、先着されて若いナンバーのカードをもらっても後になるし、ロビーや食堂へ行って書く方もおられますから、各ナンバー間の十分や二十分のズレは別におかしくはありません。欠番は書き損じたりして、カードを破棄《ボイド》した時などに当然、生じるもので、よくあることです」

となると、橋本と松岡五作との間の十四分のズレも、佐野との間の三つの欠番も大しておかしいことではなくなる。現に竹本操という客は、十七分も早く着いた高橋洋子よりも二番若いナンバーを持っているではないか。

橋本のレジスターナンバーは完全に連続しているとはいえないが、前後の状態から、まずは連続していると考えてよかった。橋本がフロントからレジスターカードを取付けたのは、午前七時前後であることが分っている。代理人、つまり共犯者がチェックインした十一時二十四分までには実に四時間半近い間隙《かんげき》があるのだから、三つ程度の番号跳躍(佐野との間の)は無いのと同じであった。

一体、これはどう解釈したらいいのだ？　平賀と小林は頭をかかえてしまった。

燦然《さんぜん》たる魔性

1

視野の底に白々とした光を感じて目がさめた。いつの間にかロビーに朝の最初の光が射し込んでいた。ロビーのソファーに陣取ってレジスターカードと睨めっこをしている間に、寝込んでしまったらしい。小林刑事も傍のソファーに埋ってまだ白河夜船である。仲間たちはすでに本部へ引きあげたらしく姿は見えなかった。

腕時計を覗《のぞ》くと七時前だった。さすがにまだフロント周辺やロビーに人影は見えなかった。もう少しすればチェックアウト客で騒然とするであろう。

朝の、人影もないロビーは、何となく白茶けて、荒涼たる砂漠のように感じられる。ほんの仮眠だったので、疲れが抜けず、頭の芯《しん》が重かった。平賀はその仮睡の間に見た夢を反芻《はんすう》した。

頭痛は疲労が抜けぬためではなく、実はその夢のせいかもしれなかった。

「平賀さん、止めて！　お願い。これ以上あの人を追い廻《まわ》すのは止めて下さい」

夢の底でしきりに訴えていたのは冬子だった。唇の端から血をたらし、豊かな髪が面に乱れかかっている。何とも凄惨《せいさん》な形相だったが、それだけにその訴えには迫力があった。

それは橋本に毒を服《の》まされた直後の、死に臨んだ苦痛にのた打ちながら、残りの力を結集しての訴えだった。

（どうしてだ？　奴は君を殺したんじゃないか！）冬子に言い返そうとするのだが、口元がまひしたように動かない。

「お願い、今、死んで行く者の私の願いを聞いてちょうだい」

冬子は絶え絶えの、しかし耳の底にはっきり通る声で言ったかと思うと、口と鼻から夥《おびただ》しい血を吐いて息絶えた。

「冬子！」愕然《がくぜん》としてその傍に駆け寄ろうとした時に目が覚めたのだ。冬子の身体を包んでいた氷のような白い光は、ロビーに射し込む冬の朝の最初の光だった。身体はびっしょりと汗をかいていた。

今の夢は、冬子がその遺志を平賀の眠りに乗せてはるかに伝えて来たものであろう。

――止めろというのか、この捜査を。……きみを殺した男なんだぞ、奴は。自分がこの追及を止めても、誰かがやる。人間の生命を不法に奪った者は、法の制裁を受けなければならない。しかし俺は警察官であると同時に人間だ。きみを殺した男を、きみを愛した男として、俺はこの手で捕えたい。いや八つ裂きにしてやりたい。

だがきみはそれを望まない。俺はどうしたらいいのだ？――

平賀の心はぐらぐらと揺れた。愛する女を殺されたのは辛《つら》い。しかし当の女から犯人の追及を制止された男は更にはるかに辛い。

しかも彼は警察官だった。冬子はその彼に対して一個の男としての怒りとともに、警察官としての職責も抑えて欲しいと訴えてきた。

それは残酷な訴求であった。平賀がその訴求を拒《は》ねつけることができたのは、自分を殺した犯人を息絶えるまで庇《かば》い通そうとした、信じられないような女の愛情を、蹂躙《じゅうりん》した男に対する、人間としての熾烈《しれつ》な憎悪があったからである。

恋人の復讐《ふくしゅう》でもなければ（復讐は恋人の遺志に添わなかった）、刑事根性でもない。皆が同じ様に生きる権利がある人間を、そして男の幸せのためにどんな犠牲でもはらおうとする愚かな、それ故に優しく美しい女の愛を、無残に摘み取った男に対して、人間としての、男としての怒りを覚えたのである。

嫉妬《しっと》を混えた復讐ならば、冬子の訴求の前に止めることができる。だがこの怒りは、平賀がたとえ警察官を止めても、人間であることを止めぬかぎり鎮められないものであった。

平賀は次第に人影を増すフロント周辺に、意志の定まった視線を向けた。同じ様な怒りにとり憑《つ》かれた仲間たちの姿が、まだその辺にいるような気がした。

2

フロントキャッシャー周辺に、そろそろ早発《はやだ》ち客の姿が見えて来た。ロビーのあちこちにも早起きの外人客が新聞を広げている。

「やあ、すっかり眠りこんでしまったな」

小林刑事が大あくびをしながら口の端にたまったよだれを手の甲で拭《ぬぐ》った。だが平賀は、小林の方へ目もくれず、フロントのある一点を凝視していた。彼の焦点が絞られている所は、チェックインを担当するレセプション係の所である。

キャッシャーの混雑に反して、こちらはまるで閑古鳥が鳴くように閑散としている。それもそのはず、こんなに朝早く着く客もなく、出発《チェックアウト》を担当するキャッシャーとはその忙閑の時間が正反対になるのである。

度重なるホテルの捜査で、そんなことはよく知っているはずの平賀が、それにしては異常に熱っぽい視線を長い間そこへ貼りつけていた。

「何かあるのかい？」

小林刑事がようやく平賀の異常な目つきに気づいた。

「ちょっと気になることがありましてね」

平賀はフロントから領置したレジスターカードへ視線を戻した。その熱っぽさは依然として同じである。

「小林さん、僕は今、橋本が何故午前十一時二十四分という時間に共犯者にチェックインさせたのか、ふと考えてみたのですよ」

レジスターカードから目を離さずに平賀は言った。

「そりゃあ、八時十分発の日航725便から俺たちの目を離させるためだろう」

「それもあるでしょう、しかしそれだけだったら、十時でも九時でもかまわないはずです。日航とキャセイのタイペイ便のフライトスケジュールを見ますと、日航701便羽田発八時四十分、タイペイ着十一時五十五分というのがあります。これだと、折り返し福岡へ向かうための、キャセイ86便タイペイ発十二時三十五分に、実際には間に合わぬとしても、飛行機の乗換えというものを知らない人間には間に合うような感じを与えます。それに四十分あれば、ひょっとすると間に合うかもしれない。要するにこの便が、橋本にとってタイペイへ向かう〝最終便〟ということです。

ならば橋本は、701便に絶対に乗れないような新東京ホテルの時間《チエックイン》を、共犯者によって設定させればよいのであって、それは701便の八時四十分以降、空港への所要時間と、航空会社へのチェックインタイムを差引いて、遅くも八時以降には、共犯者をホテルへチェックインさせるべきです。その方が、橋本にとっても、四谷見附の喫茶店で時間を潰《つぶ》したなどという苦しい口実を設ける必要もなく、カードナンバーの不連続幅も狭まって、より安全だと思うのですが、橋本はあえて四時間半も間を置いた。これは何故か？　共犯者が時間を間違えたのか？　あの細心な橋本がそんなヘマな共犯者を選ぶはずはない。今までは単に日航725便から我々の目を外《そ》らせるためだとばかり思っていましたが、そうではない、午前十一時二十四分という時間には、その時間でなければならない特別な理由があったと思うのです」

「空白を少しでも狭めたかったからじゃないか？」

「それだったら、もっと遅い時間にしてもよかったはずです。少なくとも正午のチェックアウトタイムの後を選んだ方が受付けるフロント側に自然に映ります。それに空白時間が多少狭まろうと、伸びようと、国際線乗継ぎのトリックを見破れない限り、アリバイは崩れません。それよりも、ロイヤルホテルで自分の姿を認めさせた午前七時前と、新東京ホテルへの共犯者のチェックインの間隔（第二の空白）の伸びる方が、彼にとってずっと危険なはずでした。それなのに彼は敢《あ》えてその危険を冒して午前十一時二十四分という半端な時間を選んだ。何故か？」

「なるほど、そう言われればへんだな」

小林刑事は腕を組んだ。

「これをちょっと見てくれませんか」

平賀はレジスターカードを到着時間順に並べながら、

「このカードは十一時から正午のチェックインタイム前後にかけて到着した客のものですが、各客のカードに打刻された到着時間の間隔を一表にまとめてみますと、このようになります」と小林が眠っている間に書いたらしいリストを見せた。

「このリストでまず分ることは、橋本が松岡より十四分も後着しながら、松岡より若い番号を持っている矛盾を救っているものが、竹本の十七分のズレだということです。竹本が、高橋の前のナンバーを持っていながら、彼女より十七分も遅れているという事実が、橋本の十四分のズレを目立たなくしてしまっているわけです。しかしよく注意してみると、竹本のナンバーは、橋本の前後を挟む、佐野とフェリックスの間にあてはまるナンバーなのです。ここで思い起こしていただきたいのは、橋本の共犯は、さし出されたレジスターカードを記入するフリをしながら、実は橋本本人があらかじめ記入しておいたカードをフロントへ提出したことです。それでは共犯がクラークから出されたカードはどうしたのでしょうね」

「それじゃあ君！」

小林はようやく平賀の意味するところを悟ったらしい。

「そうです。竹本が共犯です。彼は自分に出されたカードを故意に時間を遅らせて提出することによって、橋本名義のレジスターカードの番号跳躍と時間的ズレを糊塗《こと》しようとしたのです。おそらく竹本の予約も橋本と同時になされているでしょう。竹本のナンバーを橋本の位置に移すとぴたりとその前後が連絡します。

それから十一時から正午にかけての時間帯をみますと、接近して到着しているのは、橋本、高橋、フェリックスが一分間隔、ウィニントンと竹本が一分、クラレンスと小川が一分です。この中、高橋とフェリックス、及びクラレンスと小川は、ルームナンバーから察して同行者のような感じがします。

それ以外の客は、それぞれ前後に四、五分以上の間隔があります。これはチェックアウトタイム前の比較的到着客が少ない時間帯だからだと思います。とすると、橋本と竹

部屋番号	レジスターナンバー	氏名	到着時間と間隔	
811	057927	松岡	11.10	
436	057928	佐野	11.20	
			――	三つ欠番
843	057924	橋本	11.24	
425	057931	高橋	11.25	
426	057930	フェリックス	11.26	
627	057932	谷口	11.33	
921	057933	ウイニントン	11.41	
435	057929	竹本	11.42	
738	057934	時枝	11.48	
516	057935	古川	11.54	
601	057938	クラレンス	11.58	
602	057937	小川	11.59	
			――	正午《チェックアウトタイム》
439	057939	山下	12.01	

本は、この場合同一人物ですが、同行者でもないのに、フロントへ客が来ている時ばかりを狙ってチェックイン手続きをしているようです。

特に橋本名義のレジスターを提出した時は、フロントには、高橋とフェリックスが着いていました。もしその時、担当クラークが二人しかいなかったとすれば、クラークの目は、そこへ割り込んで来た橋本と名乗る竹本にあまり向けられていなかったはずです。間もなく橋本を受けつけた星野というクラークが出勤して来るはずですから、その時の事情が分るでしょう」

「しかし、わずか十八分間隔（橋本―竹本間）のチェックインでは星野というクラークに、橋本と竹本が同一人物であると見破られてしまうだろう」

「この二人のレジスターカードを見比べて下さい。受付クラークの署名が違います。竹本はおそらく星野が、フロントから席を外すのを待っていたのでしょう」

「竹本を受付けたクラークも調べる必要があるな、しかしそれにしても、ナンバーの方はどう解釈する。橋本は午前七時前後にレジスターカードを取得している。四時間半にたった三つの欠番というのは、おかしいじゃないか。竹本のカード操作のからくりが分って、橋本の時間的ズレは隠れミノを取り除かれてしまったが、奴のナンバーはそんなにズレていない」

「四時間半にたった三つの欠番が奇妙に映るのは、素人の目で見ているからであって、専門家から見れば、ごく普通の現象かもしれませんよ」

「何だって⁉　これだけの大ホテルで四時間半にたった三件しか着かないということは考えられない」

「小林さん、このホテルのチェックアウトタイムは正午です。それより前に着くと早着料金を取られます。それに旅行者は午前中にはあまり着かないものです。現に私は今朝六時半頃から今まで二時間ほどの間、フロントのレセプション係を見ていましたが、一人も到着していません。案外、ホテルの午前中というのは、客の真空地帯かもしれませんよ」

「しかし、このレジスターを見れば分るように十一時から正午にかけて、十二件もの客が着いてるじゃないか」

「さあそこですよ問題は。この到着客の間隔をみますと、多少不規則ではあっても、正午に近づくほど密度が濃く、十一時へ遡《さかのぼ》るほど薄くなっています。特に十一時十分に着いた松岡氏の前は、誰が何時に着いているか分らないのですから、どのくらいの間隔があるのかも分りません」

「そうか、十一時前も調べるべきだったな」

「そうなんです。十一時二十四分に着いているから、その前後、精々三十分の時間帯を調べればよいと思ったのが、素人考えでした。竹本に惑わされなければもう少し早く気がついたところなのですがね」

「早速調べよう」

「そうですね、もう星野氏も来てるでしょう」

平賀は腕時計をのぞきながら立ち上がった。

チェックアウトのラッシュと見えて、キャッシャーの前には出発客が群れていた。ホテルマシーンの金属音が寝不足の頭に響く。それに反してレセプションは静かなものだった。

午前九時を少々廻《まわ》ったところである。夜勤者は日勤者への引継ぎをすましてそろそろ持場を離れようとしている時であった。日勤者の中に平賀は星野の姿を見つけた。

彼は前の捜査の時に、星野と顔を合わせていた。星野はまた現われた刑事の姿に疫病《やくびよう》神《がみ》を見るような目をした。昨日、荒井と山田にさんざん苛《いじ》められた上に、昨夜寝込みを

襲われた後だから無理もなかった。平賀は苦笑しながら、

「お早うございます。今日はお手間を取らせませんから、ほんのちょっとばかり教えて下さい」と機先を制した。そして相手がいいとも何とも言わぬうちに、

「チェックアウトタイムの前は、平均どのくらいの数の客が着くものですか？」

「その日によって多少異なりますが」

星野は観念したように答えはじめた。

「私どものようなビジネスホテルでは、殆《ほとん》どお客様は夕方から夜にかけて着かれるので、大した数ではありません」

「大体どのくらいですか？」

「シーズンで十件から二十件ですね、それも殆どが午前十一時過ぎです」

「十一時過ぎですって!?」

二人の刑事は異口同音に叫んだ。刑事が突然示した反応に、クラークは少々びくっとした様子だったが、

「チェックアウトタイム前に着かれると、早着料金として規定料金の二分の一から三分の一を申し受けるのですが、十一時過ぎですと部屋さえ空いていれば、早着料はサービスするのですよ。ですから十一時前に到着される方は大抵待っていただきます。まあ、団体さんは別ですがね」

「団体が着くこともあるんですか？」

団体が着けばレジスターカードの間隔は、一挙に開いてしまう。

「まあ午前中に到着するということはめったにありませんがね」

「団体のレジスターカードはどうするのですか？」

「団体からはレジスターを取りません、代わりに団員の名簿《リスト》をもらっております。技術的に大勢の団員から一々レジスターカードをもらうということは困難ですし、リストでも不都合は生じませんから」

団体がレジスターナンバーに影響を与えぬ事情は分った。午前十一時以前は殆どチェックインがないということが明らかにされた。平賀と小林は、橋本が十一時二十四分を選んだ周到さが分ったのである。しかし十月一日の午前十一時以前に到着した客は現実に何人いたのであろうか？

平賀は手に汗握るような気持でその質問をした。その答のいかんによって橋本のアリバイは崩れる。

「ちょっと待って下さい、今、調べて来ますから」

星野は奥へ引っ込んだが、待つ間もなく、

「十一時以前の到着で、一応当日到着の分とみなされるのは五件ですね」

と、二人の前に数枚のレジスターカードを並べた。カードのナンバーと到着時間が二人の刑事の目に焼きつくように飛びこんで来た。

平賀の期待はたちまち失望にすげ替えられた。レジスターナンバーによれば、橋本のカードは05792３の平木一夫《ひらきかずお》の後に取得されたことになるのだ。つまり午前八時五十六分の後である。これは橋本が乗ったと見られる八時十分発のJAL725便はもちろん、〝最終便〟八時四十分発701便にも間に合わない。

クラークの言葉によれば、橋本らしき人物がカードを取得したのは午前七時前後である。それなのにレジスターナンバーは八時五十六分以後であることを厳として主張している。

一体これはどう解釈する？

小林はもううんざりした表情を隠さなかった。この犯人のバリケードは全く無限のような感がしたのである。

だが代理到着は午前十一時二十四分から、八時五十六分へ短縮されたのである。あと二時間ほど短縮できれば、橋本のアリバイは崩れる、本当にあと一押しだった。

05792４のカードを午前七時前後に取得する方法が必ずやあったにちがいない。必ずあったはずだ。午前七時頃、フロントへ来てレジスターを請求した人間は、絶対に橋本本人かその共犯者でなければならない。全く無関係の他の客を、クラークが間違えたということはあり得ないのだ。

平賀はもう一度星野を呼んだ。彼が刑事以上にうんざりしていたことはもちろんである。

だが平賀はそんなことはおかまいなく、十月一日午前七時頃、橋本らしき人物にカードを渡したクラークが、まだいるかどうかたずねた。

幸運は平賀についていた。昨夜夜勤だったが、まだ帰らずにいるということで待つほどもなく若いクラークが平賀の前へ来た。もし彼がつかまらなければ、橋本の最後の砦《とりで》の攻略の手がかりは摑《つか》めない。

「お忙しいところをすみませんがね、あなたが十月一日朝七時頃、ロイヤルホテルの橋本氏らしき人物にカードを渡したことは間違いありませんか？」

「間違いありませんよ、何度同じことを聞くんですか」

客の前ではにこやかなはずのクラークの顔が仏頂面になった。

「それではうかがいますがね、このカードナンバーと到着時間を見ると、橋本氏は平木一夫さんが着いた八時五十六分以後にカードを取得したのでなければ辻棲《つじつま》が合わないんですよ」

平賀は決めつけるように言って、クラークの前へカードを到着時間順に並べた。クラークはちょっと興味を惹《ひ》かれた目つきになった。かたわらに小林刑事がうっそりと立っている。

平賀の熱意にいやいや引きずられているといったかっこうだった。しばらくカードをにらんでいたクラークは、ややあって面を上げ、

「思い出しましたよ、この人は七時頃に来て、書き損じるといけないからと仰有《おつしや》って、カードを三枚請求したんです」

「三枚も？……一人で」

「ツインのご予約の場合は、ご夫婦以外は一人ずつレジをもらうので、一枚ぐらいのスペア（予備）カードは請求されても別におかしくありません」

「しかし橋本氏の部屋はシングルだったはずだ」

「あの方の部屋はソファーベッド付きですから、ツインにも使えるのです。別名、両用《コンバーティブル》ツインともいいます」

星野が脇から口を出した。

「だが予約は一人だったんでしょう？」

「予約《リザーブ》した部屋がソファー付きのシングルならば、急に二人に増えてもいっこうにさしつかえありません。むしろホテルにとってはその方が有難いのです。それに一人の予約が二人に、またはその逆の形の人員変更が、ホテルでは最も多いんですよ」星野が補足した。

三枚カードを取りつけ、最も数の大きいナンバーのカードだけ残《キープ》しておいて、若い二枚は返す。その分だけ十一時過ぎの代理チェックインとの間の欠番数（不連続幅）を狭めることができる。そればかりでなく、返却した二枚によって、０５７９２４の取得時《ピックアップ》間《タイム》を、作為的に遅らせることができる（表の８・５６ＡＭから９・１６ＡＭの間に）。見事に計算された一石二鳥であった。

だがそのためには二枚のカードをフロントへ返却しなければならない。それもできる

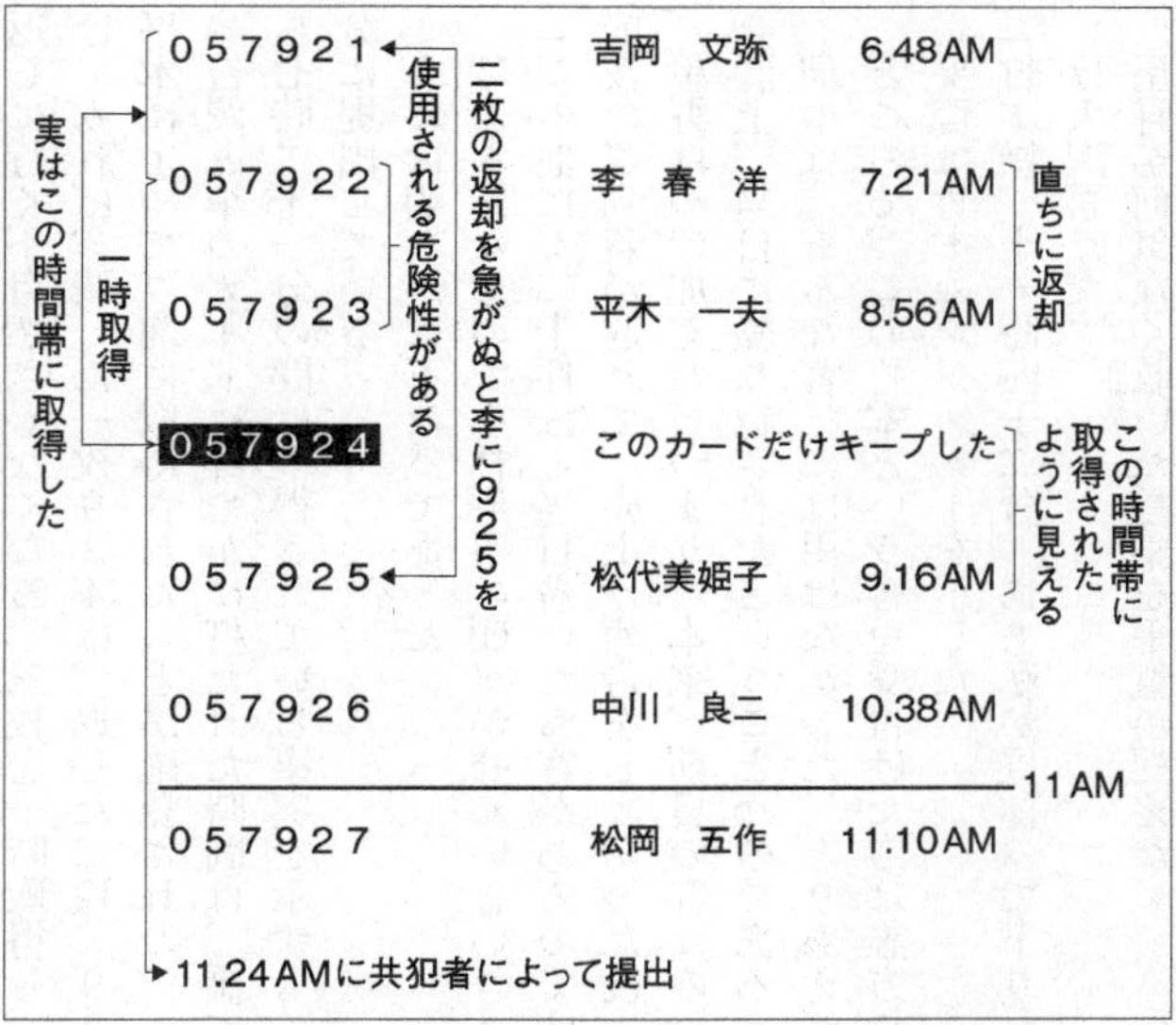

だけ早く。何故なら９２２と３が返される前に次客が（この場合、李《り》が七時二十一分に）９２５を使って９２１の後に続けば、橋本の９２４は結局、吉岡が着いた六時四十八分から李の七時二十一分の間に取得されたことが分ってしまうからである。平賀がそのことを訊《たず》ねると、

「その場ですぐ返されましたよ。注文通り三枚渡しますと、思いなおしたとみえて、二枚返されました」

平賀はテキながらその緻密《ちみつ》なやり方に感嘆した。その場で返せば、９２５が９２１と４の間に割込む時間がないばかりか、一度取得したものを、わざわざ

返しに行く不自然さもなくなる。三枚を一時取得し、二枚をその場で返すトリックが解けてみれば、残《キープ》した一枚924は、返した二枚（922と923）が使用された（李と平木によって）前に取得されたことが確認された。

吉岡と李のカードに鮮やかに打たれた時間は、橋本のカードが、午前六時四十八分から七時二十一分の間に取得《ピックアップ》されている事実を示すものである。彼はそれを十一時二十四分に提出している。

これは明らかに不自然であった。

げんきんなもので小林刑事の顔ががぜんいきいきとしてきた。

「この他にも二十件ほど当日着いたお客があるのですが、いずれも午前二時頃までで、前夜のご到着が遅れて、売上げ報告をしめ切った後に着かれた方です」

星野はつけ加えた。つまり、本来、前日の客なのだが、午前零時過ぎに着いたために、会計上、当日に繰り越されたということなのであろう。

刑事は〝そんな客〟には用はなかった。とりあえず夜勤明けのクラークは帰して、

「ところで、この竹本という客を受付けた方は誰方《どなた》ですか？」

平賀は竹本のレジスターを示した。

「竹本操、十一時四十二分、ああ私が昼休みで下りた後受付けたものですね、このサインは大沢君だな」

星野が何気なく呟《つぶや》いた言葉を平賀が捉《とら》えた。

「昼休みは決まっているんですか？」

「日勤者はいつも十一時半から一時間です」

「十一時半！」平賀には、初めて橋本が選んだ十一時二十四分の精巧な意味が分った。彼はこの時間を選ぶまでに新東京ホテルをひそかに徹底的に研究していたのである。

十一時前にチェックインすると到着客が少ないため、前のカードとの時間的間隔が空きすぎる（捜査の目は当然問題のカードの前後に注がれるだろう）。かといって正午のチェックアウトタイムに接近しすぎると、到着客の間隔が狭まり、七時二十一分前にピックアップしたカードナンバーとの不連続幅が大きくなってしまう。

何度も何度も下見をした結果、七時から十一時頃の間が最も到着客が少ないという統計値を得た。十月一日における十一時二十四分は、統計値に頼った橋本の賭《か》けだった。もしこの統計値が十月一日に限って大きく狂えば、レジスターカードのトリックは容易に見破られてしまう。

だが橋本は統計値を信ずると共に、よもや捜査陣が、幾重にも築いたバリケードを突破してここまでやって来ようとは思っていなかった。

万々一、やって来た場合に備えて、竹本に〝一人二役のチェックイン〟をさせた。その一人二役をフロントクラークに見破られぬためにも、十一時二十四分は重要な意味を持っていたのだ。つまり十一時半になると、星野は昼休みで、フロントからいなくなるのである。

平賀は改めて、今自分らが相手にしている犯人が、今まで追いかけ廻《まわ》して来た、凶暴で冷酷なだけが取柄？の犯罪者とは根本的に異なることを悟った。

「その大沢さんという人、今いますかな？」

黙りこんでしまった平賀に代わって小林が聞いた。

「中番《なかばん》で、十時出ですから間もなく来るでしょう」星野は腕時計を覗《のぞ》いた。それが自分もそろそろ解放してくれというジェスチャーであることはよく分った。だが彼をまだ〝釈放〟するわけにはいかなかった。

「思い出して欲しいのですが、橋本氏が到着した時は丁度この高橋さんと、ミスター・フェリックスという客が着いた時ではなかったのですか？」

「そうでした、フランス人のご夫婦と、日本の女性三人様のご一行で、同時にご到着なさって、レジスターをしておられました」

「三人は同行だったのですね」

星野は頷《うなず》いた。

「そこへ橋本氏が割込んで来て、レジスターカードをくれと請求した」

星野は頷き続ける。

「その時フロントに係はいました？」

「私と、倉田というクラークの二人だけでした」

「橋本氏がレジスターカードに記入するのは確認しなかったわけですね」

「ミスター・フェリックスと高橋様を受付《アテンド》しておりましたから」

「橋本氏のレジスター記入がばかに早いとは思いませんでしたか？」

「思いました。あの方の到着時間《アライバルタイム》が同時に着かれた高橋様やミスター・フェリックスよりも早く打刻されたのはそのためだと思います」

フェリックス一行と同時に到着したのであれば、カードナンバーは連続しているはずである。ここにも作為の証拠が現われていた。

ようやく、星野を解放してやった二人は、今度は中番で出てきた大沢を捉えて、竹本が橋本の写真によく似ているが、同一人物かどうか断定できないこと、竹本と橋本の予約は九月二十八日の殆《ほとん》ど同じ時刻に入っていることの二点を確かめた。捜査陣に残された仕事はこの竹本操なる人物を捜し出すだけとなった。

だが平賀はここでふたたび代理チェックインの十一時二十四分にひっかかって来た。先刻《さっき》は精巧な時間と思ったが、よく考えてみると、何とも不可解な事実が浮かび上がってくるのだ。

それは、橋本は何故九時前後に共犯者に代理チェックインをさせなかったかということである。

九時前後にそれをさせれば、統計値によってもナンバーが連続する可能性が大きくなる。現に十月一日の到着をみると、午前九時頃にチェックインさせれば、レジスターナンバーは完全に連続したはずだった。そうすれば竹本名義の一人二役チェックインもいらなければ、四谷見附で食事をする必要もなかった。それにもかかわらず橋本は、〃一石三鳥〃の午前九時頃のチェックインをさせなかった。何故か？

だが今はその解明に時間を過ごしているひまはなかった。橋本のアリバイ工作のトリックが割れた今、代理人をつとめた竹本操なる人物を捜し出すことが先決問題であった。

十二月二十九日、正午に近かった。間もなく、東京ロイヤルホテルでは前川、橋本両家の豪華絢爛《けんらん》たる結婚披露宴がはじまろうとしていた。

3

竹本操なる人物は、レジスターカードに残された住所に存在しなかった。該当の町名はあったが、番地はでたらめであった。

「どうでしょう、これだけ間接の資料があればひっくくれるんじゃないですか、思い切って」

日頃慎重派の内田刑事が珍しく意気ごんで言った。それは捜査員全員の気持だった。

「逮捕状を執行できないことはないと思う。しかし現時点で逮捕の必要性を疎明するものとしては、出入国記録カードや、午前七時二十一分に取得されたレジスターナンバーだ。記録カードの方は筆跡鑑定が難しいし、午前七時前後に取得したレジスターカードを十一時過ぎに提出しても別に悪いことはない。この際、十一時二十四分にチェックイン手続きをした者は、橋本とは別人だという決め手が欲しいな」

村川警部は口惜《くや》しそうに言った。

逮捕状は、被疑者が罪を犯したことを疑うに足りる相当な理由があると認める時、検察官または、警部以上の指定警察官が裁判官に対してその発付を請求する。

その際、犯罪を疑うに足りる相当な理由は、検察官の単なる主観的な判断だけでは不十分であり、その特定の犯罪の嫌疑について裁判官を充分納得させるだけの合理的な根拠がなければならない。

現在までに捜査本部が蒐《あつ》めた、橋本の犯罪を疑う資料としては、
一、羽田、タイペイ、福岡における出入国記録カード
二、昭和四十×年二月十六日に発給された数次旅券
三、同、四十×年五月中華民国大使館より取付けたビザ
四、新東京ホテルの０５７９２４のレジスターカード
五、十月一日、日航７２５便、キャセイ86便、東亜航空３６５便、全日空４２０便、日航３３０便各乗務員の証言
六、橋本のＢ型血液型
七、新東京ホテルＮＭ、従業員及び、宮崎空港レストランウエイターの供述
八、その他、十月一日における東京ロイヤルホテル、及び新東京ホテルにおける諸状況証拠

九、その他の状況証拠（有坂冬子との関係を故意に隠した事実、浅虫、別府等の旅館の宿帳、ホテルマンとしてホテル事情に詳しいこと、前川の女婿としての身分を取得するにあたり、冬子が障害になった可能性が充分考えられること）等

十、七月二十二日にアリバイのない点等

であるが、いずれも間接証拠であって、橋本の容疑を決定する決め手にはならなかった。

捜査に直接あたった警察官なればこそ、これだけの資料は、逮捕の理由を認めるべき充分な資料に見えるのであるが、これらが裁判官の目にどのように映るかは疑問である。特に久住殺害の動機に関しては、企業競争と出世欲という、平賀が出したはなはだ漠然たるものが、捜査本部の推定として存在するだけで、橋本と久住との間には未《いま》だ何ら具体的なつながりが発見されていないのであった。

逮捕状の請求権者としての村川警部の言葉が、迫力にかけたのはそのためである。残るは公文書不実記載容疑などによる「別件逮捕」という、警察得意の奥の手があったが、ここまで追いつめながら、そのようなまぬるい手をという感が皆にあった。橋本は「殺人容疑」で逮捕しなければならなかった。それは平賀の意地でもある。最後の土俵際にふん張った相手を倒す唯一の手は、竹本操を発見することであった。

時計はすでに午後四時をまわっている。ロイヤルホテルで披露宴が始まった時刻である。披露宴が終ると、新郎新婦は羽田空港から、世界一周の新婚旅行に発《た》つことになっ

ていた。もう時間がなかった。ここまで追いつめながら、相手を捕える決定的なものを持っていないのだ。捜査本部には焦燥と歯ぎしりがあった。

（橋本が冬子を殺したのは、共犯者としての口を閉ざすためだろう。死の際まで橋本を庇《かば》い通した〝安全な共犯者〟を殺してまでその口を閉ざした彼が、また新たな共犯を使うか？　そんなはずはない！　絶対にない！）

焦燥の底で平賀は必死に考えを追った。

（橋本のフライトスケジュールを駆使してのアリバイ工作をみても、奴の用心深さがいたる所に現われている。

たとえば福岡からの帰路にしても、上松刑事が発見した北九州空港発十八時五十五分、全日空２７２便を利用してもよかった。その方が大阪着二十時十分となって、日航１２８便二十時三十分発に連絡でき、羽田には、二十一時二十分と、実に宮崎廻《まわ》りよりも一時間も早く帰着できた。しかもこの便は大阪始発だから、橋本が大阪から乗った福岡発の３３０便よりも安全だったはずだ。それなのに彼はそうしなかった。あの場合は上松刑事の着眼によって発見されたが、捜査本部の目を欺くためであれば、むしろ同じ板付を利用するよりは、北九州空港を利用する方がより安全だった。

それなのに彼は板付から血の出るような一時間延着の犠牲を払ってのこのこと宮崎まで引き返した。何故か？　それは、福岡を五時前後に出て、六時五十五分発の全日空２

72便に間に合うように北九州空港へ駆けつけるのが、かなり危い芸当だったからではないか。車は交通状態や、偶発の故障などであてにならない。飛行機も気象状況などによって左右されるが、その日の気象は橋本のことだから、事前に確かめておいたであろう通りの、全国的な好天気であり、まして距離の短い国内線では延着しても大したことはない。とにかく宮崎空港ではたっぷり一時間の待ち合わせ時間があるのだから、乗換えには充分過ぎる余裕があった。この余裕が橋本に災いしてウエイターに顔を見られてしまったわけだが、ここで注意しなければならないのは、この時はすでに橋本が殺人の実行を終えた後だということだ。

実行前であれば航空機の延着などの偶発事故によって、彼が精密に組んだ予定表に狂いが生じても、中止さえすればよかった。だがもう中止はできない。何がなんでもアリバイを造り出さなければならない切羽つまった状況の中で、橋本は、東京へ一時間の延着という大きな犠牲をはらってまで、より安全な方法を選んだのだ)

平賀は自分の推理を皆に話した。ゆっくり話してるひまはない、もう時間がないのだ。

「だから、橋本は共犯を使うはずがない、新東京ホテルの代理人は、事情を知らぬまま奴に利用された道具じゃないのか？」

「馬鹿な！　レジスターカードをすり替えたり、クラークの交代時を狙って、二度チェックインしたり、ボーイの案内なしに部屋へ通ったりしたんだ、到底道具にできる芸当じゃない」

桑畑刑事が吐き出すように言った。

「もしその代理人が、ホテルの人間だったらどうだ？」平賀の口調もけんか腰だった。

「ホテルの人間？　しかし奴は竹本という偽名を使っているんだぜ」

「それも橋本が、こういう名義で予約してあるからといえば大して疑わないんじゃないか？　ホテルには、別に悪意はなくとも、別の名前で泊まる客が多いと聞く、例えば女と忍び逢《あ》うような時だ」

「しかし竹本は男だった」

「果たしてそうだったか？　操という名前は男にでも女にでも通用する。代理人には、女を伴《つ》れこみたいんだが、本人が恥ずかしがってしようがないから、君、代わりにレジスターをしてくれとでも言っておけば、充分納得されると思う。ま、そのことはちょっと、後廻しにしよう。橋本は六時四十分、ロイヤルホテルのフロントに姿を認めさせてから、すぐ新東京ホテルへ駆けつけた。朝の空《す》いている時間だから遅くとも七時頃にはホテルへ着けたはずだ。このことはレジスターナンバーと符合します。彼はそこでカードに記入し、すぐ羽田へ向かった。日航725便タイペイ行は八時十分です。国際線のチェックインタイムは出発一時間前、安全第一主義の彼ですから一時間前は無理としても、四十五分前には、空港へ着きたかったでしょう。

　とすると、橋本には全く時間の余裕がなかった。ならば彼はいつ代理人に会って、カードすり替えや、代理チェックインに関する複雑な指示を与えることができたのでしょうか？」

彼は途中から、村川警部や内田刑事もそこにいることに気づいたらしく言葉遣いを改めた。だが誰も、平賀の、上司や先輩に対する乱暴な口調を、乱暴とも思わなかった。後一歩のふんばりで頑強無比だった犯人を倒せる。戸外には師走の風が冷たいのに、本部室の中には異様な熱気が渦巻いた。

「そうか、奴は共犯、いや代理人に会うひまはなかったわけだ」

内田が言いなおした代理人という言葉は、そのまま彼が平賀の言葉を容《い》れはじめた証拠であった。

「しかし彼が代理人に接触しないかぎり、午前十一時二十四分の代理チェックインはできません。代理人への指示は前の日にでもできるとしても、０５７９２４のレジスターカードは、吉岡文弥《よしおかふみや》という客が新東京ホテルへチェックインした、午前六時四十八分前に代理人へ渡すことは絶対に不可能です。六時四十八分以降には橋本に時間的余裕はなく、わざわざ代理人をそんな早朝に呼び出せば、たちまち疑われてしまいます。しかしここに、一つだけ可能性があります。代理人を疑われずに呼出すことができ、しかもたっぷりと時間をかけて指示を与えられる接触の可能性が……」

全員が全身を耳にして平賀の言葉を聞いていた。

「それは、ロイヤルホテル—新東京ホテル—空港を結ぶ車の中です。そして代理人として早朝何の疑いもなく呼び出すことができて、しかも第三者の耳を気にせずに話しかけられる人物はその車の運転手だけです。私は竹本は橋本を空港へ運んだ運転手だと思います」

「運転手か！」一同の口から吐息が洩《も》れた。

「それも流しの運転手ではありません。ホテルの事情に詳しいところから、橋本付きの専用運転手ではないでしょうか？　背格好や体格、顔形が橋本に似た、ロイヤルホテルの運転手、代理人は彼に違いありません」最初の推理が、喋《しゃべ》っているうちに、平賀の中で次第に確信として育って行った。それは捜査員一同も同様だった。

村川班の刑事はロイヤルホテルへ駆けつけた。

新郎新婦を羽田へ運ぶために待機していた橋本の専用運転手の顔を見た時、刑事は平賀の推理が正しかったことを知った。背格好や肉づきは橋本と同じくらいであり、表情には橋本に見られるような鋭さはないが、顔の輪郭がよく似ていた。

橋本を知らぬ第三者に、ちょっと会わせただけで写真と比較させれば、充分本人として通る可能性があった。

捜査員の質問に対して、運転手は困ったような顔をしながらも、次のように供述した。

「橋本部長にはいつもお世話になっておりますので、部長の不為《ふため》になることだったら申し上げたくないのです。あの日、早朝、部長から羽田へ迎えに出なければならない方があるからと、前の日から言われておりましたので、六時頃、部長のお宅へお迎えにあがった後、いったん会社（ロイヤルホテル）へお連れしたのです。会社にはほんのちょっと寄られただけで、すぐ羽田へ向かったのですが、途中新東京ホテルへ寄るように言われました。部長はちょっとホテルの中へ入りましたが、すぐに戻って来ました。新東京ホテルを出ると、部長はピックアップして来たらしいカードに車内で記入し、私に渡しました。そして頭をかきながら、実はこれから羽田へ迎えに行くのはある女で、別れ話をするために上京して来るのだと言われるのです。それについては、社長令嬢との縁談もあることだし、誰にも知られずに会いたい。顔見知りのいない新東京ホテルへ部長と竹本という架空の人間名義で部屋《シングル》を二つ取ってあるから、十一時二十分にまず部長名義でチェックインをし、十一時四十分頃に今度は竹本名義でチェックインしてくれと言われるのです。竹本名義の部屋は前払いしておくようにとも命じられました。

何でそんな面倒なことをするのかと聞くと、十一時半にフロントが交代するから、君が——私のことですが、君が一人二役でチェックインしても疑われない。橋本と竹本の間には絶対に関係があると思われたくないのだ、と言われました。二つのシングルを別名義で取って、後で一室に合流するというテは、芸能人が浮気をする時などによく使うものです。私は部長もなかなかすみにおけないなあと思った程度で、別に不思議には思いませんでした。え、羽田にそんなに早い時間に行ったのに、部長が女と一緒にもっと早くホテルへチェックインしないのを不思議に思わなかったというんですか？　いいえ別に。あのホテルのチェックアウトタイムはお午《ひる》ですし、あまり早く部屋に入ると目立ちますからね、女と一緒にどこかでめしでも食ってから来ると思ったんです。いったんホテルへ入った後は一緒に食えませんからね。

部長は絶対に二つの部屋が連れだとは思われたくないからくれぐれも十一時二十分と、十一時四十分の時間を間違えないようにと念を押されました。その際、橋本と竹本のレジスターカードの筆跡が同じではまずいから、橋本名義でチェックインする時は、いかにもその場で記入したように装って部長が記入済みのカードを提出し、竹本名義のチェックインの時だけ、私が記入するようにと言われました。フロントに目立たないように念には念を入れて、チェックインはフロントが混雑している時を狙い、ボーイの案内も断わるようにと教えられました。命じられた十一時二十分と四十分が少々ずれたのは、フロントへ他の客が来るのを待っていたからです。特に二十分の方はカードをすり替えなければならないので、四分も待ってしまいました。もし他の客が来なければ、どうしようかと思ってました。二つの部屋を取った後は、両方にドンデス（入室禁止札）をかけて下へ降り、フロントへ鍵《かぎ》を返し、丁度昼時で腹も減るだろうから、部長名義の確認書でめしを食うように言われました。サインが違うとまずいので、しないようにと注意されました。ホテルには馴《な》れてますし、新東京ホテルには前にも部長に連れられて一、二度来たことがありましたので、少しも面倒だとは思いませんでした。乗務で遅くなると、部長は自分のホテルでは気兼ねだろうと仰有《おっしゃ》って、他のホテルへ部屋を取って下さり、飲食も自由にさせて下さったのです。あんないい上役はありませんよ。部長は女のことで余程困っておられたとみえて、君を見込んで頼むと、何度も頭を下げられるので、そんな簡単なことでお役に立てるならと、喜んでお引受けしたのです」

鉄壁を誇った橋本のアリバイはこの瞬間に崩れた。直ちに橋本国男に対して有坂冬子の殺人容疑で逮捕状が発せられた。

逮捕状を執行するために、パトカーでロイヤルホテルへ急行する村川班の刑事の胸に、苦しかったこの五ヵ月余の捜査の記憶が一挙によみがえった。捜査本部からロイヤルホテルまではほんの一投足である。

パトカーの窓にロイヤルホテルの巨大な姿が映ってきた。冬の夕暮は短い。残光を帯びた蒼茫《そうぼう》たる暮色は、凍てついた闇にまたたく間に駆逐されて、巨大なロイヤルホテルの壁面に無数の灯を浮き立たせている。それら灯群の最上部にゆっくりと光の環《わ》をえがくのは、ホテル呼物の回転食堂《グランドスカイサロン》であろう。

それらの灯の一つ一つにはそれぞれの人生が鏤《ちりば》められている。ある光の下には穏やかな心を持った人々の穏やかな会話があり、ある光の下には一国の政治を動かすような取引が行なわれているかもしれない。

そして更にある光の下では、現に人が殺されつつあり、ある光の下では愛し合う男女が睦《むつ》み合っているかもしれぬ——あの夜、冬子と睦み合った自分のように。……

「今年も終るな」

内田刑事が呟《つぶや》いた。今年も終る、そして俺の恋も終ったと平賀は思った。

平賀は今、自分が愛した女が命を賭《か》けて庇《かば》った男に法を執行しようとしている。それは明らかに有坂冬子の遺志に反するものであろう。平賀の耳には、夢に現われた冬子の、「お願いだからやめて！」とせがんだ悲痛な声が捺《お》されている。でも自分は行かなければならない。

冬子は、かつての夏の一夜、すべてを平賀に許してくれた。——あの切ない息使い、熱い肌、自分の背に回して力のかぎり抱きしめてくれた女の腕、無限の寛大さで開かれ、自分を容《い》れて絞られた彼女の躰《からだ》、それらのすべては昨日のことのように鮮やかに、自分の感覚に刻印されている。

あれは紛れもない事実だった。だが真実ではなかったのか？——

冬子はあの夜、目くるめく許容の数々を、平賀の記憶の中に燦然《さんぜん》と輝き、これからも輝き続けるであろう贈物として、自分自身を救うために、そして何よりもあの冷血な殺人者を扶《たす》けるために、平賀に与えたのであろうか？

そうは思いたくなかった。あれは冬子の事実であり、そして真実でもあった。——しかし冬子の死体はそれを否定していた。それは平賀にとって残酷な否定であった。

平賀は冬子の死のまぎわの状況をまざまざと心に画《えが》くことができる。冬子は自分の身体に急速に廻《まわ》る毒に、男の意志をはっきりと読み取る。

こんなことをしなくとも、私はあなたのご迷惑にはならなかったのに、——と訴えたくとも、もう口がきけなくなっている。

男が去った後、冬子は重大なモノを思い出した。それが発見されれば、男を根底から破滅させる威力を持ったものだ。

何とかしなければならない。今、男を救える者は自分しかいない、急速な毒物効果で、殆《ほとん》どいうことをきかなくなった身体を、断末魔の苦痛に痙攣《けいれん》させながらも、その苦痛を与えた元兇《げんきょう》の男を救うために、男との新生活を夢見ながら練った草案を、トラッシュから拾い上げ、トイレットに這《は》い、にじり寄って、ずたずたに破って流《フラッシュ》した。

それは神のような女の、寛《ひろ》い心であろう。そしてその同じ心で、冬子は自分を欺いたのだ。彼女が橋本に対して神のようであればあるほど、自分に対しては魔性の女となるのである。魔性でもよい、生きていてさえくれたら！　俺はあの女を愛していた。

そしてその愛する女の遺志に背いてまでも自分は、あの男を捕えようとしている。

車は、ロイヤルホテルの前庭に入った。眼前にそそり立つ巨大な建物の頭上を更に高く、ジェット旅客機らしき航空機が、翼端灯《ナビゲーションライト》を点滅させながら翔《と》んでいた。

今、午後五時三十分、披露宴は正に酣《たけなわ》の頃である。夢にまで見た、犯人へ手錠をかける瞬間をすぐ前において、平賀は胸の深所から吹きつけてくるような虚《むな》しさを覚えた。

終章

被疑者供述調書

本籍　秋田県××市東町六の×
住所　神奈川県川崎市生田五六八×
職業　元東京ロイヤルホテル従業員

橋　本　国　男
昭和十×年五月八日生（三十二歳）

右の者に対する殺人被疑事件につき、昭和四十×年十二月三十日警視庁麴町署において、本職はあらかじめ被疑者に対し自己の意志に反して供述をする必要がない旨を告げて取り調べたところ、任意次の通り供述した。

出生地＝本籍地です。
前　科＝ありません。
資産、家族、その他参考事項
一、私は昭和四十×年四月より東京ロイヤルホテルに勤めております。

二、家族はなく、本籍地に両親が健在です。
三、資産は別になく、月収十八万円ぐらいです。
事実関係
一、私は昭和三十×年三月東都大学経済学部を卒業すると同時に東都ホテルに入社いたしました。幸いに同ホテル社長の前川礼次郎氏の知遇を得、昭和四十×年四月同氏に従って東京ロイヤルホテルに移り、一年後には企画部長の椅子を得ました。
私はこの前川氏の知遇に何とか報いたいものと念願しておりましたが、部長昇任とほぼ時を同じくして、パレスサイドホテルと、米国のホテル業者、CICとの業務提携の気配が濃厚となりました。もしこの提携が実現すると、同ホテルとホテル市場において対立する我が社としては大打撃を被るところから、前川社長の心痛は見るに見かねるものがありました。私は同氏の日頃の厚恩に報いるために、いかなる手段を尽くしても、この提携は阻止しなければならないと決意しました。
二、当時私は、パレスサイドホテルの社長秘書、有坂冬子と肉体関係にあり、私は同女を利用してパレスサイドホテル側の情報を蒐《あつ》めておりました。同女は私の大学の後輩にあたり、同学出身者のホテルマンで組織している親睦会《しんぼくかい》の席で二年ほど前に知り合ったのですが、我が社のライバル社の社員として、何か役に立つ情報が得られるのではないかと思って近づいただけで愛情は感じておりませんでした。同女との仲を秘匿したのもそのためであります。

三、私の全力をあげての阻止工作にもかかわらず、パレスサイドホテルとCICとの業務提携は着実に具体化しております。私が有坂冬子から、パレスサイド側では提携に乗気なのは社長久住政之助氏一人であり、他の幹部はすべて反対であるとの情報を得たのは、そんな矢先でした。

私がおろかにも久住氏殺害の計画を暖めはじめたのはその時からであります。有坂冬子が私に愛を傾け、私の意志の通りに動く傀儡《かいらい》となっていたことが、私の胸に萌《きざ》した考えを助長していったのです。久住氏殺害に関して、前川社長の教唆があったかのごとくお疑いのようですが、そのようなことは絶対に無く、久住氏さえいなければ提携を阻止できると思いつめた私の浅墓な独断によるものであります。(注、本職はこの供述に重大な疑惑を抱いている)前川氏令嬢との縁談はこの事件に対していささかの関係もございません。

四、久住氏殺害の方法、状況等はすべて刑事さんの仰有《おっしゃ》った通りです。自殺を装わせなかったのは、久住氏が先に睡眠薬を服用しており、そのような偽装をしても、すぐに見破られてしまうと思ったからです。刃物を使用したのは、できるだけ速やかに、そして確実に殺害するためであります。現場を密室にしたのは、ルームパトロールによる発見を少しでも遅らせるためと、犯人を内部の者らしく見せかけるためであります。凶器に使用した匕首《あいくち》は多摩川へ捨てました。なお3401号室への出入の方法及び経路はすべて有坂冬子が案内してくれたものでした。

犯行の前夜、有坂冬子のアリバイをつくるために、私がレンタカーを運転して同女を東都ホテルへ運びました。交通量が少なかったために、十分あまりで行くことができたのです。

3401号室の鍵《かぎ》は同女より車の中で受け取りました。

五、有坂冬子を殺害した方法及び状況もすべて刑事さんの推測した通りです。

板付空港からホテルに電話して同女のルームナンバーを確かめると、ホテルの混雑時を利用して人目に触れずに同女の部屋へ入ることに成功しました。

待ちかねていた同女と情交した後、あらかじめ用意して来た二本のジュースのうち、毒入りの一本を乾杯を装って同女に勧め、同女が苦しみ出すのを見てから逃走したのです。その際、自殺を装わせることができたらと思い、私の分のジュースビンは持ち去りました。絶命するのを見届けなかったのですが、ご指摘のように時間がなかったのです。逃走中も、もしイキのある間に発見されたらと思うと恐怖と不安で、自分自身が殺されかかっているような気持でした。

同女を殺害したのは、同女の口から久住氏殺害の事実が露《あら》われることを怖《おそ》れたとともに、私との結婚を迫り、前川社長令嬢との縁談に対して大きな障害になったからです。刃物を使用せず毒物を使ったのは、久住氏の場合と異なり、相手は目を覚ましており、抵抗されるおそれがあったことと、返り血を浴びたくなかったからであります。久住氏殺害時の深夜と異なり、人目の多い飛行機をいくつも乗り継いで東京へ帰らなければならなかったので、どんな小さな血痕《けっこん》もつけたくありませんでした。

六、有坂冬子が披露宴の草案を破棄しようとしたのは、私を庇《かば》うためではなく、私のような男を一時的にも結婚の対象と考えた愚かさを、誰にも知られたくなかった同女のプライドによるものであると考えます。

七、毒物は知己の化学工場から、殺虫剤に使用するという口実で分けてもらったものです。

八、新東京ホテルの運転手を使った代理人チェックインは、万一を考えての〝歯止め〟でした。竹本操という名義を使ったのは、運転手と、ホテルの双方から怪しまれないためです。

十一時過ぎに運転手に代理チェックインさせた目的は、刑事さんの推察の通り、欠番を最少限に食い止め、その不連続を糊塗《こと》するためでありましたが、さらに二つ大きな理由があります。

その一は、ナイトマネジャーが七時半ごろ起床し、午前十時半までフロント周辺にいるためであります。私名義による運転手のチェックインを万一彼に見破られたら、せっかくのアリバイ工作が無になることをおそれ、万全を期したのでありました。

私自身がカードを取得したのは、三枚請求して二枚返却するという行為がフロント側に不審をもたれぬようきわめて自然な演技が必要であったことと、単なる道具にすぎない運転手に疑われたくなかったからです。カードを取得した時間は七時ちょっと前で、ナイトマネジャーがまだフロントに出て来ていない公算が強く、また万一見られたとしても、その時間ならばアリバイ工作にとって致命的にはならなかったからです。

その二は、これが最も大きな理由ですが、０５７９２３の客が八時（ＪＡＬ７０１便に間に合う時間）以後に到着する保証がなかったからであります。当日はたまたま八時五十六分に到着した（平木一夫のこと、平賀註《ちゅう》）そうですが、それはあくまでも偶然でありました。

捜査がまさかあそこまで迫って来ようとは思っていなかった私は、刑事さんが二度目に私の許《もと》へ来られて、ロイヤルホテルと新東京ホテルへのチェックインの時間的間隔を問題にされた時は、視野が暗黒になるような不安と恐怖を覚えました。披露宴で政財界の有名人から次々に輝かしい祝辞を受けながらも、私はじりじりと自分の身に迫って来る司直の気配におののいていたのです。
九、今は何もかも申し上げて、この五ヵ月余の心の重荷を外したような気がいたします。本当に非道なことをしたと、今は後悔しております。この上は被害者の冥福《めいふく》を祈り、潔く罪に服する存念でおります。

橋本国男

右の通り録取して読み聞かせたところ、誤りのないことを申し立て署名指印した。

警視庁刑事部捜査一課
司法巡査　平賀高明

作家生活五十周年記念短編
春の流氷

八島優介《やじまゆうすけ》は、その老人にかすかな既視感《デジャヴユー》をおぼえた。以前、どこかで出会ったような気がしたが、おもいだせない。既視感としても遠い過去のことであり、忘却の瘡蓋《かさぶた》に厚く塞《ふさ》がれている。

一見して七十代後半、あるいは八十代に乗っているかもしれない。一応、人並みの服装をしているが、杖《つえ》を持つ手は頼りなく、足下が危ない。

白髪に黒い毛が交じり、白く長い眉毛《まゆげ》の下に、焦点が放散した眼がある。彫りの深い鋭角的なマスクであり、若いころはかなりのハンサムであったにちがいない。だが、能面のように表情がない。

白いジャケットにグレイのコットンパンツ、散歩でもしているように見えるが、老人の歩き方には目的が感じられない。

散歩であれば、歩き慣れた、あるいは初めての道であっても、外気を呼吸し、時間や季節や天候によって見慣れたはずの風景が、異なって見える。

散歩中、すれちがう近隣の衆や、初めてのエトランジェ、犬の散歩や、多彩な季節の花や、新緑に染まった初夏の薫る風、色づいた秋や、雪化粧を施された街など、同じ散歩道に一期一会の風景や、アウトドアの感触という立派な目的があるはずであるが、老人の放散した眼と無目的な歩行は、散歩ではない。

だが、はるかなデジャヴューを、その老人に感じたことは確かである。

デジャヴューの源を探そうとして過去をさかのぼっているとき、市役所からの市内放送が流れてきた。

「市役所からのお知らせです。市内×番地にお住まいの長坂清《ながさかきよし》様七十八歳が、本日午前七時頃、散歩に出たまま消息を断っております。

白いジャケットにグレイのコットンパンツ、長身で杖をついています。見かけた方、または、お心あたりの方は市役所市民安全課まで、ご連絡ください」

市役所の放送を聞いた八島優介の脳裡《のうり》が、明滅した。長坂清。忘れもしない名前であった。

名前と同時に、無表情なマスクの奥に隠れているデジャヴュー源の顔を、はっきりとおもいだした。

長坂清は、同じ中学の番長であり、全校を支配していた。父親は当時の与党の要人であり、市長以下、町の要人たちも彼の息の下にあった。成績が優秀であった八島は、長坂に妬《ねた》まれ、長坂のいじめの的にされた。

便刑（トイレに行かせない）、解剖（衆目の中で下半身を露出させる）、ゴミ箱（机の中に汚物を入れる）、洗面器（汚水で顔を洗わせる）、赤帽《ポーター》（登下校の際、番長以下子分の荷物をすべて持たせる）、物隠し（筆箱その他の文房具、教科書、鞄《かばん》などゴミ箱やトイレに隠す）、無視《シカト》、マーケット（金品を提供させ、他の生徒に売りつける）、裁判（いじめられっ子を容疑者にしてクラスを裁判所にして有罪宣告）、便所掃除（便器を舐《な》めさせる）、お経（いじめられっ子を死者に仕立てて葬式ごっこ）、代行《エージェント》（いじめっ子に命じられて暴力、盗み、女子に悪戯《いたずら》など）等々、悪知恵を絞ってありとあらゆるいじめをされた。

親の七光を笠《かさ》にしているだけではない、中二でありながら圧倒的な体力と威勢は、全校だけではなく他校の番長、また高校生までも威圧して、長坂には近寄らない。

優介は何度も自殺を考えたが、卒業までの辛抱と、歯を食いしばって耐えた。心身共にぼろぼろにされながらも、ようやく卒業して、長坂の恐怖の支配から逃れた。

その後は、自由の青空の下、著名な私大を卒業して、グローバルに名の通った会社に入社した。飛躍的な出世はしなかったが、大過なく定年まで勤めあげて、リタイア後は社友として悠々自適の暮らしを楽しんでいる。

入社後、上役の仲介で結婚した妻との間にもうけた三人の子供も、いまはそれぞれ独立している。

リタイア後は、妻と共に海外旅行を楽しみながら、住み着いた都下の町で、妻は各種のボランティアにいそしみ、八島は趣味三昧《ざんまい》に余生を楽しんでいた。

まずまずの人生である。

いまは、長坂にいじめ抜かれた地獄の中学時代がはるか昔の悪夢のように霞《かす》み、何度も自殺を考えた少年期が事実とは信じられなくなっていた。

そして今日になって、遠い過去に霞む悪魔と再会した。

あの恐るべき悪魔が、いまは数十年の歳月の経過に老いさらばえ、自分が何者であるかも忘れて、市中を彷徨《さまよ》っている。

(絶好のチャンスだ)

八島の胸中に数十年、忘却の瘡蓋を被《かぶ》っていた古傷が疼《うず》いた。長坂はいま自分がどこにいて、なにをしているか、わかっていないにちがいない。自分自身をすべて失い、その脱《ぬ》け殻が歩いている。

だが、脱け殻ではあっても、長坂清という悪魔を収納していた器にはちがいない。

八島は、まずは人並みに現役を果たし、子供たちは巣立ち、妻と共に穏やかに楽しみながらも、なにか重要なものが自分の人生に欠けているような気がしていた。

それがいま、長坂と偶然に邂逅《かいこう》して、我が人生に欠けている部分《パーツ》がなんであるかを悟った。

少年期、学年でトップの成績を独占し、両親および周囲の期待を集めて前途洋々、人生で最も柔軟な清らかな能力と精神を愚弄《ぐろう》し冒瀆《ぼうとく》した長坂清に、なんの〝返済〟もせず、置き去りにするのは、人生の総決算を欠いているような気がしていたのである。

（そうであったか）

大過なき人生と自己満足していた余生に隙間風《すきまかぜ》が通り抜けるような空虚な違和感は、長坂清から発していたのである。

その我が人生の不倶戴天《ふぐたいてん》の敵が、八島の前で自分を失い、彷徨《ほうこう》している。

いまこそ積年の恨みを晴らし、人生の総決算を果たすべき絶好の機会ではないか。

昼もまばらな市の郊外には通行人もほとんどいない。市役所の放送を聞いた者は少ない。

折から太陽が西の地平線に近づき、夕闇が迫りかけている。

かつて圧倒的な体力を誇った長坂が、まったく無防備に、無意識に足の向くまま、うろついている。彼が持っている唯一の武器は杖である。

八島は路傍に手頃な石を見つけた。長坂の背後に近づき、石を彼の後頭部に叩《たた》きつければ、頭蓋骨《ずがいこつ》を粉砕できる。自分を失った長坂には、おそらく自衛の意識もないであろう。

八島が凶器石を拾って長坂との距離を縮めつつあるとき、長坂は市中を貫く無人の踏み切りに差しかかった。

電車接近の警ベルが鳴り、遮断機が長坂の進路を塞ごうとしたとき、異変が生じた。踏み切りには長坂と八島以外に人影はない。

（いまだ）

八島が凶器の石を構えて長坂との距離を一挙に詰めようとしたとき、長坂の前を一匹の野良猫が、踏み切りを渡ろうとして、線路の中央で立ち往生してしまった。猫の癖で、電車の警笛に竦《すく》み、動けなくなってしまったのである。

そのとき長坂が意外な動きを示した。長坂は遮断機を潜り、接近する電車を見向きもせず猫に近づき、救おうとした。

八島は愕然《がくぜん》とした。彼は無意識のうちに踏み切り内に飛び込み、長坂を引きずり戻しながら、線路脇の窪地《くぼち》に同体となって倒れた。

間一髪、警笛を鳴らしながら電車が通過しかけた。猫は向こう側へ逃げていた。

電車は急ブレーキをかけて一旦《いったん》停止したが、接触しなかったことを確認して、発車した。

ようやく、近くに居合わせた人たちが駆け集まって来た。

「ありがとうございます。命拾いをしました。あなたは命の恩人です。お名前をお聞かせください」

正気を取り戻したらしい長坂が、精一杯の感謝を込めて問うた。

「名乗るほどの者ではありません。あなたは長坂清さんですね。ご家族と市役所が捜しています。ご自宅へお帰りください」

優介は答えた。そして、はっとした。

長坂に対する怨念《おんねん》と、殺意がきれいに消えている。長坂は命の恩人が中学時代いじめの対象であったことをおもいださないらしい。

彼自身、過去の非人間的行為を忘却の瘡蓋の下に埋めてしまったようである。

「猫は私のただ一人の友です。線路上で身動きできなくなった友を見捨てることができませんでした。唯一の私の友の命まで救っていただいて、心から感謝します」

長坂の頰が濡《ぬ》れていた。斑《まだら》ぼけが踏み切りで一時《いっとき》回復したらしい。

晩年、猫を友に寂しい生活をしていたのであろう。野良であっても、迫り来る電車の前に竦んで動けなくなった猫を見殺しにできなかったようである。

優介にも、猫を無二の友にしていた時代があった。

優介は、長坂のいじめの最中、何度も自殺に誘惑されたが、野良出身のクロに引き止められた。

臆病《おくびょう》で警戒心の強いクロは、人の気配がするだけで逃げたが、優介だけには、波長が合ったのか、彼が在宅しているときは家の中に上がり込んで来た。

優介は、もし自分が自殺をすれば、クロは野外に置き去りにされる。餌もなく寒い夜には凍死してしまう……とおもうと、自殺できなかった。いまおもうと、クロが優介の命を救ってくれたのである。

その後、クロは優介と共に十八年暮らした。クロの骨壺《つぼ》は、いまでも身近に置いてある。

長坂に救われた野良もクロに似ていた。その野良も、優介の命を救ったクロの生まれ代わりであったかもしれない。そうおもうと、積年の恨みは春の流氷のように静かに消えていった。

早速、市役所に連絡を取り、駆けつけて来た家族に引き取られた長坂は、斑《まだら》に戻った正常な意識で、

「ご迷惑をおかけしました。きっとチビクロが首を長くして、私を待っています」

と、目を瞬《しばた》きながら、頬を紅潮させて礼を述べた。そのとき少し離れたところから、猫の鳴き声がした。

二人が協力して救った黒い野良猫が、そこにうずくまって鳴いていた。

本書は二〇〇九年十月、祥伝社文庫より刊行されました。
「春の流氷」は本書のために書き下ろされたものです。

本作品はフィクションであり、実在のいかなる組織・個人ともいっさい関わりのないことを附記します。また、地名・役職・固有名詞・数字等の事実関係は執筆当時のままとしています。

高層《こうそう》の死角《しかく》

森村誠一《もりむらせいいち》

平成27年 2月25日 初版発行
令和5年 9月5日 7版発行

発行者●山下直久

発行●株式会社KADOKAWA
〒102-8177 東京都千代田区富士見2-13-3
電話 0570-002-301（ナビダイヤル）

角川文庫 19033

印刷所●株式会社KADOKAWA
製本所●株式会社KADOKAWA

表紙画●和田三造

ISBN978-4-04-102715-8 C0193

◆◇◇